我々は、みな孤独である

貴志祐介

ハルキ文庫

JN118208

角川春樹事務所

3　我々は、みな孤独である

1

茶畑徹朗《ちゃばたけてつろう》は、黒革張りのソファの上で身じろぎした。依頼人の話を聞くときは、いつも前傾姿勢を崩さないようにしているが、今日ばかりは妙に尻《しり》が落ち着かない。

人捜しは得意分野だし、正木栄之介《まさきえいのすけ》は数あるクライアントの中でもVIPの筆頭である。事務所が陥っている経済的苦境を考えれば、四の五の言わずに引き受けるべき案件であることはまちがいない。とはいえ、今回の依頼は常軌を逸している。本来業務とかけ離れているばかりか、まずは依頼人の正気を疑わなければならないのだ。

「……氏名は不詳、場所も特定できないとなると、調査は相当難しいと思いますね」

茶畑は、慎重に言葉を選びながら言った。隣でメモを取っている桑田毬子《くわたまりこ》が、ちらりと、厳しい視線を向ける。

「名前に関しては、今後思い出せる可能性もあると思う。追加情報は、適宜連絡しよう」

会長室の窓の前にある椅子《いす》に座った正木栄之介は、歯切れのよい口調で言った。総白髪で中高《なかだか》の端整な顔立ちで、どう見ても妄想に取り憑《つ》かれた人間とは思えない。すでに八十歳に近いはずだが、一代で栄《さかえ》ウォーターテックという優良企業を築き上げた頭脳は、いまだ衰えていないという評判である。

「それで、ご依頼は、その人物が実在していたかどうか確認したいということですね？」

正木は、苛立《いらだ》たしげに顔の前で手を振った。

「そうじゃない。むろん、どこの誰《だれ》だったのかという詳しい情報は欲しいが、それ以上に、私は、どうしても事件の真相を知りたいんだ」

「真相と言いますと？」

「犯人……つまり、私を殺したのが何者だったのかということ。それから、なぜ殺したのかということだな」

やはり、これは、探偵ではなく精神科の医者が話を聞くべき案件だろう。やむをえない。茶畑が断ろうと腹を決めたとき、毬子が先に口を開いた。

「今のお話だけでは、雲をつかむようです。もう少し、手がかりになるようなことを覚えておられないでしょうか？」

「……手がかりか。だいたい、今話したことで全部なんだが」

正木は、真剣に考えている。

「事件の起きた場所と村の様子は、どうでしょう？　何か地形に特徴のようなものはありませんでしたか？」

毬子は、完全にやる気だった。茶畑は、げっそりした。日頃《ひごろ》は優秀なアシスタントだが、名前に性格がちなんだらしく、いったん跳ね上がると、勝手な方向へ飛んでいってしまう。そうなると、こちらが雇い主だという事実など何の役にも立たない。

「地形か。事件が起きたのは深夜だったしな。どこか大きな川の河原ということくらいしか、わからなかった。村は平地にあったと思うんだが」

「海は近かったんですか？」

「海？　……そうだ！　たしかに近かった。昼間は、潮の香りがしたはずだ。川は、河口に近づくにつれて幅が広くなっていたが、犯行現場は、たぶん、海から一キロと離れていない場所だろう」

正木は、興奮したように早口になった。

「それから、正木さん——の前世の方は、関西の言葉を話していたということでしたけど、何か思い出せるフレーズはありますか？」

毬子は、さほど美人というわけではないのだが、しおらしい態度や豊かな表情、艶《つや》やかな声音を駆使したシルバー・キラーぶりには、いつも感心させられる。今も、あっという間に正木のハートをつかんでしまったようだ。

「ごーわく」

正木は、つぶやく。

「それから、だんない……。たしか、そう言っていた」

「それは、どういう意味だったんでしょうか？」

「ごーわく、というのは、何というか、むかっ腹が立つというようなニュアンスだったな。だんないというのは、だいじょうぶだ、というくらいの意味だろう」

正木は、目を半眼にして、懸命に記憶を辿《たど》っているようだった。

「……わかりました。とりあえず、予備的な調査を行ってみましょう。その結果によって、本格的な調査に入るべきかどうか、あらためてお返事させていただきたいと思います」

茶畑は、さらに何か質問しようとしていた毬子の機先を制して、強引に話を引き取った。毬子は、あきらかに不満げな様子だったが、黙ってメモを取る作業に戻る。

「もしよろしければ、二、三、背景的な質問をさせてください」

茶畑の仕事のやり方を熟知している正木は、黙ってうなずいた。過去にも、調査対象とは直接関係ないように思われたバックグラウンドの情報が、結果的に重大な突破《ブレイクスルー》をもたらしたことがたびたびある。

「まず、今回の調査を私に依頼される理由です」

「もちろん、君の能力を高く評価しているからだ。過去の調査では、常に、完璧《かんぺき》な報告書を上げてくれたからな」

正木は、さも当然だろうという口ぶりだった。

「ありがとうございます。ですが、今回のご依頼は、かなり異例なものですね。数十年前に起きた事件を掘り起こしたことはありますが、数百年となると、まったく違ったノウハウが必要になるでしょう。歴史を研究している機関――大学とか、郷土史家の方に相談なさろうとは思いませんでしたか？」

「二つの理由から、君に頼もうと思った。一つは、機密保持だ。私が、自分の前世についてて調べているなどという噂《うわさ》が立ったら、ついに頭がおかしくなった、ボケ始めたと思われるに決まっとる。そうなれば、我が社の株価にも影響しかねない」

自分の置かれている状況を、そこまで客観的に把握しているなら、たぶん、頭がおかしくなったのでも、ボケたのでもないだろう。

「……もう一つは、君の能力の質だ」

正木は、冷徹な経営者の口調で続ける。

「単に事実関係を調べ上げるだけなら、人手を回せる大手の興信所に頼んだ方が話は早い。君のような一匹狼《おおかみ》を重用しているのは、細かい事実の断片から全体像を組み立てる能力が、群を抜いているからだ」

正木の眼光は鋭く、人の心の奥底まで見抜いてしまう刑事のような迫力を感じる。さっき自分が考えていたことも、おそらく、全部お見通しだったに違いない。

「なるほど。ただの探偵というより、ミステリーの名探偵のような資質を見ていただいたということですね」

重苦しくなりかけた空気の中で、毬子が、平然と下らない茶々を入れた。正木は、目下の人間に口を挟まれるのを嫌っている。むっとするんじゃないかと危惧《きぐ》しながら見ていたら、意外にも頬《ほお》を緩める。

「たしかに、茶畑君には、推理小説に出てくる名探偵に近いものがあるようだな」

正木の眼光の圧力から解放された茶畑は、ほっとして次の質問に移った。

「差し支えなければ、もう一つ教えてください。どうして、今、ご自分の前世について調べようと思われたんですか?」

「どう言えばいいのかな。とにかく、真実を知りたくなった……いや、それだけじゃない。人生を総決算する時期になって、前世での出来事が今生に影響を与えているんじゃないか。そんな思いが兆してきたからかもしれない」

「具体的には、どのような影響ですか?」

リアルに質問しようとするほど、非現実感が込み上げてくる。

「水だ。私は、日本で最初に水ビジネスの将来性に着目した経営者だろうと自負している。だが、それも、前世での出来事がトラウマになったからかもしれん。昔の農民にとっては、水は命そのものだった。もし、私が、水争いの結果命を落としたのであれば、水に対して、ある種の強迫観念を抱くのも当然だろうからな」

やはり、違和感は拭《ぬぐ》えなかった。正木栄之介は、簡単にオカルトを信じるような人間ではないはずだ。単刀直入に訊《たず》ねてみることにする。

「正木さんは、以前から、前世の存在を信じておられたんですか?」

「いや。理科系の教育を受けたせいもあるが、私は根っからの合理主義者だよ。これまで、その手の話は小馬鹿にしてきた方だ。将来、室温超伝導が実現する可能性はあるだろうが、常温核融合など存在してたまるかというのが、私にとって、信じられることと信じられないことの境界線だった」

生まれ変わりというのは、常温核融合よりも、はるかに突飛な話のような気がするが。

「それなのに、前世の存在を確信するようになったのは、なぜですか？」

「思い出したからだ」

正木は、素っ気なく答えた。


「いったい、どういうつもりだ？」

コーヒーに砂糖と生クリームを入れて掻《か》き混ぜながら、茶畑は、毬子に目をやった。

「質問の意味がわからないんですけど」

毬子は、ハーブティーを口元に運びながら、首をかしげてみせる。

「あんな依頼を引き受けられるわけがないだろう？　俺《おれ》は断ろうとしてたのに、勝手に話を進めてもらっては困る」

毬子は、静かにカップを置いた。

「所長は、今の事務所の経営状態を把握されてますか？」

「まあ……苦しいことは認めるが」

「苦しいなんてもんじゃありません。ほとんど破産寸前じゃないですか。これ以上、家賃を滞納したら、追い立てを食いますよ」

「それは、何とかするよ」

「何とかって、どうするつもりなんですか？　カードローンもクレジットの現金化も、もう枠がいっぱいでしょう？　まさか、闇金《やみきん》から借りるつもりじゃないでしょうね？」

「俺には、信用がある。当座の金くらい、まだ、どこからでも引っ張ってこられるよ」

「それで？　そのお金は、どうやって返済するんですか？」

「遼太《りょうた》を見つける」

毬子は、せせら笑うように白い歯を見せて、またハーブティーに口を付けた。

「見つけられないとでも、思ってるのか？　俺の人捜しの腕は知ってるだろう？」

「もちろん、よく知ってます。所長だったら、見つけられるかもしれませんね。……でも」

「でも？」

「見つかったとき、北川《きたがわ》くんはまだお金を持ってると思いますか？　所長は、相手を見つけることはできても、親や兄弟のところにまで行って強引に取り立てることはできない人じゃないですか。たとえ脅し文句でも、腎臓を売れとか言えますか？」

「時と場合によるさ。いくら俺でも、金を持ち逃げしたやつに甘い顔はしない」

茶畑は、甘ったるいコーヒーをすすり、ホテルの喫茶室に流れるＢＧＭに耳を澄ました。オール・バイ・マイセルフ。恋人も友達もいない孤独を歌ったエリック・カルメンの70年代のヒット曲だ。原曲は、たしか、ラフマニノフのピアノ協奏曲だ。

「……さっき、正木さんが提示した報酬を聞きましたよね？」

毬子は、真正面から茶畑を見た。切れ長の目は意外なくらい鋭く、チャーミングな表情を作ってシルバーを手懐《てなず》けているときと違って、無表情に見つめられると少し怖い。

「聞いたよ。今でも聞き違いじゃないかと思うくらいだ。でも」

「でも？」

「……あのなあ。名前も時代も地方もわからずに、大昔の人間を捜し出せると思うのか？それも、江戸の豪商とか浮世絵師とかいうならまだしも、まったく無名の百姓なんだぞ？記録なんかろくすっぽ残ってないだろうし、そもそも、実在したかどうかも疑わしいんだ」

「だいじょうぶですよ。確実に存在してますから」

毬子は、平然と言う。茶畑は、眉《まゆ》をひそめた。ばりばりのリアリストだと思っていたが、彼女も生まれ変わりを信じる類《たぐい》の人間なのだろうか。

「どうして、そんなことがわかるんだ？」

「要するに、正木さんが言う条件に合う人を見つければいいんですよね？　それだったら、一人くらいは必ず発見できるはずです」

なるほど。そういうことか。

「要するに、君は、正木さんを騙《だま》せと言うわけか？」

「人聞きが悪いですねー。架空の人物をでっち上げたら詐欺でしょうけど、正木さんの言うとおりの人物を見つけるんですから、きちんと依頼に応《こた》えたことになるでしょう?」

「正木さんが見つけてほしいのは、条件にほどよくマッチした任意の人物じゃないんだぞ。正木さんの前世だったという、特定の人間なんだ」

「もちろんです。だけど、手がかりに従って絞り込んでいくわけですから、作業としては、同じなわけでしょう? 見つかった人が正解だったかどうかは、最終的に、正木さんが判断すればいいことじゃないですか」

毬子は、にっこりと微笑《ほほえ》む。俺はシルバーじゃないから、そう簡単に仕留められないぞと、茶畑は思う。

「着手金だけでも、今入ると、とっても助かります。それに、協力者を何人か雇ってもいということでしたよね。今どき、こんな太っ腹なクライアントっていませんよ」

茶畑は、かすかに首を振った。毬子にまかせておけば、協力者への謝礼は金額が嵩上《かさあ》げされ、幽霊の書いた領収書も現れることだろう。いいかげんにしろと一喝したいところだが、彼女のシビアな金銭感覚とやり繰りによって事務所が存続できているのは、紛れもない事実である。

BGMはギルバート・オサリバンのアローン・アゲイン(ナチュラリー)になっていた。これも70年代のヒット曲だが、普通の失恋の歌だと思っていると、もう少したって悲しみが癒《い》えなければ高い建物から身を投げて死のうという、真っ暗な歌詞に驚くことになる。

「所長。聞いてますか？」

いつもの癖で現実逃避を始めた茶畑に、毬子が、苛立たしげに突っ込む。

「俺は、やっぱり気が進まない。正木さんには、これまでもお世話になってるからな」

「報酬分は、きちんと仕事で返してるじゃないですか」

「だからって、正木さんの気の迷い——というか、心の病につけ込むのは……」

「つけ込むわけじゃありません。これは、むしろ人助けなんですよ」

「いったい、どう助けになるっていうんだ？」

「功成り名を遂げた人に、よくある話です。やるだけのことはやって、人生あとは死ぬだけかと思うと、虚《むな》しさに襲われるんです」

「それと、今回の話が、どう結びつくんだ？」

「前世のことを知りたい理由って、たいていは、来世の存在を信じたいためなんです。死がすべての終わりじゃないってことを確認したいんですよ」

そういうことなのだろうか。茶畑は、考え込んだ。あの正木栄之介にして、死の恐怖から逃れたいために、オカルトに活路を見出《みいだ》そうとしているのか。だとすれば、言われるままに調査を行い、前世ごっこに付き合ってやるのが、せめてもの供養……じゃない、サービスになるのかもしれないが。

「あ。あれじゃないですか？」

毬子が、囁《ささや》く。

茶畑が目を上げると、喫茶室の入り口に、縦縞《たてじま》のダブルのスーツを着た男の姿が見えた。

「あれは違うだろう。たぶん、バブルの時代の金貸しがタイムスリップして、道に迷ってるんだ」

「でも、こっちへ来ますよ」

男は、まわりの冷たい視線も気にせず、どんどん近づいてくる。

「茶畑さんだよな？」

男は、返事を待たずに、茶畑の向かいに座った。身長はさほどでもないが、がっちりした小太りの体軀《たいく》で、目鼻立ちは意外に愛嬌《あいきょう》がある。

「さっき電話した者だけどよ」

男は、極太の書体で『小口《こぐち》金融　小口繁《しげる》』と書かれた名刺を差し出した。もしかすると、百円からでも貸してくれるのだろうか。

「それで、ご用件は何でしょう？」

茶畑は、名刺を見て訊ねる。

「ご用件？　とぼけんな。北川遼太が残した借金一千万だ。きっちり清算してもらおうか」

「従業員の借金を、雇い主が支払う義務はありませんね。こちらも、金を持ち逃げされて、困ってるんです」

「それじゃ、世の中通らねえんだよ」

小口は、ぐっと大きな顔を近づける。

「こっちも遊びでやってるわけじゃねえんだ。何が何でも払わせるぞ」

「だったら、裁判でもやりますか？　うちも被害者ですからね、警察に被害届を出そうかと思ってるところなんですよ」

小口は、茶畑を見て、蛙《かえる》の面《つら》に小便だと感じたらしかった。

「なるほど。喰《く》えねえおっさんだ。あんたの評判は聞いてたが、半端な脅しは効かねえらしいな」

「それがわかってるんなら、やめとくんだな」

茶畑は、退屈し始めていた。意識はBGMへと流れる。今度は、ミスター・ロンリーだ。TOKYO FMの『ジェット・ストリーム』のテーマとして有名な曲だが、それにしても、今日かかる曲は、なぜどれも……。

「わかったよ。じゃあ、半端じゃねえ話をしようか」

おや、と思う。小口の反応は、茶畑の予想していないものだった。

「あんたのために、わざわざスペシャル・ゲストに来ていただいた。もちろん、丹野《たんの》さんはよく知ってるよな？」

一つ置いて隣の席にいた客が、顔を隠していたスポーツ紙を置いて、こちらの方を向いた。茶畑は、ぎょっとして身を強張《こわば》らせた。いったいなぜ、今まで気がつかなかったのだろう。のっぺりした色白の顔。なきに等しい眉と感情の起伏の見えない小さな目。ひょろりとした撫《な》で肩で、ぱっと見は、どこかの商店のぼんくら若旦那《わかだんな》のようだった。

白い開襟シャツに麻のジャケットを着た丹野は、コーヒーカップを持って立ち上がった。身長は百七十五センチの茶畑より十センチは高く、極端な猫背のため、どこか肉食獣を連想させる体形である。急に危険なオーラを感じ取ったらしく、まわりの話し声が小さくなった。丹野は、嬉《うれ》しそうに小口の隣の席に移動する。

「よう。元気にしてるか？」

昔の浪曲師のように潰《つぶ》れた声で、茶畑に声をかける。静かに話すだけでも、異様なまでに迫力があった。

「まあ、何とかな」

茶畑は、言葉少なに答えた。事情を知らない毬子は、怪訝《けげん》な様子である。

「俺とチャバとはさ、小学校の同級生だったんだ」

丹野が、毬子に向かって言う。

「今は、こんなことやってるよ。まあ、早い話が人助けだ」

丹野は、茶畑に向かって名刺を差し出した。本当は欲しくないが、しかたなく受け取る。ごく普通の書体で『特定非営利活動法人　日本人道会　代表　丹野美智夫《みちお》』とあった。

ここは笑うところだろうかと考える。もちろん、そんな勇気は持ち合わせてなかったが。日本人道会というＮＰＯの実体が、関東一凶悪と言われる暴力団仁道会《じんどうかい》のことであるのは、言うまでもない。

「それでな。この小口は、昔気質《かたぎ》の金貸しなんだが、人情が仇《あだ》になって、最近、貸し倒れが多くて経営が苦しいらしいんだ。北川ってのは、おまえんとこの従業員だったんだろう？　払ってやってくれねえか？」

丹野は、にこやかに言う。

「待ってくれ。……一千万なんて金は、今の俺には、逆立ちしても出せないよ」

茶畑は、口ごもった。

「そりゃそうだ。全額なんて言ったら、チャバが可哀想《かわいそう》だよな。よし、こうしよう。半額の五百万。これで手を打とう。それでいいな？」

丹野は、隣に座った小口を見やる。

「え？　で、でも……いや、そうですか。わかりました。それで、けっこうです」

小口は、泡を食ったようだったが、大きな顔に精一杯の笑みを浮かべた。

「そうすると、丹野さんには、半分の二百五十万ということですよね？」

丹野の顔から、笑みが消えた。

「あれ？　何か、俺やばいわ。シャブも食ってねえのに幻聴か。おまえ今、何て言った？　もういっぺん、聞かせてくれる？」

「す、すみません。ですが、一千万の半金の五百万というお話でしたんで、五百万の半金ということになると二百……」

小口の顔は、引き攣《つ》っていた。

「おいおい。日本語は、きちんと使おうよ。約束は、五百万。一千万の半分とか何とかいうのは、単なる計算根拠っつうか枕詞《まくらことば》でしょう？　俺には、約束通り五百万。わかった？」

「でも、そうすると、こっちには一銭も」

「馬鹿。おまえには、ちゃんと、五百万が入るでしょう？」

「え？　そうっすか？　でも、それは」

小口は、混乱した表情になる。

「そして、そこから俺に、五百万払うの。収入と支出は、まったく別次元の話よ。せっかく話がまとまるとこなのに、いちゃもん付けて混乱させるんじゃねえ」

知らない人間が聞けば、馴《な》れ合いの芝居をやっていると思うだろうが、丹野に限っては、そうではない。この男は、そんな七面倒臭い真似《まね》はしないし、一千万円の債権の切り取りを請け負って、依頼人の取り分を気前よく切り捨てて五百万円を懐に入れるくらいのことは、普通にやる。

なるほど。こんなことをやっていたら、昔気質の金貸しである小口は、経営が苦しくなる一方だろう。

「じゃあ、そういうことで、チャバもＯＫね？」

丹野は、こちらに向き直った。小口の誤算を笑っている場合ではなくなった。

「……時間をくれ。さすがに、今すぐは無理だ」

毬子が、目を剝《む》いてこちらを見た。どちらも怖いが、この場合は比較にならない。

万持って来い」
「わかった。幼馴染《おさななじ》みだからな、一ヶ月だけ待とう。来月の今日までに、俺んとこに五百
「人捜しの案件がある。その成功報酬が五百万だ。二ヶ月あれば、メドが付くと思う」
「時間？　どれくらい？」

丹野は、立ち上がった。

「それ、いったんは、小口の方に払うんじゃないのか？」

やめておこうと思ったが、抵抗できない悔しさから、へらず口を叩《たた》いてしまう。

「え、どうして？　どうせ俺に払うんだから、通す必要ないでしょ？」

丹野は、本当にわけがわからないという顔だった。

「……もう一つだけ、確認したい。おまえに五百万払って、後からまた請求が来るんじゃや、
俺はやってられない。この件は、これで終わりなんだな？」

せめて、そこだけは、きちんと言質《げんち》を取っておきたかった。

「だいじょうぶだよ。俺が保証する。こいつは、昔気質の金貸しだからな」

「だから、約束を守るってのか？」

「昔気質の金貸しってのはさ、金より命を大切にするもんなんだよ」

丹野は、寂《さ》びた声で言うと、悠然と喫茶室を出て行く。残された小口は、しばらく憮然《ぶぜん》
としていたが、「あの糞《くそ》野郎が！」と吐き捨てて、立ち上がった。茶畑は、立ち去ろうと
する小口の手首をつかむ。

「何しやがる？」

小口は、目を剝いた。

「丹野のコーヒー代を払っていけ。おまえが呼んだんだからな」

「この野郎……！」

小口の顔が、真っ赤に染まった。

「おまえが安易にあんなやつを嚙《か》ませるから、俺は五百万も払う羽目になった。そっちも、一円も回収できないんだぞ。もっとマシな話の付け方があっただろうが？」

80キロの握力で手首を締め付けられ、小口は苦痛の呻《うめ》き声を上げた。

小口の目の中に、一瞬、凶暴な色がほの見えたが、一銭にもならなかったという徒労感に打ちのめされているらしく、黙って懐から蛇革の長財布を抜き出すと、テーブルに千円札を放《ほう》り投げた。

小口が喫茶室を出て行った後、茶畑も、脱力感に襲われて天井を見上げる。

「所長。気はたしかですか？」

毬子が、冷たい声で詰問する。

「少し遠くなってはいるが、違ってはいない」

茶畑は、溜《た》め息《いき》混じりに言う。

「殴り合いを覚悟してコーヒー代を払わせたのは、あっぱれな経済観念ですけど、気前よく五百万円も払うなんて約束した後じゃ、やってることが支離滅裂です」

「しょうがないんだ。相手が悪い」

茶畑は、かすかに首を振った。

「相手がヤクザでも、筋を通すのが、所長のポリシーじゃなかったんですか？」

「ただのヤクザじゃない。あいつは特別なんだよ。俺が支払いを拒めば、丹野はためらわず俺を殺す」

「そんな馬鹿な。なんで、そんなふうに思うんですか？」

「あいつは、そうするからだよ」

そのことは、小学校四年生で丹野と同じクラスになったときから、嫌というほど思い知らされてきた。正気の人間が狂人と戦おうとしても、絶対に勝ち目はない。強面《こわもて》の生活指導の教師も、地元の不良グループも、丹野の抑えにはならなかった。中学生で斯界《しかい》にデビューしてからの丹野の冷血ぶりは業界人も血の気が引くようなもので、一度も警察に摘発されていないのは奇跡としか思えない。長い目で見れば、絶対に後に退《ひ》かない狂気の戦略はどこかで破綻《はたん》するはずだが、不惑の年に近づいても、まだXデイは来ていないようだった。

「……でも、これで、正木さんの依頼を受けるしかなくなりましたね」

毬子は、それ以上理解不能の事柄にはこだわらず、前向きに事態を捉《とら》え直す。

「本当の成功報酬は一千万なんだし、とにかく気を取り直して、正木さんの前世だったたっていう農民を見つけましょう」

「そうだな」

茶畑は、腕組みをして目を閉じた。耳に、喫茶室のBGMが流れ込んでくる。

ウィ・アー・オール・アローン。これも70年代の、ボズ・スキャッグスのヒット曲だ。

我々はみな孤独である……という意味ではなく、僕らは二人っきりだよ、という甘い囁きのバラードだった。

茶畑は、冷たくなったコーヒーの残りを飲み干し、つい聴き入ってしまう。

『Amie』と呼びかける部分は、無意識に『亜未《あみ》』と置き換えながら。

「どうかしたんですか?」

毬子は、怪訝な表情になった。

「古い曲だけど、昔よく聴いてたんだ。いろいろあったときにね」

「はあ」

まったく興味のなさそうな相づちがかえってくる。

ヤバ目の相手と会うときは公共空間に限るので、このホテルの喫茶室はしばしば利用しているが、今日のBGMは、妙に気にかかった。

シンクロニシティを信じているわけではないが、探偵の仕事はツキの影響を受けやすく、自然とゲンをかつぐようになる。セレンディピティめいた偶然が、人捜しの役に立つという経験も何度かしていた。

これは、何かの啓示なのか。なぜ、今日に限って、こんなに孤独をテーマにした曲ばかりかかるのだろう。

2

茶畑探偵事務所は、開店休業状態から一転し、ときならぬ活況に沸いていた。とはいえ、忙しく働いているのは二人だけだったが。

「所長。こんな感じで、どうでしょうか？」

茶畑が聞き込みから帰ってくると、毬子が、待ちかねていたように数枚のプリントアウトを手渡す。

「もう書いたのか？　さすがに手が速いな」

茶畑は、背広の上着を脱いでハンガーに掛けると、ソファに座って印字された内容を読み始めた。外は猛暑だったので、せめて事務所では涼みたかったが、強硬に節電を押し進める毬子の方針で、エアコンは28℃に設定されている。

汗を拭いながら最後まで読んで、茶畑は、うなずいた。

「だめだな、これは」

毬子は、傷ついた表情になる。

「そんなにひどいですか？　それなりに頑張ったつもりなんですけど」

「ビジネス文書としては完璧だが、桑田には小説家の才能は皆無なようだ」

茶畑は、プリントアウトを毬子に返す。

「しかし、正木さんから聞いた内容は、過不足なくまとまってる。これを基にしてリライトさせよう。誰か見つかった？」

「はい。小塚原《こづかはら》鋭一《えいいち》に頼もうと思います」

「小塚原Ｗｈｏ？」

「十年くらい前にどこかの新人賞を取ってデビューした小説家なんですけど、最初に出した『刑場の露』という本はまったく売れず、その後も鳴かず飛ばずで、ゴースト・ライターで食いつないでます」

「聞いたことないけど、一応、時代小説なんだよな？」

「そうなんですが、取り憑かれているテーマが、『残虐行為』なんです。人が人に対して、どこまで残虐になれるかというのを、リアリズム描写で追究していく作風で」

たしかに一般の時代小説ファンには受けそうもないが、この仕事には、むしろうってつけかもしれない。

「桑田は、この、小塚原とは親しいのか？」

「というほどでもありません。前にいた会社で、ちょっと仕事を頼んだことがあるんです。商品の利用者の手記を、年齢・性別を変えて書き分けてもらったんですけど」

毬子が以前に勤めていたのは、マルチ商法で悪名高い企業だった。

「だったら、秘密は守れるな。すぐ依頼してくれ。ギャラは、原稿用紙二十枚で十万円だ。ゴーストやってんなら半日で書ける分量だし、臨時収入としては悪くないだろう」

毬子は、不満そうだった。

「この支出って、どうしても必要なんですか？」

自分が書いた原稿なら、タダですむのにと言いたいらしい。

「あのなあ、郷土史家か誰かに話を持ちかけたとして、これはよみがえった前世の記憶なんですと言って、まともに取り合ってくれると思うか？」

「小説だったら、ＯＫなんですか？」

「もちろん。これは失踪《しっそう》した小説家の残した原稿だが、どうも史実に基づいているらしい。いつどこで起きた事件だかわかれば、行方を追う手がかりになるとでも言えば、食い付いてくれるよ。日本人は、みんな、わかりやすいミステリーが大好きなんだ」

「いつもながら、所長の悪知恵には敬服します」

毬子には、失礼なことを言っているという自覚はないようだった。

「聞き込みの成果は、どうでした？」

「それが、いろいろと出てきたよ」

茶畑は、手帳を開いた。

「まず、正木さんだが、最近、遺言のことで頻繁に弁護士と会っている。莫大《ばくだい》な財産を誰に遺《のこ》すかで、迷ってるようだな」

毬子は、眉をひそめた。

「法定相続人は、妻の世津子《せつこ》と息子の栄進《えいしん》の二人だが、弟の武史《たけし》や、腹心の部下たちにも、まとまったものを遺贈するつもりだったらしい。ところが、ごく最近になって、何か重大な疑惑が生まれてきた」

「どういう疑惑なんですか？」

「正木さんは、身内の中に裏切り者がいるんじゃないかと疑っているようだ」

「裏切り者って？」

「詳しい内容は、まだわからないが」

「所長。そういうことは、あまりつつかない方がいいと思います」

毬子は、案ずるような表情になった。

「依頼内容から完全に逸脱してますし、正木さんも、詮索《せんさく》されるのを望まれないんじゃないでしょうか？」

「そうだろうな。しかし、あんな話を鵜呑《うの》みにして、言われたことだけ調べるというのは、俺のポリシーに合わない」

茶畑は、タオルを洗面台で濡《ぬ》らして年代物の扇風機の上に掛ける。冷蔵庫から麦茶を出してコップに注《つ》いだが、あいにく、まだ冷やし始めたばかりらしい。

「俺の考える探偵業の要諦《ようてい》とは、第一に自分の意図を完璧に隠し通すこと、第二に関係者生温《なまぬる》い麦茶を飲み干して、喉《のど》を潤す。

「取材対象者には、『本当は何を調べているか』を知られてはならない。内容によっては、向こうは情報の提供をためらうかもしれないからな。相手が話しやすい、話しても問題ない類の調査をしていると思わせなきゃならないんだ。そして、依頼人が『なぜ調べたいか』を知ってなければ、いつ足を掬《すく》われてもおかしくない」

「正木さんは、調査の本当の目的を話していないっていうんですか？」

「あれだけ合理的で頭脳明晰《めいせき》だった人が、急に前世を信じ始めたっていうんだ。裏の意図があるんじゃないかと勘ぐっても当然だろう。報酬にしたって、いくら何でも気前がよすぎるしな。……そう思ってたんだが」

「違うんですか？」

「案外、本気かもしれない。どうも、悪い虫が付いてるようなんだ」

茶畑は、ノートに走り書きした文字を見せた。

「一大……？　後の字は、とても読めません」

「天眼院浄明《てんがんいんじょうめい》とかいうらしい。達筆すぎるのも、考えものだな」

「何者ですか？」

「人の前世を見通せると称している、占い師か詐欺師だ。調べておいてくれ」

毬子は、一字一字確認して、メモした。

「それから、遼太のことだが、しばらく調査は中止するからな」

「どうしてですか？」

「たまたま耳にしたんだが、他にも、遼太の行方を嗅《か》ぎ回ってる連中がいるらしい」

「それも、金融関係ですか？」

「いや、中南米系の外国人で、相当ヤバいやつらだという話だ。遼太がうちの従業員だったことは知られてないようだが、調査がバッティングすると、まずいことになる」

「……わかりました」

「もろもろ考えると、一応夜逃げの準備もしといた方がいいだろうな。家賃の振り込みも、もう少し様子を見ようか」

茶畑がつぶやくと、毬子は、それもメモした。

そのとき、事務所のドアが開き、若い男が入ってきた。金髪を髷《まげ》のように後ろでしばり、黄色いTシャツにローライズのジーンズというラフな格好だが、目つきの鋭さでカタギではないと知れる。

「今、新規の調査はお断りしてるんですよ」

茶畑が声をかけても、若者は、我関せずと、事務所の中を無遠慮に見回していた。

「ご用件は？」

若者は、じろりと茶畑を見ると、そっぽを向く。乾きかけたタオルが載っている扇風機を奇異の目で見ているようだ。依頼人でないことは、あきらかだった。

茶畑は、ソファの陰に立てかけてあった金属バットを手に取ると、すたすたと若者に歩み寄った。若者は、さすがに驚いた様子で茶畑に向き合う。

「……俺、丹野さんに言われて来たんすよ」

茶畑は、振り上げかけた金属バットを下ろした。

「約束は、一ヶ月後のはずだ」

「それまで、少しでもお役に立ってこいって」

あの野郎、付け馬をよこしやがった。飛ばせないための見張りか、それとも、金の匂《にお》いを嗅ぎつけて、さらに食い込むつもりなのか。

「せっかくだが、人手は足りてる。給与を払う余裕もない」

「給料は、いいっす。ジンドウ会の方からもらってるんで」

たとえ体裁はＮＰＯになっていても、ふつう、末端の構成員に給料など出るはずがない。そんなお膳立《ぜんだ》てまでして送り込んできたのには、ますます下心があるとしか思えなかった。

「いいから、帰ってくれ」

「このまま帰ったら、俺、マジで殺されます」

若者は、まっすぐに茶畑の目を見た。向《む》こう気《ぎ》は強そうだが、素直そうな目をしている。

茶畑は、溜め息をついた。

知るということは、諸刃《もろは》の剣である。丹野がどんな人間であるのか知っているがゆえに、無茶苦茶な要求も通されてしまったし、こんな馬鹿げたセリフまで説得力を持つことになるのだ。

「名前は？」

「テツって呼んでください」

第一関門をクリアーしたとわかったらしく、にやりとする。

テツだと。茶畑は苦笑するしかなかった。高校生の頃に、周囲からそう呼ばれていたのを思い出したのだ。丹野だけは勝手に「チャバ」と呼んでいたが。

茶畑は、いかにも向こう意気の強そうな若者を見た。顔立ちこそまったく似ていないが、どこか昔の自分を見ているような気分になった。

しかたがない。簡単な下調べや使い程度ならできるだろうし、今はやむをえず断っているペットの捜索のような半端仕事をやらせるという手もある。

なぜか、後悔するような気がしたが、茶畑は、それ以上深くは考えなかった。

探偵業は、３Ｋ職種の最たるものである。そのキツさは半端ではなく、真夏の炎天下や真冬の寒風吹きすさぶ中で、長時間立ちん坊で張り込みしていると（監視用の部屋があったり、優雅に車の中で待ったりなどという贅沢《ぜいたく》は、年末ジャンボに当たるくらいの確率でしか訪れない）、たぶん俺は長生きできないだろうなと実感する。自宅と仕事場を往復するだけの相手を、連日長時間尾行し続けて、何一つ成果がないときなど、精神的な疲労が真っ黒な澱《おり》のように溜《た》まり続ける。

ときには、調査対象者《マルタイ》のゴミを漁《あさ》ったりとキタない仕事も厭《いと》わずにやらねばならないし、ヤクザ絡みの案件などは、もちろんキケンもいっぱいである。

要するに、手がかりは向こうからやって来てくれないので、万難を排して、こちらから見つけに行くしかなく、その過程で否応《いやおう》なく心身を磨《す》り減らすのだ。

ところが、ごく稀《まれ》に、セレンディピティの妖精《ようせい》（たぶんティンカーベルのような姿をしているに違いない）が、きらきら光る杖《つえ》を一振りし、精根尽き果てかけた哀れな探偵に恵みをもたらしてくれることがある。

セレンディピティとは、『セレンディップの三人の王子たち』というペルシャの寓話《ぐうわ》から生まれた言葉だ。王様から使命を与えられて、三人の王子たちは旅に出るが、ろくな探索をしなくても、手がかりの方から次々に訪れて来るのだ。B級ハードボイルド小説の主人公が行き当たりばったりに街をうろつくと、謎《なぞ》の女が主人公の魅力に惹《ひ》かれたらしく向こうから声をかけてきて、一夜を共にした後すぐに殺されたり、まだ何の手がかりもつかんでいないというのに強面の男たちが現れ、よけいなことを嗅ぎ回るなと警告して主人公を痛めつけ、かえってヒントを与えてくれるようなものである。

痛めつけられるのはともかくとして、自然に必要な情報が集まってくる状態を考えると、思わずうっとりしてしまう。まるで、おとぎの国の探偵ではないか。地球上で最もありえない言葉の組み合わせは安楽椅子探偵だろうと思うが、一度くらいは、あらゆることがうまくいって……。

「所長。さっきから、何を一人でぶつぶつ言っているんですか？」

毬子が、気味悪そうに訊《き》く。

「いや、いい傾向だなと思ってね。さっき、正木さんの息子の代理人が、向こうから会いに来たいと言ってきただろう？　きっと、労せずして何らかの進展があるはずだ」

「そんな。いい話かどうかわからないのに。……というか、いい話である確率は低いんじゃないですか？　たいがいは、手を引けとか、調査報告を捏造《ねつぞう》しろとか」

「懇願でも脅迫でも何でもいい。前世での殺人者を捜せなんていうわけのわからない話に、少しは、納得のいく説明が得られるかもしれないしな」

茶畑は、ぬるい麦茶を一口飲むと、愛用の扇子を開いてぱたぱたとあおいだ。扇子には、『道法自然《どうほうじねん》』と揮毫《きごう》してある。宮城県塩竈《しおがま》市出身の、将棋の中原《なかはら》十六世名人の書だった。

「テツは、どこ行ったんだ？」

「六本木の、天眼院浄明のところへ行ってます」

毬子は、暇そうにしている茶畑に、ちらりと批判的な視線を向けた。

「ネットで調べたかぎりでは、天眼院の占いは当たるという、もっぱらの評判みたいですね。初対面でも、ずばりと悩みの正体を指摘するとか」

「コールド・リーディングってやつだ。相談者の反応を観察しながら、巧みにカマをかけ、情報を引き出していく。肝心なことを、すべて自分で喋《しゃべ》ってることに気づかない相談者は、占い師が千里眼で見抜いたんだと信じる。汚いやり方だ」

「所長だって、依頼人に対して、ほとんど同じことをやってるじゃないですか？」

毬子の応答が、いつにもまして辛辣《しんらつ》な気がするのは、やはり給料を遅配しているためだろうか。

「俺が実践しているのは、依頼人からスムーズに必要な話を引き出すためのテクニックだ。誰かを騙すためじゃない」

茶畑は、一番真摯《しんし》な声音で言ったが、毬子は特に感銘を受けた様子はなかった。

「あ。メールが来ました。小塚原鋭一からです。原稿もありますね。二日もかかったのは、意外でしたけど。今、プリントアウトします」

十五年落ちのプリンターが、喉をゼイゼイ言わせるような音を立てながら印刷の準備を始めた。

「……しかし、テツでだいじょうぶなのか？　たしかに組員っぽくはないかもしれないが、占い師に相談に行くような殊勝なキャラには見えないだろう？」

「そうでもないですよ。なるべくおとなしめの服に着替えて、やたらと相手に眼《ガン》を付けたりしなければ、それなりに普通に見えます。外見は悪くないし、けっこう勘のいい子ですから、だいじょうぶでしょう」

毬子は、なぜかテツのことが気に入っているようだった。

「ふうん。探偵業に向いてると思うか？」

「はい。ヤクザなんかやめて正業に就く気があれば、うちで雇ってもいいと思います」

かりにテツがやめたいと言ったとしても、とうてい、すんなりやめられるとは思えない。重石《おもし》になっているのがあんな怪物ではなく、普通のヤクザだったなら、間に入って交渉してやってもいいのだが。

「張り込みや尾行は、二人一組が原則じゃないですか？　今みたく、その都度助っ人を頼むより、信頼できる助手が一人いた方が、事務所にとってプラスでしょうし」

「遼太みたいにか？」

茶畑が反問すると、毬子は、珍しく言葉に詰まった。

「……どうして北川くんが急に飛んだのか、わたしには見当も付きません。信頼できる子と思ったんですが」

「桑田も、人を見る目となると、まだまだだな」

「所長には、人を見る目があるんですか？」

あんただって北川遼太が失踪するとは予想してなかったでしょうと、言っているらしい。

「俺は、大勢の若者を見てきた。ただ単に見てきただけじゃない。教育係をやってたからな。自慢じゃないが、彼らの内面は知り尽くしていると言ってもいい」

「教育係って、所長がですか？　前の探偵事務所で？」

毬子は、失礼なくらい露骨に驚きの表情を見せた。

「そうだ。……そのとき、今から考えても、とても信じられないような経験をしたよ」

毬子には、最近、どうも軽んぜられる傾向がある。ここは一つ、感銘を与えるような話をしてやろうと思う。

「探偵業は3Kの最たるものだが、どういうわけか、好況、不況を問わず、志望者が絶えることはない。映画とかテレビ、ハードボイルド小説などの影響が大きいのかもしれないが、新人のほとんどは、美しき誤解に胸躍らせて就職し、惨憺《さんたん》たる理解とともに離職することになるんだ」

「どこかで聞いたような譬《たと》えですね」

毬子の茶々は、無視する。

「一度、二人の新人を同時に実地研修に連れて行けと命じられたことがあった。もちろん、二人一組が基本だが、半人前×2で一人前という計算だったらしい。ところが、この二人、そろいもそろってまったく使えないポンコツで、しかも、その現実とのズレ方は、ほとんど正反対だったんだ。おそらく、俺が二人を使いこなせるかどうか、上の方は賭《か》けでもしてたんだろうな」

毬子は、印刷が終わった紙をとんとんと揃《そろ》えて、ガチャ玉で綴《と》じていた。黙って聞いているところを見ると、一応、話の続きは気になるらしい。

「Aは筋金入りのハードボイルドマニアだった。特に、チャンドラーを偏愛していたらしい。Aにとって、探偵とは職業ではなく生き方だった」

「詩人とは職業ではなく生き方だという言葉は、聞いたことがありますけどね」

いちいち元ネタを指摘されると、非常に話しにくい。

「Aにとって、探偵とはまさしく『卑しき街を行く孤高の騎士』だった。世の中を斜《はす》に――斜め上から見下ろしつつ、ニヒルにタバコをくわえバーでバーボンを呷《あお》る。その姿こそが、Aの唯一の目標だった。そのために、常にバーバリーのトレンチコートを着込んでいるのはまだしも、ボルサリーノの中折れ帽を目深に被《かぶ》っている格好は、まるでサンドイッチマンのように目立ったから、とても尾行などには使えなかった」

「本当に、そんな浮世離れした新人がいたんですか？」

毬子は、疑わしそうに訊ねる。

「それに、服装をあらためろって注意すればいいだけのことじゃないですか？」

「それだけは、いくら言っても、頑として聞こうとしなかったんだ」

毬子が口を開く前に、茶畑は話を続ける。

「一方、Bは探偵マニア、というか盗聴マニアだった。もっと身も蓋《ふた》もない言い方をすれば、ハイテク好きの出歯亀《でばがめ》だった。いつも瞼《まぶた》の腫《は》れた蒼白《あおじろ》い顔をしていたが、イヤホンを付けて他人のプライバシーに耳を澄ませている時間は、惨めな自分の人生のことを忘れて全能感に酔い痴《し》れることができたんだろうな」

「……最低」

「当たり前のことながら、AとBは、初対面から、お互いを軽蔑《けいべつ》し合い、嫌悪し合っていた。単に馬鹿にし合っていたというよりは、相手の存在がどうしても理解できなかったために、根源的な不安を掻き立てられていたような気がする」

茶畑は、遠い目になって回想する。

「その日の仕事は、浮気を疑われている妻の素行調査だったが、チームワークが最悪なため、尾行の大半は、俺一人でこなさねばならなかった。そうなると必然的に、犬猿の仲の二人がバックアップに廻《まわ》り、嫌でも一緒にいる時間が長くなった。すると、いったい何が起こったと思う？」

「さあ。見当も付きません」

「人生とは、予想もしないミステリーの連続だ。その大半は、けっして解決することはない。だが、このときだけは、世にも意外な結末を目の当たりにしたよ。何とだな……」

そのとき、ドアにノックの音がした。

「はい、どうぞ」

茶畑が応じると、ドアが開いて、四十代前半くらいのサラリーマン風の男が入ってきた。実直そうな風貌《ふうぼう》で、クールビズがはやっている中でも、まずまずの仕立ての紺の背広を着て、地味なネクタイをきちんと締めている。

「失礼します。私《わたくし》、先ほどお電話しました、栄ウォーターテックの有本《ありもと》と申します」

名刺を交換する。有本康宏《やすひろ》は栄ウォーターテックの総務部総務課長という肩書きだった。

応接セットに向かい合って座ると、毬子がタイミングよく麦茶を出した。

「先ほどのお電話では、有本さんは、正木栄進さんの代理人というお話でしたが」

「はい。本日は、会社の人間ではなく、個人として伺いました。とは言いましても、会社の行く末にも関《かか》わってくることですので、そのあたりの線引きは微妙なのですが」

有本は、交渉慣れした態度と話し方だった。総務課長ということなら、総会屋対策なども担当しているのだろう。

「その前に伺いたいんですが、どうして、ここのことがわかったんですか？」

茶畑の質問に、有本は、申し訳なさそうな笑みを浮かべる。

「実は、たいへん失礼ながら、会長室にいらっしゃったお客さまは、全員、チェックさせていただいておりました。どなたかわからないままでは、何か起きたとき対処に困りますし、あくまでも安全のためということで、ご了解いただければありがたいのですが」

チェックといっても、その後で尾行でもしなければ、正体はわからないだろう。素人には無理だろうから、別の探偵を雇った可能性が高い。そんなことまで総務課長の権限でやれるとは思えなかった。まちがいなく、会長以外の会社の上層部の意向が反映しているはずだ。

「わかりました。それで、お話は、どういうことでしょう？」

「まず、会長が茶畑さんに依頼した内容は、お話しいただけないですよね？」

「当然です。我々には、守秘義務というものがありますので」

「そうでしょうね。その点は、覚悟して参りました」

有本はハンカチを出し、額の汗を拭った。思った以上に事務所に冷房が効いていないのは、誤算だったのだろう。恨むなら、毬子を恨めばいい。

「それでは、私の方から推測を申し上げます」

有本は、身を乗り出した。

「会長は、三ヶ月前に起きた事件――情報漏洩《ろうえい》に関して、身内の人間を疑っておられます。茶畑さんには、その犯人捜しを依頼したに違いないと考えております」

茶畑は、答えなかった。間違いない。これは、妖精の恵みだ。

「その前提で、お話ししてもよろしいでしょうか？」

「お話しになるのは勝手ですが、私は、お答えできませんよ」

茶畑は、昂揚《こうよう》している内心とは裏腹に、素っ気なく答える。

「それに、情報漏洩に関しては、トップの方たちしかご存じないはずでしょう。有本さんは、どこまで知らされているんですか？」

ハッタリをかけてみる。コールド・リーディングのこつとは、守勢に立たされないように、こちらから先に攻めることだ。

「私は……一応、総務課長という職にありますもので。M&Aに関しては、初期より準備を進めて参りましたし」

有本は、鼻白んだようだった。

「とはいえ、情報が漏れた事情について、すべて知らされているわけではないでしょう？違いますか？」

「それは、まあ、そうかもしれません」

有本は、茶畑が自分の知っている以上の内容を知らされていると信じかけていた。

手持ちの断片《ピース》と併せると、ぼんやりと全体像が見えてきたような気がする。遺言の変更。身内に裏切り者がいるという疑惑。それに、企業の合併と買収《M&A》。三ヶ月前の情報漏洩。

「会長は、どうしても事件の真相を知りたいとおっしゃってました」

茶畑は、静かに言う。

「真相ですか？」

「会長を殺したのが何者だったのか、それから、なぜ殺したのかということです」

有本は、たじろいだ。

「殺した……ですか？　それは、たしかに、会長の信頼を裏切って、栄ウォーターテックを水ビジネスの総合企業へと脱皮させる機会を奪ったという点では、そう言われるお気持ちもわかりますが」

「正木さんは、日本で最初に水ビジネスの将来性に着目した経営者はご自分であると自負されてました。そして、今、人生の総決算をする時期に来ているとも。そんな中で、身内に、いわば後ろから刺されたとなれば、お怒りもごもっともだろうと思います」

「ですが、犯人が栄進さんではないことは、あきらかなんです」

有本は、懸命に態勢を立て直そうとしていた。

「栄進さんは、現在、双葉《ふたば》銀行に勤務しております。いずれ弊社に迎えることになりますが、少なくとも今は、内部の機密事項にはノータッチです」

「本当に、そうでしょうか？」

茶畑は、疑惑の目で有本を見る演技をした。

「M&Aには、双葉銀行も絡んでたんでしょう？　それに、有本さんたち、いわば栄進派の方たちを通じて、情報を入手することはできたんじゃないですか？」

「待ってください。たしかにM&Aのアドバイザリー業務を行っていたのは双葉銀行ですが、栄進さんがいる国際部門は、まったく関係がありません。それに、漏洩の時点では、私にもTOBの価格を知ることはできませんでした」

どうやら、ただの合併ではなく敵対的買収のもくろみだったようだ。まあ、そのあたりは、容易に調べが付くだろう。

「有本さんには無理でも、上の方なら、充分知り得たでしょう？」

「誰のことをおっしゃってるんでしょうか？」

今度は、カマには引っかからない。

「いずれにしても、私が現在何を調べているかは、お教えできませんし、有本さんの推測が当たっているかどうかも、お答えできませんね」

茶畑は、有本を冷たく突き放してやった。

「それは、重々承知しております。ただ、私としては、栄進さんは無実であるということを申し上げたかったのと、もし真相を突き止められたら、私どもにもお教えいただけないかと思って、伺いました」

「それはできません。依頼主は、あくまでも正木栄之介会長ですから」

「もちろんです。ですが、私どもにお教えいただいた内容は、けっして外部に漏れることはありませんし、会長が不利益を蒙《こうむ》ることもありません。便宜を図っていただければ謝礼として、五百万円を差し上げたいと考えております」

あくまでも真相が判明したらという条件付きだが、またもや破格の大盤振る舞いだった。

「今も言ったように、それは、探偵の倫理に反する行為ですから」

「お返事は、今でなくてもけっこうです。真相がわかって、その時点で、私どもに教えてもかまわないと思われた折には、ぜひご連絡ください。……本日は、貴重なお時間をいただき、ありがとうございました。それでは、これで失礼します」

有本は、完全に断られてしまうのを恐れるように、腰を浮かせた。

「待ってください。情報をよこせとおっしゃるのでしたら、私の質問にも、お答えいただけませんか？」

はっきりと取引に応じると言ったわけではないが、有本は、好感触だと思ったのだろう。見違えるように明るい表情になった。

「何でしょうか？」

「先ほど、会長室を訪れる客は、全員チェックしているとおっしゃいましたね？　その中に、天眼院浄明という占い師がいたと思うんですが」

有本の表情は、今度は目に見えて暗くなった。まるで調光スイッチの付いた照明のようなわかりやすさである。

「まあ、何と申しますか、会長はゲン担ぎがお好きなんです。単なる気晴らしといいますか、けっして占いによって経営判断を左右されるようなことは」

「いったい、どんなきっかけから、占い師なんかと知り合ったんですか？　私の知っている会長は、きわめて合理的な方でしたが」

「……そうですね。会長は、昨年の暮れあたりからですか、不眠に悩まされるようになり、神経科や心療内科にもかかったようなんですが」

「それは、単なる不眠症だったんですか？」

「いえ、それだけなら、睡眠導入剤でももらえばすむことです。問題は、悪夢を見ることでした。それも、内容はおっしゃらないのですが、いつも決まって同じ夢だったそうです」

前世の記憶という、あの夢のことに違いない。その内容を小説化したものがそこにあると教えてやりたくなった。

「会長は、たいへん夢を気にしておられました。神経科や心療内科は、悪夢を見ないようにすることはできません。それで、夢について詳しいというカウンセラーに相談し、そこから、天眼院浄明さんを紹介されたようです」

ニューエイジ好きのカウンセラーだったのだろうか。妙な宗教の方へ行かなかっただけ、まだしもだったかもしれない。

「それで、天眼院氏は、会長にどんな話をしたんでしょうか?」

「それは、わかりません。ですが、会長も、その後落ち着かれたようですから、占い師にも精神安定剤的な効用はあったのかなと……」

あきらかに、その話題には、それ以上触れたくない様子だった。

「有本さんがご覧になった天眼院浄明氏は、どんな人物ですか?」

有本は、しばらく考えていた。

「占いが本物なのかどうかは、私には判断できません。人物も、何とも判断しかねますね。ちらっと見ただけですから。しかし、どこか常人と違っているようには感じられます」

「常人と違う?」

「目が……鋭いというのとも違うんですが、すべてを見透かされているような感じがするんです。ただの気のせいかもしれませんが」

3

少し早めに待ち合わせの喫茶店に着いたので、茶畑は、ショルダーバッグからプリントアウトされた原稿を取り出す。ブレンドコーヒーに砂糖と生クリームを入れ、掻き混ぜながら、もう一度目を落とした。

まともな小説の仕事ではないことは百も承知だろうに、どういうこだわりか、タイトルと著者名だけは行書体になっていた。郷土史家の土橋《つちはし》氏に送ったコピーでは、著者名は削除してある。

最初に読んだときもそうだったが、時代小説にしては書き方に違和感があった。しかし、たぶん、これが小塚原鋭一という作家の文体なのだろう。気になる点はそれ以外にあった。

水論の夜に

小塚原鋭一

灯心の藺草《いぐさ》が立てるじじじという音。行灯《あんどん》の明かりが、集まった男たちの顔をうっすらと照らし出していた。みな一様に髪の毛は伸び放題で、こけた頬から喉元にかけてむさ苦しい無精髭《ぶしょうひげ》に覆われている。凝然《じっ》と何かを見つめている目は、獣のようにぎらぎら輝いていた。追い詰められた人間の饐《す》えた体臭が板の間に籠《こ》もって、油皿の上で秋刀魚《さんま》油が燃える煙たい臭気と混じり合い、噎《む》せ返るようだった。

松吉《まつきち》は、尻《しり》っ端折《ばしょ》りして黒光りする板の間の末座に胡座《あぐら》を掻き、所在なく身を縮めていた。数えで二十一になった今も、寄り合いに出ると緊張が解けず、思ったようにものが言えない。ましてや松濱《まつはま》村の存亡に関わる深刻な事態とあっては、どう振る舞っていいのかさえわからなかった。しかたなく、じっとうつむいたまま、汗ばんだ脹《ふく》ら脛《はぎ》に床板がべたべた貼《は》り付く感触に意識を向けていた。

「こないなったら、やるよりないわいや。どないでも水を引いてきたるんや」

沈黙を破ったのは、若者組の頭《かしら》である籐兵衛《とうべえ》だった。庄屋《しょうや》や乙名《おとな》らが居並ぶ前で、堂々ともの言いができるのだ。二つしか年は変わらへんのにと、松吉は思う。

「そやけどな、そないなことしたら、石田《いしだ》村の衆が黙っとらへんやろ」

この屋の主《あるじ》である庄屋の平左衛門《へいざえもん》が、腕組みをして、呻くような声で窘《たしな》める。すっかりと灰色になった髷や鬢《びん》のほつれ毛が、広い額に汗でぺったりとくっついて、両の目を苦慮するように閉ざしている。

「別状《べっちょ》ないわい。承知の上じゃ」

野良着の前をはだけた籐兵衛が、金壺眼《かなつぼまなこ》を剝いて言い返した。乱杭歯《らんぐいば》が濡れ光っている。平生《へいぜい》ならば、庄屋に対してこんな乱暴な口を利くことは許されないが、非常のときとあって誰も咎《とが》め立てしない。

「せや。石田が水を独り占めにしとって、ええんがい」

「業沸《ごうわ》くのう」

同じく若者組の五助《ごすけ》らが、目を怒らせ唾《つば》を飛ばして、籐兵衛を応援する。大勢の男たちが犇《ひし》めき合っていて、ただでさえ蒸し暑い板の間が、さらに熱気を帯びていく。

「水は天からの授かりもんや」

「石田は、何の権利があって川堰《せ》き止めくさる」

「こないな無法、お天道様が許さへんのじゃ」

若者たちに刺激され、興奮が募ってきた百姓たちは、口々に憤りをぶつける。しだいに険悪な雰囲気になり始めた。松吉も、藪蚊《やぶか》に刺された痕《あと》をぼりぼりと掻きながら、腹の底から怒りが込み上げてくるのを感じていた。本来同じ百姓ではないか。上流にあるというだけのことで、なぜ下流の村の生殺与奪を握り、挙げ句、見殺しにさえできるのか。

「まああまあ、皆の衆、ちいと待ちなはれ。そない急《せ》けたらあかん」

立ち上がって皆の気勢を制したのは、感音《かんのん》寺の住職である浄心坊《じょうしんぼう》である。元は武士だったという筋骨逞《たくま》しい僧侶《そうりょ》だが、顴骨《けんこつ》とえらの張った風貌は蟹《かに》を思わせた。村民の信望は厚く、いつもなら、百姓らは一も二もなくその言葉に従っただろうが、このときばかりは雲行きがおかしかった。

「考えてもみんかい。境《さかい》川から水引いてこう思たらな、石田村の堰《せき》を毀《め》ぐよりないんやで。石田は、度重なる水害で毎年死人《しびと》を出した末に、ようやっと築いた堰や。それを枉惑《わや》にして、ただですむはずがあるまい」

読経で鍛えた深みのある声で切々と諭すのだが、みな、頭《こうべ》を垂れて聞き入れるどころか、逆に熱《いき》り立って反論する。

「その堰いうんが、食わせ物なんじゃ。川塞《ふさ》いだときは、樋《とい》から用水に元通り水を流すいう約束やったがい。水が仰山《じょうさん》あったときはええが、旱《ひでり》になったら、素知らぬ顔で流さんどるんは、どういうことなら。こら、騙《かた》りじゃ」

「和尚はん。このままやったら村は立ちゆきまへんで。稲は全滅や。ほたら、うっとこは、やや子まで、みんなして干上がらんならんのや」

子沢山の六助《ろくすけ》が、落ち窪《くぼ》んだ目を瞬《しばた》き、泣き声で訴える。

「それまでには、まだ間《まん》があるやろうが。昨日の晩は、ぬるい東風《こち》が吹きよったさかいに、先途ぶりに戯《そば》えるかと思たで。夕立《よだち》のひとつも来れば、稲かて息い吹き返すはずや」

平左衛門が、ようやく口を挟んで皆を宥《なだ》めようとした。

「そない、具合《がい》よう行くかいな」

百姓たちは、冷笑して、ざわついた。後ろの方に詰めている面々は、半ば黒々とした闇に溶け込み、目と歯だけが光っていた。まるで彼らの心中に巣くっている魔物のような姿だと思い、暑さにもかかわらず松吉は思わず胴震いした。

「何《なん》どいや。庄屋はんは、降りもせん雨を待って死ね、言わはるんか」

日頃はおとなしい三郎兵衛《さぶろうべえ》までもが、唇を震わせ、気色《けしき》ばんでいる。村人の間に伝染した怒りは、しだいに手に負えなくなってきた。

「わかった。ほなら、わしがもう一度出向いて、石田の衆と、とことん話しおうてみよう。条理を尽くさば、必ずやわかってくれるはずや」

浄心坊は、必死に一同を説得しようと試みたが、もはや焼け石に水だった。

「んなもん、あっかいや。何遍行ったところで、同じこっちゃ」

「あいつら、聞く耳持ちまへんで」

「毒性《どくしよ》いやつらじゃ」

「いてこまさなあかんのじゃ」

「まあ、待たれよ。水論《みずろん》になって、ご公儀の耳にでも入ったら、それこそ一大事じゃ」

皮肉にも、浄心坊の言葉は、全員に覚悟を決めさせる最後の切っ掛けになった。

「おお。水論じゃ、水論じゃ」

「やってもうたるわい」

「このまま干上がるん待つか、一村欠落《かけお》ちするんか、それか石田のやつら搗《か》ち回《ま》しに行くかじゃ」

五助が叫んだ。

「行かいでかい。しゃあけど、喧嘩《けんか》に行くんちゃうで。水を引きに行くんや」

籐兵衛が、議論を収拾するように立ち上がり、そう宣言すると、どよめきと歓呼が起きた。そして、それがそのまま、寄り合いの結論となった。


茶畑は、途中で原稿から目を上げた。小説の内容は、正木栄之介が思い出したという前世での体験を、正確になぞっていた。小説の視点キャラクターになっている松吉という若者が、正木氏の前世だった人物ということになる。

しかし、松吉という名前そのものは、正木氏の記憶には存在しなかった。他の登場人物、平左衛門や籐兵衛、浄心坊などもそうだ。小塚原が適当に名付けたことになるが、名無しの権兵衛のままでは小説にならないだろうから、この点は仕方がない。

それより、彼らが話すきわめて特徴的な方言に、手が加わりすぎているような気がする。

正木氏は、本件の依頼をした後、いくつか断片的な言葉を思い出していた。それらが小説の中に器用にちりばめられているが、セリフをよりリアルにしたかったためなのか、正木氏が言及していなかった方言らしき言葉が散見されるのだ。

方言は、地域を特定するための有力な手がかりだから、わずかとはいえ捏造された言葉が混じってしまうと、誤った結論を導きかねない……。

コーヒーカップを持った手が、宙で止まった。俺はいったい何の心配をしているんだと、茶畑は苦笑した。まるで正木氏の前世なるものが実在していたかのように考えていることに気づいたのだ。とはいえ、作業仮説として前世の存在を認めないことには、調査を進めることはできないのだから、しかたがないとも言えるが。

喫茶店に入ってきた初老の男性が、中を見回してから、茶畑の方へ近づいてきた。

「お電話いただいた方ですね？　たいへん遅くなりました」

時計を見ると、約束の時間ぴったりだった。

「とんでもありません。突然、ご無理なお願いをして、恐縮です」

初老の男性は、土橋充《みつる》という名前の郷土史家だった。国立大学の史学科を卒業してから、中学校の教員となり、校長まで務めて退職している。現在は悠々自適の生活であり、ライフワークである地元の郷土史研究に打ち込んでいるらしい。

データ屋が送ってきたリストから選んだ人物だったが、年季の入った黒縁眼鏡をかけて、白髪をきれいに撫でつけてループタイを締めた様子は、いかにも実直そうだった。

「それで、お送りした小説の原稿なんですが、お読みいただけましたか？」

「はい、すぐに拝見しました」

土橋氏は、うなずいた。ウェイトレスが来ると、丁寧に抹茶オーレを頼んでから続ける。

「セリフに特徴がありますが、文体も粘液質な感じですね。売れ筋の時代小説や歴史小説は、読みやすいように、もっとさらっと書いてあるものなんですが」

「やっぱり、そうですか。私もそう思いました」

茶畑は、本心から賛同する。

「ちょっと、小塚原鋭一の文章を思わせますね」

茶畑は、一口飲んだコーヒーを噴き出しそうになった。

「失礼。ちょっとむせました。……その、小塚原ですか？　先生がご存じの小説家なんでしょうか？」

「いや、ご存じというほどでもありません。前に、『刑場の露』だったかな——一冊読んだことがあるきりで。その後はあまり名前を聞きませんから、今も活躍してるかどうかはわかりませんね」

「そうですか」

専門も趣味も歴史なら、幅広く時代小説を読んでいてもおかしくないだろうが、まさか、こんなマイナーな作家までチェックしているとは思わなかった。

「ただ、これは、小塚原本人の作品ではないとは思いますが」

「それは、どのあたりでわかるんですか？」

「一冊しか読んでませんが、これほど濃密な地方色を出す作家ではないと思いましたから。『刑場の露』は連作短編集でしたが、すべて江戸の話でした。これは、播磨《はりま》を舞台にしているようです」

「播磨……というと、どの辺だったでしょうか？」

「現在の兵庫県南西部です。大まかに、神戸から姫路あたりだと思っていただければいいでしょうね」

土橋氏は、運ばれてきた抹茶オーレをストローで一口吸った。

「なるほど。それは、登場人物のセリフからわかるんですか？」

「はい。広義の関西弁なのは誰の目にも明らかですが、播磨弁の特徴とされる言い回しが、随所に出てきます。『べっちょない』、『だんない』、『がいよう』、『なんどいや』、『どくしょい』『ごうわく』、などですね」

たしか、『がいよう』を除いたら、すべて正木氏の口から出た言葉だった。地域はかなり限定されたと見ていいだろう。

「播磨の国のどこかということまでは、わかりませんよね？」

「方言から、そこまで特定するのは無理です。逆に、隣接地域――摂津《せっつ》や但馬《たじま》、丹波《たんば》などに広がる可能性も残っていますし。ですから、ここから先となると、内容によって詰めていくしかないんですが……」

土橋氏は、眼鏡の奥の意外に鋭い目を茶畑に向けた。

「その、失踪した小説家の方なんですが、現実に起きた事件を下敷きに書いたというのは、まちがいないんでしょうか？」

茶畑は、ここぞと深くうなずいた。何としても、その嘘《うそ》っぱちを信じてもらわなくてはならない。

「ええ。まちがいありません。新作のために、江戸時代に起きた事件を取材するつもりだと言っていたのを、親しい人間が聞いているんです」

「江戸時代ですか？」

土橋氏は、身を乗り出した。

「それは、まちがいありませんか？」

茶畑は、しまったと思ったが、すばやく取り繕う。

「いや、江戸時代じゃなかったかもしれません。聞いた人間が歴史には疎かったらしくて、そのあたりは、かなりあやふやでした」

　土橋氏は、うなずいた。

「……そうですか。江戸時代は長いですが、それでも限定されれば、調べやすくはなるんですが」

「ええと、水論っていうんですか？　――この種の事件というのは、たくさん例があるんでしょうか？」

　てっきり郷土史家に尋ねれば、すぐ、あの事件でしょうという答えが返ってくるものだと期待していたのだが。

「水争いは、日本中で数え切れないほど起きています。始まりがいつかはわかりませんが、一部の地域では、昭和まで続いていたそうですよ」

「そうなんですか」

　昭和の水争いというのは、ちょっと想像がつかない。

「渇水で上流の堰を壊しに行くというのも、典型的なパターンですね。ただ、播磨の周辺と限定されたので、数は限られると思います。境川という名前が出てきますが」

「ああ、それは……」

　小塚原が勝手につけた名前だから、参考にはならないだろう。

「もともと境界の川という意味ですから、これも日本全土には数多くあります。播磨だと、摂津との国境《くにざかい》に、境川という小さな川があるにはありますが、そこで水争いが起きたという記録はないようですね。石田村や松濱村というのも、実在しませんでしたし」

「たぶん、ここに書かれている固有名詞は、架空のものだと思います。現実の事件に取材しながら、あくまでもフィクションとして書く作風だったみたいですから」

「そのようですね。だとすると、ますます難しいかもしれません……」

土橋氏は、難しい顔で腕組みをする。

やはり、ここまでか。茶畑は落胆していた。最初から前世の話は眉唾《まゆつば》だとは思っていたが、成功報酬のことを考えると真実であってほしかったという勝手な思いがある。

そのとき、ふと、かすかな音でかかっていた喫茶店のBGMが耳に入ってきた。

曲はオン・マイ・オウン。80年代にバート・バカラックが作曲し、パティ・ラベルとマイケル・マクドナルドのデュエットでヒットしたバラードだ。別れのときを迎えた恋人同士が、互いにひとりぼっちに戻る哀《かな》しみを歌った歌だ。

続いて、曲は、あのときと同じウィ・アー・オール・アローンに変わった。

なぜかわからないが、偶然ではないという気がした。

あの日のことが頭をよぎる。二〇一一年三月十一日。あの日を境に、すべては激変した。

彼女は、俺の手を擦り抜けるように、永遠に喪《うしな》われてしまった。残された俺は、糸が切れた凧《たこ》のように、故郷を出奔するしかなかったのだ。

南三陸町《みなみさんりくちょう》から気仙沼《けせんぬま》線の柳津《やないづ》駅までは、知り合いの車に乗せてもらった。東京へと向かう電車の中では、ずっとこの曲を聴いていた。『Amie』という呼びかけが、どうしても亜末に聞こえてしまったからかもしれない。だが、どうして今になって、思い出させるようなことばかり続くのだろう。

「……ただ、もしかすると、この作品の結末が、大きな手がかりになるかもしれませんね」

土橋氏の言葉に、現実に引き戻される。

「結末ですか？」

正木氏が思い出したという前世の記憶の中で、最大の謎として残されている部分である。それが、どうして手がかりになるのだろう。

「この部分がフィクションでないとすれば、農民たちが堰を壊す前に大事件が起きたことになります。それをきっかけにして、水争いは一気にエスカレートしたかもしれません。もし、そんな特異な経過を辿ったのだとすれば、何らかの形で記録に残された可能性は高いだろうと思いますね。作者は、どこかでたまたまその文書を発見し、創作意欲を刺激されたのかもしれません」

土橋氏の言葉に希望がよみがえる。茶畑は、報酬額を提示して、水争いの記録を調査してくれるよう頼み込んだ。もともと興味を惹かれていたのか、土橋氏は二つ返事で承諾して、帰っていった。

一人になってから、茶畑は、もう一度、原稿に目を走らせてみた。冒頭の寄り合いの後、村では連日の評定《ひょうじょう》が持たれるが、三日後、ついに運命の夜を迎えることになる。

　松吉は、満天の星を見上げた。新月の晩なので、ことのほか美しく見える。南天に煙ったような雄大な姿を見せている天の川に、ひどく目を惹きつけられた。理由はわからないが、今晩が見納めになるような不吉な予感がするのだ。

「気いつけて。川ん根際《ねき》は緩《じゅるー》くなっとって、足許《あしもと》が悪いけ」

　カヨが、心配げな表情で言った。数えで十五になる隣家の娘だったが、生まれたときから松吉とは許婚《いいなずけ》の間柄だった。すくすくと育って、松濱村では評判の別嬪《べっぴん》になった今、秘《ひそ》かに懸想している村の若者も多かったが、引っ込み思案で全《また》いと思われている松吉に、なぜだか変わらぬ思いを寄せてくれている。

「大事《だん》ないわ」

　松吉は、無理に笑顔を見せると、カヨに背を向けた。言いしれぬ不安が兆してきたものの、強いて押し殺す。

　村の男たちが総出で一列になって、鋤《すき》や黒鍬《くろくわ》、畚《もっこ》を担いで真っ暗な夜道を歩いて行った。後ろには、箱形の暗渠《あんきょ》を作る材料となる丈夫な楠材《くすのきざい》を運ぶ荷車の列が続いた。皆無言で、麻裏草履《あさぶら》の下でじゃりじゃりいう砂礫《されき》の音にさえ神経を使う。

　やがて、境川が近づくと、かすかなせせらぎのような音が聞こえてきた。松濱村の田へと水を引く支流は、川底が無残に干割れして亀の甲のような模様を露呈していたが、石田村が管理する堰の内側にはまだ充分な水を蓄えているのである。

「ど阿呆《だぼ》が。堰にど偉《うら》い穴開けたるからな。今に見とれよ」

籐兵衛が、低いがよく通る声でつぶやく。周りで、押し殺した笑い声が起きた。

「五助、ちっと来い。松吉……、竹吉《たけきち》もや」

籐兵衛が、手招きしながら三人を呼び寄せる。

「水番がおらんかどうか、手分けして見てこいや」

「おったら、どないすんねん？」

松吉の弟の竹吉が、目を輝かせて聞く。数えでまだ十七だが、内向的な兄とは対照的に、昔からもの怖《お》じしない性分だった。

「ええから、何《なん》もせんと戻ってこい。早《は》よ行け。……絶対《ぜつべ》、見つかったらあかんぞ」

籐兵衛の命令で、三人は土功の道具を置くと、夏草を掻き分けながら堤を上り始めた。

蛇《くちなー》がいるかもしれないし、水辺には蝮《はめ》が多いので、なおさら気をつけなければならない。

鈴虫や蟋蟀《こおろぎ》、松虫、藪螽斯《やぶきり》などの鳴き声がさかんに響いている。人がそばを通ったときは、一瞬だけ鳴き止《や》むのだが、すぐにまた鉦《しょう》を擦《す》っているように澄んだ音を響かせ始める。

堤の上で、しばらく様子を窺《うかが》った。水番らしき姿はどこにも見えない。三人は、手真似《てまね》で三方に分かれることにした。

身を屈《かが》めながら、五助が上《かみ》の方、竹吉が下《しも》の方へ探索に行く。松吉は、堤から川へ下りて、周辺と対岸の様子を確かめることにした。

上ってくるときに鋭い草の縁で肘《ひじ》を切ってしまったため、痛痒《はしこ》くて堪《たま》らなかった。松吉は、傷痕の上に唾を付け擦ったり揉《も》んだりしながら、堤を下っていく。水番に見つからないよう木陰に身を隠しながら、ゆっくりと進む。

大雨などで増水したときには堤から溢《あふ》れんばかりの濁流に変わる境川も、渇水期の今は、瀬と呼ぶにも浅すぎる、か細い流れでしかない。星明かりの下、まるで墨汁を流したように真っ黒に見える流れも、命を育《はぐく》む甘露かと思えた。

松吉は、左右にすばやく目を配ると、夢中で川岸に向かって歩き始める。

背後で、小石を踏むじゃりっという音がした。はっとして立ち竦《すく》んだときだった。左手で口を塞がれる。力強い節くれ立った手だった。抗《あらが》う間もあらばこそ、右目の隅に光るものが映る。鎌《かま》だ、と刹那《せつな》に直感していた。

次の瞬間、それは松吉の喉元に吸い込まれ、すっぱりと切り裂いていった。口を押さえていた手が離れる。

金創《きんそう》に特有の、体毛がそそけ立つような凄《すさ》まじい寒気が全身に走った。熱い血潮が迸《ほとばし》り、喉から胸を伝って滝のように流れ落ちていった。同時に、口中には粘っこい血液が溢れて、鉄臭さと鹹《しおから》い味の中で溺《おぼ》れそうになった。

何か言葉を発しようと思ったが、舌が痺《しび》れたように動かない。呼気は、喉に開いた穴から漏れてしまい、けっして唇まで上がってくることはなかった。

ゆっくりと身体《からだ》が傾いて、地面が目の前に迫ってくるが、ぶつかる直前に、意識は完全に暗黒に呑み込まれてしまった。

まるで、リドル・ストーリーだと思って、茶畑は、げっそりした。ずいぶん昔に読んだ、ストックトンの『女か虎《とら》か』という短編小説を思い出していた。ミステリーのように結末が明示されるわけではないし、犯人を特定する手がかりも、ろくに与えられていない。真相は、読者の想像力に委《ゆだ》ねられているのだ。もし、これが前世の出来事であると正木氏が信じているなら、事件の真相を知りたいと思うのも無理からぬことだろう。

それにしても、松吉を殺した犯人は誰だったのか。冷たくなったコーヒーをすすりながら、茶畑は考えを巡らす。石田村の水番とは考えにくかった。当時、いくら水泥棒が重罪だとしても、いきなり後ろから忍び寄って、鎌で喉を掻き切ったりはしないだろう。だとすると、同じ村の人間だったということになるが、水争いが起こりそうな非常時で、いつにもまして一致団結しなくてはならないときに、なぜ松吉を殺さなくてはならなかったのか。

そう考えると、やはり動機が最大の問題になる。松濱村の人間で、松吉を殺害する動機を持っているのは……。

それから、我に返って、茶畑は苦笑した。

まただ。いつのまにか正木氏の前世の話が事実だという前提を受け入れてしまっている。

経済的な苦境から、やむをえず、こんな馬鹿げた調査を引き受けたが、生まれ変わりなど、この世に存在するはずがないだろう。小塚原鋭一の文章に妙なリアリティがあったせいで、つい錯覚させられたようだ。

だが、待てよと思う。

ここに書かれたストーリーは、正木氏の前世でないとすれば、いったい何なのだ。

正木氏は、この話を「思い出した」と言っている。だったら、正木氏の妄想と考えるのが、最も自然だろう。しかし、何もないところから、これほど詳細な妄想が、いきなり浮かんでくるものだろうか。

合理的な説明は、ただ一つしか思いつかなかった。催眠術などの暗示によって、正木氏は、このストーリーを植え付けられたに違いない。

それをやったとおぼしき人間は、天眼院浄明なる占い師以外に考えられなかった。

占いの館は、六本木の雑居ビルの二階にあった。かなりの人気があるらしく、あらかじめ電話で予約してあったのに小一時間は待たされた。カーテンで細かく仕切られた待合室からまわりの様子を窺っていると、その間、カップルと女性一人の客が案内されたのがわかった。客同士は顔を合わせない配慮がなされているらしい。

テツから聞いた話を反芻《はんすう》してみる。

「あいつ、本物っすよ」

気味悪そうな声で、テツは、ぼそりと言ったものである。

「何か当てられたのか？」

「俺が、高校に入って、すぐに中退したこととか」

そのくらいなら、本人のキャラクターをよく見れば、当て推量できるだろう。

「他には？」

「ちょっと、言いたくないんすけど。……ヤバい話なんで」

向こう気の強そうなテツが困惑しているのを見ると、コールド・リーディングにかけては、天眼院浄明は相当な技術を持っているのかもしれない。とはいえ、しょせん人を騙す技術にすぎないが。

「前世も占ってもらったんだろう？　何て言われた？」

「浪人……無名のやつっすよ」

テツは、不機嫌な顔になった。

「まあ、前世が有名人だっていうのは、確率的にありえないだろうからな。それで、どんな一生だったんだ？」

「処刑されたらしいっす」

「処刑？　どうして？」

「どういう事情かわかんないんすけど、罪人として、河原で首を斬《き》り落とされたみたいで。……意識は前世に引き摺《ず》られやすいから、同じことが起きやすいって。だから、今生では、できるだけ慎重に生きろって言われました」

「何？　そんな話、気にしてるの？」

毬子は、噴き出しそうになっていた。

「君は、けっこう繊細なのね」

「いや、でも」

テツは、眉間《みけん》に深い皺《しわ》を刻んでいた。

「それ聞いてて、俺も、何となく思い出したんすよ」

「思い出した？　処刑されるとこをか？」

正木栄之介と同じではないか。どんな手口を使ったのだろう。

「何かが見えたっていうわけじゃなくて、ぼんやりとなんですけど。自分が殺されたときの雰囲気が……大勢、後ろ手に縛られて、地面に並ばされてて」

テツの目には、恐怖の色が浮かんでいた。

茶畑は、さらに面談のときの様子を詳しく聞いてみたが、何か幻覚を起こす成分の入った飲み物を飲まされたとか、催眠術にかけられたような感じもないようだ。とはいえ、そんなことがあっても、全部忘れるよう暗示をかけられたのかもしれないが。

「お待たせしました」

アルバイトらしい女性が、茶畑を案内して狭い廊下を進むと、ドアをノックして開ける。中は、まるで取調室のように狭い部屋だった。机を挟んで小太りの男が座っている。和風の名前にもかかわらず、なぜかインド風の白いクルタを着ていた。

「たいへん、お待たせしました」

天眼院浄明と目が合った瞬間、茶畑は、有本課長の言葉を思い出した。

「目が……鋭いというのとも違うんですが、すべてを見透かされているような感じがするんです。ただの気のせいかもしれませんが」

たしかに、その通りだ。ぱっと見では、どこを見ているのかわからないような茫洋《ぼうよう》とした目つきでありながら、視線が錐《きり》のように突き刺さってくる感じがするのだ。

「なるほど。ここへは悩みをかかえて来られたようですね」

天眼院は、ふっくらした頰に笑みを刻みながら言った。あたりまえだと、茶畑は思った。占い師に会いに来るのは、まず悩みを相談するためだし、そもそも、悩みのない人間など、ほとんどいないだろう。

「悩みは、恋愛問題か？　ノーですね。仕事関係か？　イエス」

天眼院は、机の上で太い指を組み合わせて、まっすぐ茶畑を見た。

「職場での人間関係？　そうじゃないな。昇進か給与に関すること？　これも違いますね。情報か知識？　そうだ、イエスです。あなたは、何かについて知りたくてここへ来ました。違いますか？」

茶畑は、咳払《せきばら》いをしてうなずいた。しかし、用意した質問に移る前に、天眼院が再び喋り始める。

「あなたが知りたいのは、前世のことです。そうですね？」

「まあ、そうですね」

たしかに、そういう言い方をしても、間違いではないだろう。

「あなたは、いつも多くのことを知りたいと思っています。もともと、そういう性質《たち》だし、それが現在のお仕事につながっているようです。ですが、あなたが今本当に知りたいことは、ただ一つの質問に集約されるようですね。つまり、前世なるものが存在するか否かです」

茶畑は眉をひそめた。こちらの仕事が探偵だと当てたわけではないにせよ、かなりそれに近いことを言っているのは事実だ。こちらが天眼院浄明の存在を知ったのと同様に、向こうでも、こちらの存在を嗅ぎつけていたのだろうか。正木氏のような会社の経営者にまで食い込むためには、探偵を活用していてもおかしくない。

「あなたは、私の力——天眼力について、お疑いのようですね。いや、否定なさらなくても、けっこうですよ。しかし、私には、あなたの前世が見えます」

「どんな前世ですか？」

まずは、お手並み拝見というつもりだった。

「……お百姓さんですね。働き者で村での信望も厚かったようです。愛する女性と結婚し、子宝にも恵まれ、まずまず幸せな一生を送ったようですね」

天眼院は、口を閉じた。どういうことだと茶畑は思う。まさか、これで終わりではないはずだ。こんな話では、誰も納得しないだろう。

「それだけですか？」

先を促すと、天眼院は、布袋《ほてい》のような笑みを浮かべた。

「あなたは、覚えていたはずですよ」

いよいよ催眠術かと思い、茶畑は、身構える。

「前世の記憶など、何も思い出せませんが」

「あなたは覚えていたと、言ったのです」

天眼院は、変わらぬ口調で言う。

「ごく幼い頃……そう、二、三歳くらいまでは、前世の記憶があったはずです。ところが、ご両親から、それは空想だと繰り返し言われて、自らその記憶を抑圧してしまった」

身の裡《うち》に、何かはっとするような感覚が走った。

「どうですか？　少しずつ、思い出してきたんじゃありませんか？」

この不思議な感じは、いったい何だろうか。もしかしたら、俺は、幼い頃、本当に前世の記憶を宿していたのだろうか。

それから、ふと気がついて、内心で苦笑した。警戒していたつもりだが、いつのまにか、天眼院浄明のペースに引き込まれそうになっている。こいつは、やはり一筋縄ではいかないようだ。

落ち着け。暗示に惑わされるな。この男は、たぶん詐欺師で、催眠術の心得もあるのかもしれない。言われたことを、いちいち真に受けるな。椅子に深く腰掛け直しながら、茶畑は気息を整えた。

「あいにく、まったく思い出せませんね。かりに、子供の頃に前世の記憶があったとしても、今は何も覚えてませんから、何とも答えようがありませんよ」

「そうですか」

天眼院は、福々しい顔に笑窪《えくぼ》を刻んだ。

「しかし、あなたが好むと好まざるとにかかわらず、いずれ思い出すことになるでしょう。あなたの周囲の星の配置が、そうなっていますから」

「星の配置というのは、何ですか？」

「人はみな、自由意思で生きてはいますが、同時に、星から発せられる強力な磁場の影響を受けています。誰一人として、そこから逃れることはできません」

「星というのは、近いものでも何光年も彼方《かなた》にあるんでしょう？　地球にいる我々に影響を及ぼすほど強い磁場を持っているんですか？」

「一つの恒星がすべてを決めるわけではありません。その時々の宇宙全体の星の配置により、宇宙の法則は変わってくるのです。生まれた瞬間に、我々は、その強烈な洗礼を受けます。宿星という言葉をご存じでしょうか？　運命と言い換えてもいいですが」

天眼院は、動じなかった。

「では、私の星の配置は、どういう運命を示してるんですか？」

「三つのはっきりしたサインが、読み取れますね。一つは、あなたは覚醒《かくせい》に近づいているということ。これは、どうにも避けられない流れです。第二は、過去からのメッセージです。十年ほど前に、あなたの運命は大きな転換点を迎えたようですね。しかし、あなたは、未《いま》だそのときの気持ちの整理ができないでいます」

ずきりと胸に痛みが走ったような気がした。こいつが、あのことを知っているはずがない。十年というのも、絶対に当てずっぽうだ。

しかし、ひょっとすると、これもまたシンクロニシティなのかもしれない。これまで目を背け続けてきたことに対面し、清算するときが近づいているのだろうか。

天眼院は、じっとこちらの様子を窺っている。

「最後にですが、あなたの周囲には、ひどく暴力的な気配が漂っていますね」

「暴力の被害を受けるかもしれないということですか？」

「被害者になるか、加害者になるかは、紙一重でしょう。あるいは、そばで事件が起きるということかもしれません。ただ、このことだけは、覚えておいてください。人が人に対してふるう暴力や残虐行為は、宇宙で最悪の愚行です。その意味は、あなたが覚醒すればわかるはずです」

どうにも、とらえどころのない話だ。星とか運命についてこれ以上突っ込んだところで、得るものはなさそうだ。茶畑は方向転換する。

「わかりました。では、星よりも前世について教えてください。そもそも、前世というのは、本当に存在するんですか？」

「もちろんです」

天眼院は、重々しくうなずいた。

「我々の魂は、たかが数十年で消滅してしまうような儚《はかな》いものではありません。幾度となく輪廻転生《りんねてんしょう》を繰り返すことによって徳を高め、新たなステージへと到達するのです。我々は、常にその途上にいます」

「だとすると……つまり転生というものが本当にあるなら、いくつか疑問が湧《わ》いてくるんですが」

「何でもお訊きになってください」

「前世を占ってもらったら、かつては有名人だったと言われることが多いと聞いています。織田信長《おだのぶなが》とか、卑弥呼《ひみこ》とか、天草四郎《あまくさしろう》だとか。しかし、確率で考えても、そんな可能性は、まずないんじゃないでしょうか？」

そこまで言ってから、茶畑は気がついた。天眼院は、その手の見え透《みす》いたことは、一言も言っていないことを。正木栄之介と自分の前世はただの百姓だったし、テツにしても無名の浪人だったはずだ。

「おっしゃるとおりです」

天眼院は、我が意を得たりというふうにほくそ笑む。

「そうした占い師は、相談者に迎合しているだけです。自分の前世が歴史の教科書に載っているような人物だと言われれば、誰でも嬉《うれ》しいですからね。しかし、そんなことはそうそうない。私も、これまでに大勢の方の前世を霊視してきましたが、そうした有名人の姿が垣間見《かいまみ》えた経験はありません」

「なるほど。よくわかりました。それでは、次の疑問です。前世で関係があった人たちが、今生でも自然と集まってくるように言われますが、これだって、確率的に言っておかしな話だと思うんですが？」

今度は、天眼院は首を振った。

「それに関しては、けっして間違ってはいません。そうした傾向は、たしかにあります」

「しかし、確率で言えば」

「生まれ変わりという現象は、確率だけで論じることはできません」

天眼院は、囁くように言ったが、その声には、意識に染《し》み通ってくるような力があった。

「我々の運命は、先ほど言った星によって導かれています。さらには、我々自身の意識が、自《おの》ずから行動に影響を与えるのです。前世における因縁は無意識の底に染みついています。それが、相互に作用しあって、関係の深い人同士を引き付けるのです。ただし気をつけなくてはいけないのは、それが良い関係であるとは限らないということです。悪因縁に導かれて引き寄せられてくる相手には、よくよく注意しなければなりません」

茶畑は、ふと丹野のことを思い出していた。だとすれば、あの男とも前世からの腐れ縁で結ばれているということなのか。

「なるほど。しかし、それは……」

「人の意識には計り知れない力があります。もし多くの人が景気が良くなると信じていれば、実際にそうなる可能性は高くなるでしょう。しかし、それとは逆に、世界の大部分の人が、我々の文明は滅びると思い込んでしまったら、本当に、世界はそちらの方向に誘導されてしまうかもしれません」

天眼院は、息継ぎをほとんどせず、低く朗唱するように話し出す。

「ほとんどの人には、前世の記憶はありません。幼い頃は覚えている場合でも、成長するに従って、徐々に記憶は薄れ、闇の中に消えていきます。しかし、それは意識の表層でのこと。無意識の奥底には、常に、これまでに前世で経験した思いが渦巻《うずま》いているのです。それは、その人が下す決断を左右するでしょうし、人格そのものの成り立ちにも影響を与えています。とりわけ恐ろしいのは、非業の死を遂げるなど前世で心に深い傷を負ってしまった場合です。抱え込んでしまったトラウマは、一度や二度の転生で克服できるものではありません」

天眼院の声には、まるで意識の中に食い込み、麻痺《まひ》させる作用があるかのようだった。

これは、催眠術——いや、洗脳だ。騙されるな。茶畑は、心のバランスを保とうとする。

正木氏やテツも、たぶん、この話術で荒唐無稽《こうとうむけい》な話を信じ込まされたに違いない。

「そのような前世の心の傷により導かれた人間同士が、今生で出会ったとします。すると、いったい何が起きると思いますか？」

天眼院は、茶畑に問いかける。

「さあ……？」

「前世と同じことが起きやすいんです。前世で殺した者と殺された者が出会ったら、再び、殺人事件が起きる可能性が大きくなる。だからこそ、悪因縁には警戒しなければならないのです」

そういえば、テツもそんな話をしていたなと思う。意識は前世に引き摺られやすい云々《うんぬん》という。キリスト教が最後の審判の話で人心をつかみ、仏教が地獄の描写で布教したように、恐怖とは、宗教的な暗示を有効にするための効果的な道具なのかもしれない。

「生まれ変わりが存在すると仮定すると、もう一つ納得できないことがあります」

茶畑は、唇を舐《な》めた。

「数が合わないと思うんですが」

「数と言いますと？」

「人間の数ですよ。ほんの百年前には、世界の人口は二十億人にも達していませんでした。それが今では七十億人を超えているじゃないですか？　有史以前は、たかだか数百万だったはずですし、その前には、人間が存在しなかった時代もあります。輪廻転生する魂の数は、どうしてこんなに増えたんですか？」

天眼院浄明は、しばらく沈黙した。

「……人には、知らない方が幸せなこともあります」

「どういうことですか？」

「宇宙の法則というのは、時として非情であり、人間の感覚からすると異様にさえ映ります。すべてを知ろうとするのは、自らが神になろうとするのに等しいことです。人は分《ぶん》を守って生活するのが一番幸せなのですよ」

どうやら、痛いところを突いたらしい。生まれ変わりについて、誰もが最初に疑問に思うことだろうから、何かもっと尤《もっと》もらしい回答を準備していてもいいように思うが。

「私のように覚醒した人間は、その答えを薄々は知っています。しかし、そのことを意識にのぼせることがないように気をつけています。なぜなら、いったんそれを知ってしまう――思い出してしまうと、とうてい正気を保てなくなってしまうからです」

何を馬鹿なことを言ってるんだと思う。逃げ口上にしたって苦しすぎるだろう。

だが、同時に、茶畑は、心の奥底に何かひやりとするものを感じていた。天眼院の言葉が琴線に触れたらしい。それはいったい何だろうと思う。

昔読んだ小説を思い出した。フレドリック・ブラウンの『さあ、気ちがいになりなさい』。ある妄想を抱いた主人公は、調査のため、狂気を装って精神病院に入院することになった。そこで、この宇宙を律する恐るべき秘密を知ってしまうのである。

「我々は、みな孤独なのです」

天眼院がぽつりと吐き出した言葉に、茶畑は愕然《がくぜん》とした。

「この冷たい宇宙の中で正気を保ち続けるのは、神にとってすら至難の業《わざ》なのですよ」

「それは、いったい、どういう意味ですか？」

自分の声が震えているのを感じる。

あのシンクロニシティ。ホテルの喫茶室と、郷土史家と会った喫茶店のBGMで聞いた、ボズ・スキャッグスのウィ・アー・オール・アローン……。そんなことまで、この男が知っているはずがない。誰かとの会話で話題にしたわけでもなく、ただ単に心の中で考えただけだ。たとえ自分を二十四時間監視していたところで、わからないだろう。

「それよりも、そろそろ一時間が過ぎますよ。本題に入った方がいいんじゃないですか？正木栄之介さんのことで来られたんでしょう？」

天眼院は、こともなげに言った。茶畑は再び衝撃を受けたものの、その程度はさっきより軽かった。

「なるほど。最初から、わかっていたわけですか。私の前世占いがいいかげんだったのも、当然ですね。……まずまず幸せな一生を送った百姓だとか」

「すべて、本当のことです。霊視したままを言っただけですから」

天眼院は、しれっと言った。

「そんなことは、どうでもいい。私が知りたいのは、あなたが正木氏に植え付けた妄想についてです」

茶畑は、苛立って遮った。

「私は、何も植え付けたりはしていません」

「あれほど詳細な妄想が、何もないところから生まれてくるとは思えませんね。いったい、何が目的なんですか？」

「正木さんが思い出したのは、前世の光景そのものですよ」

「単なる金持ちの道楽なら、詮索するつもりはありません。しかし、それが別の話に絡んでくると、とたんにキナ臭くなる。栄ウォータテックで起きた情報漏洩事件の犯人捜しと、正木氏の遺産相続についてです」

茶畑は、手持ちの材料をぶつけて相手の様子を窺ったが、天眼院は、何も目立った反応は示さなかった。

「現世で起きた事件については、私は、ノータッチですよ。……おそらく、それは、順序が逆なのでしょう」

「逆？　どういうことですか？」

「正木さんの意識は、あなたが今言われた情報漏洩以前から、裏切り者の存在に囚《とら》われていた。その影響で、元となった前世における事件を思い出したんです」

天眼院は、腕時計を見て、にやりと笑みを浮かべた。

「さて、そろそろ一時間が過ぎたようですね。次の方がお待ちになっていますので、今日はここまでにいたしましょう」


事務所に帰ろうとしたとき、携帯電話が鳴った。毬子からである。

「どうした？」

「所長。今、どこですか？」

妙に緊迫した声音だった。

「新宿駅だ。もうすぐ帰るよ」

「もう、事務所へは帰らないでください」

茶畑は、一瞬、絶句した。

「どういうことだ？　たしかに給料こそ遅配してるが、従業員から帰ってくるなと言われる筋合いはないぞ」

「どうも、事務所の場所が突き止められたみたいなんです」

「突き止められた？　誰に？」

「北川くんの行方を追ってる中南米系の連中です」

茶畑は、はっとして周囲を見回し、声を潜《ひそ》める。

「どうして、それがわかった？」

「大日向《おおひなた》さんから、電話がありました。北川くんの勤め先を調べるように外国人から依頼があったらしいんです。うちの名前を向こうに報告する前に二時間猶予をもらいました」

大日向直人《なおと》は大きな事務所を構える元請けの探偵業者で、茶畑探偵事務所の仕事の半分は、大日向から回してもらっているものだった。

「君は、今どこなんだ？」

「事務所を閉めて、出てきたところです。現金、貴重品、帳簿類は、バッグに入れて持ち出しました」

「わかった」

「夜逃げ屋を頼みますか？」

茶畑は、少し考えた。エアコンは、たしか元から付いていた。持ち出すとしても、机と、ボロボロのソファに、冷蔵庫くらいか。どれも、惜しいものではない。

「いや、いい。たいしたものはないし。家賃もこのまま踏み倒すから、発見されるリスクは少ないに越したことはない。テツには、連絡したか？」

「さっきケータイに電話して、留守電にメッセージを入れておきました」

「俺より先にか？」

順序が逆だろうと、少しむっとする。

「テツくんの方が、先に事務所に帰ってくる予定でしたから。だけど、所長も、テツくんのことを心配してたんですね」

「馬鹿。テツが知らないうちに、俺たちが急にいなくなったら、丹野に飛んだと思われるだろう？」

毬子の声が冷たくなる。

「ああ、そうですか。保身のためですね」

通話の途中で、プププという音が入る。

「キャッチだ。ちょっと待ってくれ」

かかってきた電話は、テツからだった。

「どうした？　桑田の留守電は聞いたか？」

「今聞いたとこです。その前に、さっき事務所に帰ってきたら、妙なやつが、ピッキングでドアを開けようとしてたんで」

テツの息が荒くなっていたので、嫌な予感に襲われる。

「妙なやつって、外国人か？」

「ヒスパニックみたいなやつっすよ。何やってんだって怒鳴ったら、いきなし向かって来やがって」

茶畑は、頭を抱えたくなった。

「それで、どうした？」

「とりあえずボコったら動かなくなったんで、事務所も閉まってるし、電話しようとして、留守電を聞いたんです。これからどうしたらいいっすか？」

「動かなくなったって、まさか殺したりしてないよな？」

「だいじょうぶっすよ。死ぬようなことはやってないすから」

「わかった。とにかく、どこかで落ち合おう」

いつものホテルの喫茶室にしようかとも思ったが、事務所から近すぎるのが気になった。一番安全な場所は、どこだろう。

「……日本人道会の事務所だ」

丹野のために動いているようなものなのだから、いざというときには、シェルターくらい提供してもらわなければならない。毬子にも落ち合う場所を伝えると、携帯電話を切った。

ふと、周囲に暴力の気配が漂っているという、天眼院浄明の言葉を思い出す。しょせんはまぐれ当たりに過ぎないとは思うが、暴力が最悪の愚行だと言っていたのは、つくづくその通りだと思う。

テツは、外国人に顔を見られている。このまま済むはずがなかった。

4

JR新大久保の駅から十五分ほど歩いたら、コリアンタウンの賑《にぎ》わいとはまるで無縁の、廃墟《はいきょ》のようなビルに辿り着いた。

エレベーターには、故障中の張り紙がしてあった。ところどころビニールタイルが剝《は》がれかけた安普請の階段を上がっていくと、人一人立っているのがやっとという踊り場の横に、『特定非営利活動法人　日本人道会』という、安っぽいプラスチックの札が貼られたドアがあった。

ノックをしてみたが、応答がない。ノブに手をかけると、抵抗なくドアは開いた。

中は、がらんとした無人のオフィスだった。事務机が三つ並んでおり、電話が一台載っているきりである。

奥で水が流れる音がした。トイレのドアが開くと、新聞を脇に挟み、ズボンを引っ張り上げながら貧相な中年男が出てきた。まるでコントのように、ぎくりとして立ち竦む。

「……どちらさん？」

警戒するような目で、こちらを透かし見る。

「茶畑という者だ。ここでテツと落ち合うことになってる」

「知らねえな」

男は、吐き捨てるように言った。

「忙しいんだ。帰ってくれ」

「なるほど。忙しそうだな。見ればわかるよ」

むしろ、これだけ何もない場所で、どうやって暇をつぶしていたのかが謎だった。

「俺にはかまわず、仕事を続けてくれ」

茶畑は、一番端にある事務机の椅子に腰を下ろした。

「てめえ。ここがどこなのか知ってるのか？」

脅すような声を出したものの、強気に出ていいのかどうかを、まだ決めかねているような風情だった。

「日本人道会のオフィスだろう?」

「おい。俺が電話一本すればなぁ……」

「仁道会の事務所とは別になってるとは思ってたが、これはちょっと誤算かな」

ここはNPOの登記上の住所であるのと同時に、おそらく、この今にも取り壊されそうなビルを占有する拠点をも兼ねているのだろう。この男は、組内で一番使えないと判断された下っ端か、薄給で雇われた食い詰め者だ。

仁道会と人道会の音が同じため、男には、言っている意味がわからないようだった。

「ああ? 聞いてんのか? 俺が一本事務所に電話をかけたら」

「前から思ってたんだが、ヤクザの事務所っていうのは、何の事務をしてるんだ?」

男は、訝しげな表情になった。

「あんた、誰なんだよ?」

「丹野の昔の同級生だ」

今度の名前は効果があったらしく、男はたじろいだ。

「同級生? ……あー、そりゃあ」

絶句する。何を訊いたらいいのか、わからなくなったらしい。

ドアに、ノックの音がした。

「失礼します」

入ってきたのは、毬子だった。異様に膨らんだボストンバッグを重たそうに抱えている。

「ここでいいんですよね？　所長」

茶畑の姿を認めると、笑顔になるどころか、露骨に渋面を作った。

「広々してるだろ」

「今のうちの状態より、もっと夜逃げ寸前って感じですよね」

毬子は、憮然として佇《たたず》んでいる男を無視して言う。瞬時に、非重要人物だと判断したのだろう。

「ちょっと、これ出させてくださいね。もう、バッグが破れそうなんです」

毬子は、ボストンバッグを開け、中から古いノートパソコン、小型のプリンター、それに電話機を取り出して、机の上に並べた。情けないことに、これが茶畑探偵事務所の貴重品のすべてである。

「電話は、解約しておきましたけど」

「いいよ。どうせ、重要な連絡は、全部ケータイの方にかかってくる」

通帳も個人名義だったし、突然事務所を引き払ったところで、さほど業務に支障は出ない。つくづく遊牧民のような生活だと思う。

「でも、いくら何でも、ここに引っ越すってわけにはいきませんよね？」

毬子は、顔をしかめて部屋の中を見回す。

「……おい。てめえら、いいかげんにしろよ！　さっきから、何を勝手に」

男が、ついに意を決したらしく、声を荒らげた。

乱暴な音を立てて、事務所のドアが開いた。

「ちーす」

テツが入ってくる。男には目もくれない。男の方は、テツの顔を見たとたんに押し黙った。

「付けられてないか？」

茶畑が訊ねると、テツは、首を振る。頬のあたりに青アザができており、拳《こぶし》の皮が剝けている。電話では楽勝という口ぶりだったが、実際は、そこそこ激戦だったらしい。

「だいじょぶっすよ。それより、こんなとこへ来て、これからどうするんすか？」

こんなとこだと知ってるんなら、もっと早く言えよと思う。

「テツくん。怪我《けが》、だいじょうぶ？」

毬子が、心配そうに言った。

「こんなの、怪我のうちに入りませんよ。俺がボコったやつは、たぶん全治二ヶ月くらいだけど」

テツは、自慢げに言う。母親に戦果を報告するいたずら小僧のようだった。

「そいつは、たしか、ヒスパニックだとか言ってたよな？」

「あれは、ホセかゴメスか、そんな感じのやつっすよ」

いい加減な返事のようだが、テツの観察眼はたしかだという気がする。

「大日向は、何て言ってた？　遼太の勤務先を調べろって依頼してきたやつのことだ」

毬子に訊ねる。

「電話で言ったとおりです。外国人としか聞いてませんけど」

携帯電話を出して、大日向直人にかける。

探偵には、営業から調査までをこなす大手の事務所だけでなく、調査だけ行う零細業者や、下請け専門のフリーの探偵なども存在する。大日向は、営業専門の事務所を経営しており、調査はすべて下請けに丸投げする元請け業者だった。

「……相当ヤバいやつらだ」

茶畑の質問に対して、大日向は、溜め息混じりに答えた。

「北川遼太のことは、よく覚えてたからな。それで、どこにも調査を回さないで、しばらくうちで預かってたんだ」

それで、いかにも調査をしましたという顔で料金を請求するのは、まさしく大日向らしい手口である。

「ヤバいらしいってのは、他所《よそ》でも聞いたけどな。具体的に、どんなやつらなんだ？」

「これ以上話すんなら、料金が発生するぞ」

「金がないのは、よく知ってるだろう？　せっかくタダで警告してくれたんだから、今さら出し惜しみするな」

大日向は、一息置いたが、どうせすぐに金にならないなら、恩を売った方が得だと考えたようだった。

「ロス・エキセス——最近日本に上陸した、メキシコの麻薬カルテルだ」

その名前は、聞いたことがあった。軍隊と交戦したり、町の人間を皆殺しにしたりという、完全な別世界の存在として。

「メキシコからわざわざ日本まで来て、何やってるんだ？」

「当然、麻薬を売り捌《さば》こうとしてるんだろう……これ以上、話すことはない」

関わりたくないという雰囲気が、ありありとしている。

「待ってくれ。そいつらが、なんで、遼太を追ってるんだ？」

「経緯はわからんが、北川遼太は、やつらの金を持ち逃げしたらしい。じゃあな」

話していて急に臆病風《おくびょうかぜ》に吹かれたらしく、大日向は電話を切ってしまった。

「参ったな」

茶畑は、頭を掻いた。どう考えても手に余る相手だし、それ以前に、まったく実感が湧かなかった。

そのとき、今度は、携帯電話に着信があった。あまり見覚えのない番号である。

「もしもし？」

「土橋ですが。事務所の方にかけても通じませんでしたので」

郷土史家の声だった。

「ああ、どうも」

「小説にあった水争いなんですがね。元になった事件が何なのか、わかりましたよ」

土橋氏の声は、どことなく嬉しそうだった。

「やはり、播磨の国の話で、今の兵庫県○○市のあたりですよ。渇水が続いて、川上の村と川下の村とで、相当陰惨な水争いがあったようですね」

「その事件がモデルというのは、どうしてわかるんですか?」

「それはもう、あきらかというか……名前がよく似てますから。まず、小説では、石田村と松濱村という名前でしたが、実際に事件が起きたのは、栗田《くりた》村と黒松《くろまつ》村との間でした」

茶畑は、手帳にメモしてみた。

「まあ、たしかに、一字ずつ一致していますね」

「いや、一字だけじゃない。意味がそっくりなんですよ。石田と栗田っていうのはね」

土橋氏が力説したところによると、栗田の栗は、植物の栗のことではなく、小石を意味しているのだという。

「黒松というのもそうです。アカマツは内陸部に生える松なんですが、クロマツは耐潮性が強いため、海岸付近に生育するんですよ」

だとすると、たしかに松濱に通じるものがある。

「それから、境川です。今は名前が変わってるんでうっかりしましたが、江戸時代以前は、栗田村と黒松村を潤していたのは逆井《さかい》川と呼ばれる川だったんです」

土橋氏は、早口にたたみかける。

「登場人物たちの名前も、みんなそうです。松吉のモデルは皆川清吉《みながわせいきち》、竹吉は同じく弥吉《やきち》、松吉の許嫁《いいなずけ》のカヨはトヨ。それから、籐兵衛は藤兵衛《とうべえ》……これなど、ほとんど同じですな。平左衛門は孫左右衛門《まござえもん》。感音寺の住職の浄心坊というのも、元は咸音寺《かんのん》の浄智坊《じょうちぼう》でした」

土橋氏は、言葉だけではわからないと気がついたらしく、一字一字、漢字を説明する。

「……ちょっと待ってください。この人たちは、いわば無名の百姓でしょう？　どうして、そこまでわかったんですか？」

「相当詳しい資料が残ってるんですよ。逆井川の天正《てんしょう》の水争いは、数ある水争いの中でも、かなり有名な事件です。私も、すぐに思いついてもよさそうなものでした」

だとすると、天眼院浄明も、調べることは容易だったはずだ。

「で、松吉――ええと、清吉ですか――彼を殺したのは、誰だったんですか？」

「そこなんですよ。現存する資料によれば、栗田村の水番だった男――ええと、これは氏名不詳ですね――だったということになっています。そのため、黒松村の百姓たちが激怒し、激しい争乱を引き起こす原因になったんですな。しかし、この小説では、誰が犯人だったか曖昧《あいまい》です。というよりも、水番の犯行とは思えないような書き方になっています。作者は、そこに新解釈を施そうとしたんじゃないでしょうか」

滔々《とうとう》と語る土橋氏の声が、妙に遠く聞こえた。何かがおかしいという気がしていたのだが、それが何なのかがわからない。礼を言って通話を終えてから、ようやく気がついた。すべて登場人物の名前、村の名前、川の名前など、どれも正木氏は覚えていなかった。すべては、小塚原鋭一の創作ではないか。

それが、どうして、実在の事件の名前に、ここまで似ているのか。

小塚原は、毬子のまとめた正木氏の夢の話を見て、すぐに逆井川の事件に気がついたのかもしれない。しかし、そのことについて一言も触れていないのは変だという気がする。

やはり、この点は、小塚原に直接問いただしてみる必要があるだろう。

奇妙な夢を見ていた。

暗い座敷のような場所にいる。いや、床は畳敷きではなく、板張りのようだ。

大勢の人間が集まって、侃々諤々《かんかんがくがく》の議論をしている場所だ。みな、切羽詰まった様子で、噎せ返るような臭気が充満している。一般にアドレナリンが臭《にお》うなどというが、実際には、アポクリン腺《せん》から分泌される粘り気の強い汗の臭いだ。

誰かの発言にむかっ腹を立てて、何か大声で言い返している。どうあっても、議論を望む方向に誘導したい。ただその一念に突き動かされていた。

そして、その場の空気は、しだいにもくろみ通りの変化を起こし始めた。自分の発言に、仲間たちが敏感に反応し出したのだ。よし、もっと煽《あお》れ。怒りそのものは演技ではないが、いつしか、心の奥でほくそ笑んでいる自分に気がついた。

場面が変わる。

さっきと比べると、ずっと広い場所にいるようだ。夜風が吹き、せせらぎの音に混じって虫の音も聞こえていた。

ゆっくりと前に進む。獲物を狙《ねら》う肉食獣のような足取りだった。

前方にいるのは、よく知っている人間だった。びくびくした様子で左右を見回してから、川に向かって歩いて行く。その後を追った。

手には、草刈り鎌を持っていた。

また、場面が変わった。

目の前に、誰かがいる。女だ。今度は、鎌を握りしめているのは自分ではなく女の方で、それをこちらに向けながら、ゆっくりと近づいてくる。

再び、別の場面に。

今度は、昼間の河原だった。大勢の人々が、地べたに座らされている。高手小手《たかてこて》に括《くく》られ、身動きもできない状態だった。多くは乞食《こじき》のように痩《や》せこけ、みすぼらしい風体だったが、中には浪人風の男も混じっていた。彼らの背後には、たすきをかけた武士たちが立っている。手には日本刀を持っていた。

そして、ゆっくりと白刃を振り上げる。

見守っている自分は、限りない恐怖と、そして——満足感とを、同時に味わっていた。

はっとして、目を覚ます。

いったい何だ、今の夢は。全身にびっしょりと汗をかいていた。

「所長。だいじょうぶですか？　けっこう魘《うな》されてましたけど」

毬子が、気遣わしげな声をかける。こちらの身を案じているというよりは、ここで壊れられては困るという感じだった。

「ああ。……桑田とデートする夢を見ていた」

立ち上がって、小さな流しのところに行くと、水道の水をコップに受けて一息に飲んだ。浄水器などという洒落《しやれ》たものは付いていないし、おそらく、水道管も錆《さび》だらけなのだろう。ひどい味だったが、それでも少し気分が落ち着いた。

この事務所に居候するようになってから、三日目である。うたた寝をして悪夢を見て飛び起きるというのは、思った以上に、プレッシャーを感じていたのかもしれない。

それにしても、今の夢は、いったいどういうことだ。

「桑田。小塚原は、まだ捕まらないのか？」

「何度も電話してるんですけど、ずっと留守みたいですね」

毬子は、眉をひそめていた。

どうしたというのだろう。小塚原は、別にメキシコ人から狙われているということもないのだから、飛んだりする必要もないはずだが。

茶畑は、事務椅子に腰かけて、腕組みをした。

今の夢は、あきらかに正木氏が見たという夢の話に影響を受けたものだろう。奇妙なのは、視点が違っていることだった。松吉——清吉ではなく、評定の場にいた誰か別人だ。

そして、その別人は、もしかしたら、清吉を殺した犯人かもしれない。

茶畑は、首を振った。

そんな馬鹿な。なぜ、それが俺なのだ。

天眼院浄明の言葉が、耳朶《じだ》によみがえる。

「前世における因縁は無意識の底に染みついています。それが、相互に作用しあって、関係の深い人同士を引き付けるのです。ただし気をつけなくてはいけないのは、それが良い関係であるとは限らないということです。悪因縁に導かれて引き寄せられてくる相手には、よくよく注意しなければなりません」

「そのような前世の心の傷により導かれた人間同士が、今生で出会ったとします。すると、いったい何が起きると思いますか？」

「前世と同じことが起きやすいんです。前世で殺した者と殺された者が出会ったら、再び、殺人事件が起きる可能性が大きくなる。だからこそ、悪因縁には警戒しなければならないのです」

正木氏は清吉の生まれ変わりで、自分は清吉を殺した犯人。そして、この調査に関わっている多くの人間も、前世の因縁によって引き寄せられてきたソウルメイトたち……。

そんな馬鹿げたことが信じられるか。

「どうぞ」

気を利かせたつもりらしく、矢田《やだ》がインスタントコーヒーを入れて持ってきた。事務所の電話番をしていた中年男だ。

もしかすると、この男も、あの評定に出ていた誰かかもしれないと思い、茶畑は薄笑いを浮かべた。風体からすれば、一番似つかわしいかもしれないと思う。

ふと、テツが、前世は浪人で、河原で首を斬り落とされたと言っていたのを思い出す。さっき見た夢に出てきたのは、もしかしたら、テツなのだろうか。


その木造アパートは、おそらく築五十年は超えていそうだった。駅からはほど近いものの、入り口は人一人が通るのがやっとという狭い路地を入ったところで、三方に雑居ビルなどの建物がくっつくように建っている。まるで谷底にいるようにほとんど日は差し込まないが、風がまったく吹き抜けないために、蒸し暑さが籠もっていた。

小塚原の部屋は一階の一番奥だった。『小塚原』と青いボールペンで書かれた紙切れが、表札代わりに貼り付けてある。ドアポストに挟まっているチラシの量から考えると、数日は留守にしているようだ。むしろ、こんなところまでチラシを配りに来る労力の方に、敬意を表したくなる。

一応ノックをしてみたが、やはり応答はない。

ドアは安っぽい茶色の合板で、錠はノブの頭に付いている。防犯能力はゼロの、室内錠のような代物だった。

あたりの様子を窺ったが、人の気配は感じられない。

茶畑は靴を片方脱ぐと、踵《かかと》の部分で鋭くドアノブを叩いた。それだけで、ドアを施錠していたラッチはあっさりと引っ込んでしまう。

部屋に入って、ドアを閉めた。小さな台所の付いたワンルームだった。部屋の中に足跡を残したくないので、靴を脱いで上がる。六畳間の奥には、パソコンの載った座卓があった。壁はすべて手製の書棚で埋まっていたが、そこに収まりきれない書籍が床の上にいくつもの山を作っていた。

今や骨董《こっとう》品となったファックス電話の留守電のボタンが、しきりに点滅している。押してみると、その大半が毬子の「折り返し電話をください」というメッセージだった。いくつか声の入っていないものもあったが、非通知なので相手はわからない。全部毬子であるという可能性もあった。

小塚原は、いったい、どこへ行ったのだろう。

茶畑は、手がかりを求めて、座卓の周囲を調べてみた。

時代小説を専門に書いているだけあって、書籍やプリントアウトは、すべて資料だった。『逆井川の天正の水争い』に関するものがないかと探してみたが、見つからなかった。

パソコンの電源を入れてみると、今や懐かしいウィンドウズXPが立ち上がる。さいわいなことにパスワードは設定されていなかった。最近使ったファイルを見てみると、ほとんどが文書ファイルで、書きかけの小説やプロットのまとめ、資料を整理したものなどだった。うち一つは、『水論の夜に』である。関連した覚え書きなどがないかと思ったが、それらしいものは発見できなかった。

今度は、パソコンに保存してある文書ファイルに当たってみて、その量に圧倒された。タイトルの数は数百ではきかない。その多くは短編小説かもしれないが、長編小説一つが1MBくらいだとすると、プロットや資料は別にして、ゆうに百冊は超える分量があった。いくつか開いてみたが、どれも江戸を舞台にした時代小説ばかりだった。

念のために、『水論』や『水争い』をキーワードにして検索してみたが、ヒットしたのは『水論の夜に』だけである。

なぜだろうと、茶畑は考え込んだ。『水論の夜に』に登場する村や人名などの固有名詞は、『逆井川の天正の水争い』にちなんで名付けたとしか思えないのだが。もし、小塚原鋭一が、毬子から受け取った原稿を見て両者の類似性に気づいたのなら、『逆井川……』についての資料がなければおかしいだろう。

次に、メールソフトを開いてみた。

保存されているメールの大半は、ゴースト・ライター等の仕事を依頼する出版社のもので、毬子からのメールもあったが、中に一通だけ奇妙なものがあった。

小塚原鋭一様

悟るということは、すなわち、父母未生以前《ぶもみしょう》の本来の面目《めんもく》について思い出すということです。

うすうす気づかれていることでしょうが、それは諸刃の剣です。悟りには段階があり、すべてを思い出す――解脱することが、必ずしも幸せになる道とは限りません。あなたは、見知らぬ方の前世の話を聞いて、一歩悟りへと近づいたようですね。私としては、その段階で留《とど》まられることを強くお勧めします。あなたは、前世があったことを知り、来世もまた存在するという確信を抱かれたはずです。あなたの中では、死への恐怖は確実に減少し、もはや取るに足らないものになっていることでしょう。なぜ、それ以上のことを望まれるのでしょうか？

ときに、好奇心は身を滅ぼします。この世には、知らぬ方が幸せなことがあるのです。しかし、知りたいというのは人間の業《ごう》でもあります。もし、どうしても、その先を知りたくなり、その衝動を抑えることができなくなったなら、一度お会いした方がいいかもしれません。

あなたが、篠原《しのはら》さんと同じ道を辿らないためにも。

メールの最後には、新宿区の住所と電話番号、そして、賀茂禮子《かもれいこ》という名前が記されていた。茶畑は、メモを取ろうと思ったが、思い直して、メールをプリントアウトする。

それから、送信済みのメールを調べてみる。小塚原鋭一が最初に送ったメールは、返信に負けず劣らず奇妙なものだった。

賀茂禮子様

突然、このようなメールを差し上げる失礼をお許しください。私は、悟りへの入り口に立って、途方に暮れている人間です。詳しい事情は、ぜひお会いした上でご説明したいと思っていますが、ある一面識もない人物が思い出した前世の話を聞いたことが引き金になって、私自身が、前世について思い出しかけているのです。それは圧倒的な鮮明さで蘇《よみがえ》りつつあります。もはや気のせいで済ますことも、忘れ去ることもできません。

そんな折に、賀茂先生のことを思い出しました。覚えておられるでしょうか。篠原という私の友人が、数年前に先生の許《もと》を訪れ、アドバイスをいただいたことを。

先生は、凝視してはならないとおっしゃったと聞きました。この宇宙を律している根本原理は、けっして人が真正面から見つめるべきものではないと。

彼は、残念ながら先生のアドバイスを守れなかったようです。人生とは何かについて、昼も夜も考え続け、その結果神経を病み、最後は自死の道を選びました。

私は、このままでは、篠原と同じ道を辿ることになるような気がします。どうか、私が迷妄を振り払って、正しい悟りの道へと至れるよう、お力をお貸しください。

少し躊躇《ちゅうちょ》したが、一応、新着メールもチェックしてみる。迷惑メールばかりだったので、勝手に見た痕跡《こんせき》を残さないよう、すべて消去した。

どうやら、小塚原は、賀茂禮子なる人物に会いに行ったらしい。

いったい何者だろうか。話の流れからすると、天眼院浄明の同類のようにも思える。

茶畑の中で、天眼院の言葉がよみがえった。

「人には、知らない方が幸せなこともあります。宇宙の法則というのは、時として非情であり、人間の感覚からすると異様にさえ映ります。すべてを知ろうとするのは、自らが神になろうとするのに等しいことです。人は分を守って生活するのが一番幸せなのですよ」

彼らは、ひょっとしたら同じ穴のムジナなのか。そうでないなら、不思議な暗合だった。何を警告しているのかは見当も付かないが、茶畑は、まるで今やっている調査を中止しろと言われているような気がしていた。

日本人道会の事務所に戻ると、世界で一番会いたくない顔が待っていた。

「よう。調子はどうだ？」

机の上に腰掛けた丹野が、にやにやしながらこっちを見る。

「まあまあ、かな」

茶畑は、げっそりした思いが顔に出ないよう気をつけながら答えた。

「おいおい、だいじょうぶかあ？　五百万の支払い期限まで、あと三週間しかないぞ」

「ベストを尽くすよ」

茶畑は、助けを求めて毬子の方を見たが、わたしは知りませんとばかり視線を外された。

事務所には矢田もいたが、丹野の近くに来る勇気もないらしく、隅で縮こまっている。

「まあいいさ。チャバは、やるときはやる男だもんな」

丹野は、いつになく上機嫌なようだが、それが、なおさら周囲の恐怖をかき立てている。

何かの拍子にこの上機嫌が失われたらと思うと、生きた心地がしなくなるのだ。

「それにしても、急にうちの事務所に引っ越してくるなんて、どういう風の吹き回しだ？」

「いろいろあってね。ちょっと、メキシカンともめてるんだ」

「ロス・エキセスか？」

丹野は、目を細めながらタバコをくわえて火を点《つ》けた。さすがに、そうした情報は早いようだ。

「そんなとこだ」

「小口から借りた一千万を踏み倒した北川ってのが、やつらの金も持ち逃げしたって聞いたけどな」

丹野は、まるで猫科の猛獣のように、喉をごろごろ鳴らしながら笑う。

「それプラス、うちの金庫の金までさらってった」

茶畑は、ぼやいた。

「ふっはっは。忘れ物をしないガキだな」

せっかくの機会だ。茶畑は、疑問に思っていたことをぶつけてみることにした。

「それなんだが、そもそも、どうして小口は、遼太に一千万もの大金を貸したんだ？」

「ふん。知らぬは雇い主だけだったらしいな」

「どういうことだ？」

「北川ってのはさ、ロス・エキセスの日本でのビジネスの尖兵《せんぺい》だったのよ。だから、小口もバックを信用して金を貸したわけ」

「やつらの日本でのビジネスって何だ？」

「決まってるでしょ？　薬よ薬」

「でも、なんだって、遼太が、そんなでかい話を取り仕切れるんだ？」

「何でも、ダチが大勢いて、合法ハーブの販路を開拓するのに、手腕を発揮したらしいよ。今度は、そこにコカインを乗っけて流そうとしてたみたいね」

「……信じられんな。ただのガキだったのに」

「だけどさ、ガキだからって、大目に見るわけにはいかんのよ」

丹野の表情は変わらなかったが、声音は不穏な響きを帯びた。

「せっかく育てたハーブの客をごっそり持ってかれたんじゃ、こっちも商売あがったりよ。やつら、コカインは富裕層を中心に売り捌くつもりだったみたいだけど、いずれは覚醒剤《シャブ》とバッティングするからね。やるんならやるで、ちゃんと、うちと代理店契約を結んでやってもらわないと」

「おまえ、まさか?」

茶畑が息をのむと、丹野は、顔の前で手を振った。

「何もしてないって。ただ、うちの若いのが、教育的指導をしたらしいんだな。これ以上、タコス野郎に手を貸すと、君のためにならないよって。まあ、そのまま居座るようだったら、東京海底谷《かいていこく》の奥深く、竜宮城行きになってたかもしれないけどね」

なるほど。それで、北川遼太が突然失踪した理由もわかった。仁道会とロス・エキセスの板挟みになれば、飛ぶ以外にないだろう。そもそもの原因の半分は、こいつにあったことになる。茶畑は、ちらりと丹野を見た。わかったからといって、何もできないが。

「それよりさ、チャバ。ここの家賃のことなんだけど」

丹野は、笑みを湛《たた》えて言う。

「ええ? 勘弁してくれよ」

茶畑が悲鳴を上げると、丹野は、鷹揚《おうよう》に首を振った。

「わかってるって。俺はそんな阿漕《あこぎ》な男じゃねえさ。ここも一応、日本人道会の事務所って体裁を整えなきゃならねえが、今いる馬鹿は招き猫より使えねえからな。誰か来たときには応対してくれたら、チャラにしてあげるよ」

当たり前だとは思ったが、ほっとしている自分が情けなかった。

「あとな、タバスコ野郎が、まだちょっかいかけてくるようなら、テツにそう言ってくれ。

そろそろ、やつらには、イエローカードを出さなきゃと思ってたとこだからな」

それで抗争になっても困るが、ともかく、強力な後ろ盾ができたのは心強かった。

「そうだ。ついさっき、そこのお嬢さんに聞いたんだが、おまえ、誰かの前世を調べてるんだって？」

茶畑は、余計なことを言った毬子を睨《にら》んだが、あいかわらず視線を合わせない。

「いや、誤解しないでくれ。そんな荒唐無稽な話じゃないんだ。何て言うか」

「何言ってんの？　前世は、荒唐無稽な話なんかじゃないよ」

「はあ？」

茶畑は、啞然《あぜん》とした。

「俺が、一瞬にして前世を感じた話は、したことあるでしょ？」

「いや。覚えてないが」

「あれ？　そうかな。たしか言ったと思ったんだが。まあいい。あれは、小学六年生のときだった。俺も純真無垢《むく》な少年だったから、子分になれとか、くだらねえボケをかましてきた高校生の膝《ひざ》を砕きながら、ちょっと迷いを感じてたんだよ。殺す気はなかったが、どこまでやっていいんだろうってな。それで、何度目かに木刀を振り上げたとき、壮大なビジョンが見えたんだよ」

「……どんな？」

突っ込みどころ満載の話だったが、全部スルーして訊ねる。

「過去の俺――今の俺じゃない別の俺が、いろんなシチュエーションで、同じように得物《えもの》を頭上に振り上げてるところだった」

「過去世でも、同じようなことをしてたってのか？」

「そうだよ。合わせ鏡に映ってるみたいに、いっぺんに百人以上は見えた。膝を砕くなんて控えめなのはなかったぞ。ほとんどは首を斬り落としたり、頭を叩き潰したりしてたんだ。モンゴル軍の指揮官か、ヨーロッパの騎士団長みたいなやつもいたな。それが見えたとき、俺は、完全に吹っ切れたんだよ」

「吹っ切れた」

もし神がいるのなら、いったい何のために、この怪物をさらに吹っ切らせる必要があったのか訊いてみたい。

「人間の業っていうの？　どうせ、これまで何万年も同じようなことをやってきたんだから、今さら何やったって、どうってことないじゃんって思ったよ。それに、今の人生で死んでも、全然終わりじゃないってことだろう？　やっぱ、これが大きかったかな」

絶対に後に引かない最悪のチキン・ゲーマーは、そのときに作られたらしい。ただでさえたがが外れた凶暴さなのに、そいつにいつ死んでもいいやと思って突っ込んで来られれば、相手は逃げるしかないだろう。

「そういやさ、おまえだって、前世の記憶があったって言ってたじゃん？」

茶畑は、はっとした。

「本当に、俺は、そんなこと言ってたのか？」

「まちがいないよ。俺は記憶力には自信があるんだ。おまえは、幼児の頃には前世のことを覚えてたとか言ってたよ」

丹野は、断言した。凶悪無残なサイコパスだが、意味のない嘘は絶対につかない男が。

「あなたは覚えていたと、言ったのです。ごく幼い頃……そう、二、三歳くらいまでは、前世の記憶があったはずです。ところが、ご両親から、それは空想だと繰り返し言われて、自らその記憶を抑圧してしまった」

天眼院浄明の言葉を思い出しながら、携帯には登録していなかった番号をプッシュする。しばらく間があってから、相手が電話に出た。

「はい」

姉のみどりの声だった。

「もしもし。徹朗です」

みどりは、一瞬、沈黙した。

「あんた、どうしたの？」

「いや、ちょっと訊きたいことがあって。お母さんいるかな？」

「今、入院中よ」

「……そうか。病院にかけたら、電話で話せないかな？」

「無理。認知症もかなり悪くなってるし。会いに行ったとしても、たぶん、訊きたいってことには答えらんないって」

茶畑は、溜め息をついた。親不孝を続けているうちに、いつの間にかそんな状態になっていたとは。

「ええと。姉ちゃん。もし覚えてたら、ちょっと教えてほしいんだけど」

「何？」

「俺は、子供の頃、前世の記憶があるって言ってた？」

みどりは、呆《あき》れたようだった。

「訊きたいって、そんなこと？」

「ああ。変だと思うだろうけど、大事なことなんだ。教えてくれ」

「そういえば、そんなこと言ってたみたいだけど」

「二、三歳くらいまで？」

「そうね。……あんねえ、一度、こっちへ戻ってこれない？　いろいろ、相談したいこともあるし」

「わかった。それで、俺は、どんなこと言ってた？」

「どんなことって？」

みどりの眉をひそめている表情が見えるようだった。

「俺は、前世の何を覚えてた？」

「さあ、そんなこと急に言われても、大昔の話だしね」

「思い出してくれよ。……水争いのこととか、話してなかったかな？」

「何よ、それ？」

「江戸時代かそのちょっと前に、二つの村の間で水争いがあったんだ。そこで、一人の男が鎌で喉を切られて殺された」

「知らないわよ、そんな怖い話。あんたが三歳くらいのときって、わたしも、八つかそこらだったし」

みどりは、気味悪そうな声になった。茶畑の精神状態を疑い始めたのかもしれない。

「俺は、別に気が変になってるわけじゃないよ。ただちょっとね、事情があって昔のことを調べてるんだ」

何の説明にもなっていないが、茶畑の口調がまともだと感じたのか、みどりも落ち着きを取り戻したようだった。

「昔のことねえ……。まあ、幼児の言うことだし、あんたの話は、いつも支離滅裂だったし。でも、たしか、あんたは、漁師だったとか言ってたわね」

「漁師？」

「そう。浦島太郎の絵本を見たとき、こんな格好をして魚を獲《と》ってたって」

茶畑は落胆した。それもまた、前世の一シーンという可能性はあるが、まさか、これほど役に立たない話とは思わなかった。

「それより、この間、早坂《はやさか》のおじさんが見えたわよ」

みどりは、さっさと話題を変える。

「え。亜未の……？」

「うん、お父さん。あんたのことを気にかけてたわ。どうしてるんでしょうって」

いろいろたいへんなときだったのに、亜未の葬儀が終わるなり、逃げるように郷里を後にしてしまった。その負い目から、茶畑は、ただ沈黙するしかなかった。

「七回忌には、あんたに来てほしかったみたいなんだけど、あの頃、あんたには全然連絡がつかなかったでしょう？」

「ああ。いろいろあってね。仕事が忙しくて、どうにもならない時期だったんだ」

「だからー」

東北弁の「だから」は、「だから何？」という意味ではなく、「そうだよね」という同意を意味している。だが、このときだけは、かえって自責の念を呼び起こされた。

「亜未は、どうして、海岸へ行ったんだろう？」

今さら、そんな話を蒸し返すつもりは全然なかったのに、気がついたら、その言葉が口を突いて出ていた。

「そうねえ。どうしてなのかねえ」

みどりは、しんみりした口調になる。

「園児たちは、みんな安全な場所に避難させてたんだろう？　それなのに、なぜ、わざわざ海岸へ行く必要があったのか」

「そのことは、早坂のおじさんも、言ってたわ。今でも、いくら考えてもわからないって。海岸の様子を見に行って、津波に呑まれた人は、他にもいたみたいだけど」

「亜未にかぎって、そんな馬鹿な真似はしないよ」

「だからー」

「必ず、何か理由があったはずなんだ。今さらそれがわかっても、亜未は戻ってこないけど。それでも、どうしても、納得できない」


二〇一一年三月十一日、午後二時四十六分。東日本大震災が発生した。

三分後に、南三陸町は住民に避難指示を発令した。保育園で保育士をしていた早坂亜未は、同僚らとともに、子供たちを連れて高台に避難する。行動が迅速だったため、午後三時過ぎには避難は完了し、園児たちから一人の犠牲も出さずにすんだ。

だが、不可解なのは、その直後、亜未が周囲の制止を振り切って引き返したことである。

南三陸町に津波が襲来したのは、地震発生後三十九分が経過した午後三時二十五分だった。沿岸の建物は一掃された。津波避難ビルに指定されていた志津川《しづがわ》病院では最上階真近まで迫る波によって多くの犠牲者を出したほか、三階建ての防災対策庁舎でも、屋上を二メートルも越える波によって、防災無線で最後まで避難を呼びかけていた女性職員ら多数が犠牲になった。

亜未の遺体は、志津川湾で発見された。海岸付近で津波に呑まれ、引き波でさらわれたと推定されたが、なぜ彼女が、わざわざ安全な高台から降りて、海岸の方へ向かったのかは、今に至るまで納得のいく説明はなかった。

「とにかく、一度、戻っておいで。ちゃんとお墓参りをして、亜未さんに今の気持ちを伝えてみたらどう?」

「ああ、うん……」

そうは言ったが、当分の間、帰郷するつもりはなかった。未だ心の整理が付いていないし、こっちでの問題を片付けないかぎりは身動きが取れない。

「ありがとう。また、電話するよ」

そう言って通話を終えようとしたとき、みどりが言った。

「あのさ、早坂のおじさんが、言ってたんだけどね」

「何?」

「もしかしたらなんだけど、亜未さん、あんたに会いに行ったんじゃないかって」

一瞬、意味がわからなかった。

「会いに行ったって、海岸へ?」

「それくらいしか、亜未さんが、まわりが止めるのも聞かず、津波の来る方へ行っちゃった理由がわからないって」

「そんな馬鹿な！　どうして、俺が海岸にいるんだよ？　姉ちゃんも、知ってるだろう？

あのとき、俺は仙台に行ってたんだぞ！」

「大きな声、出さないで」

　みどりは、悲しげにつぶやく。

「ごめん。……でも、早坂さんも、どうして、そんなことを言うのかな？」

「早坂のおじさんを責めないで。亜未さんが亡くなったショックから、まだ立ち直れていないんだから」

　みどりは、諭すように言った。

「あれじゃないの？　ほら、あの頃、あんたはよく、志津川湾にダンゴウオを見に行くって言ってたから」

「それは、まだちょっと先の話だよ。あのときは、産卵も終わってない時期だったし」

「だからー」

「とにかく、それは誤解だって、早坂さんに言っといてくれるかな？」

「あんたの口から言ってあげたら？　そうしたら、早坂のおじさんだって納得すると思うよ。ちょっと待ってね」

　引き出しを開ける音。みどりは、電話番号簿を取り出したらしい。早坂さんの電話番号を読み上げる。

「時間が空いたら、考えるよ」

電話を切ってから、茶畑は混乱しているのを自覚していた。

人生とは、謎解きのないミステリーの連続だ。

なぜ、亜未があの日、海岸へ行ったのかは、おそらく、永遠にわからないだろう。

それにしても、なぜ、俺に会いに行ったなんて……。

いかん、いかん。今は、そんな昔の話に囚われている余裕はない。目の前の問題に意識を集中しなければ。

亜未のことは、すべてが片付いてから、ゆっくり考えればいい。

結局、今の電話でわかったことは、きわめてシンプルだった。幼児の頃、自分には前世の記憶らしきものがあったようだが、それは例の水争いの話とは、まったく無関係だ。

だとすれば、天眼院浄明は、なぜ、自分に前世の記憶があったことがわかったのか。

そもそも、輪廻転生という現象は実在するのか。

首筋が寒いような感覚があった。これ以上、この調査を続けるべきではない。心の奥底で、何かが警告を発しているのだ。

この先を知ることは、危険だ。

賀茂禮子がメールに書いていたように、この世には知らない方が幸せなことがあるのだ。詐欺師の天眼院浄明すら、同じようなことを言っていたではないか。

だが、ここで引き返すことができないのはわかっていた。現在の経済的苦境を脱するには正木氏の調査を完遂するしかないし、それ以上に、こんな中途半端なところでは終われない。そもそも、そんな諦《あきら》めのいい人間なら、探偵業などやっていないのだ。

5

その家は、抜弁天《ぬけべんてん》通から新宿七丁目に入ってすぐの場所にあった。

「ここなんですか？」

ピンクのトヨタ・パッソのハンドルを握っていた毬子が、腹を立てたように言う。

「ここだったら、充分、歩いてこられるじゃないですか！」

たしかに、新大久保にある日本人道会の事務所から、歩けないこともない距離である。

「まあな。しかし、場合によっては、すぐに尾行が必要になるかもしれない。どこか近くで待っていてくれ」

「一応探偵事務所なのに、いつも秘書の車ばかり当てにしないでください。いいかげんに、中古車でも事故車でも……」

毬子の苦言を聞き流し、茶畑は車を降りた。住所は合っているものの、どこから見ても、ふつうの住宅だった。表札には、『R．KAMO』とある。『賀茂禮子』という名前とは一致するが、自称霊能者の住み処《すか》という感じはしなかった。

インターホンを押すと、女性の声が出る。

「どうぞ。お入りください」

一瞬、先に来意を説明しようかとも思ったが、説明が面倒だと思い、言われた通りにする。

ドアには鍵《かぎ》がかかっていなかった。玄関には物がなく、すっきりと片付いている。

茶畑は、「失礼します」と声をかけて、靴を脱ぎ、来客用らしいスリッパを履いた。

狭い板張りの廊下を進むと、突き当たりに立派な木製のドアがあった。ここらしい。

ノックすると、さっきと同じ声で「どうぞ」と返事があった。

茶畑は、ドアを開ける。中は香が焚《た》きしめられているらしく、いい匂《にお》いがした。

「賀茂禮子さんですか？　私は、茶畑という者ですが」

そう言って部屋の奥に視線をやり、絶句した。机の後ろに、醜いとまでは言えないものの、何とも言えない奇妙な顔をした初老の女性が座っている。

「……ちょっとお訊《き》きしたいことがあって、伺いました。お時間をいただくことになりますので、もちろん通常の相談料はお支払いします」

「おかけください」

賀茂禮子は、手でソファを示した。茶畑は、黙ってソファに座る。

「それで、お訊きになりたいというのは、どんなことですか？」

椅子《いす》にかけ、ぼんやりと視線を宙にさまよわせながら、賀茂禮子が言う。

「小塚原鋭一さんを、ご存じですね?」

賀茂禮子は、口元に笑みを浮かべたが、答えなかった。

「ご存じであることは、わかっています。小塚原さんがあなたに宛《あ》てたメールを見ました。あなたの返信もです。……お訊きしたいのは、小塚原さんが、今どこにいるのかということです」

「探偵さんなのね」

賀茂禮子は、首をかしげるようにして言う。

「もともと好奇心が旺盛《おうせい》だったけど、別に、好きでやっている仕事ではない。スキルには、それなりに自信があるけど、経済的には、あまり報われていない」

始まった。コールド・リーディングだ。探偵だということは、状況から推測できるだろう。儲《もう》かっていないことも、身なりなどで、ある程度は判断できる。

その程度で煙《けむ》に巻けると思っているなら、大間違いだ。この手の話法なら、天眼院浄明で、すでに経験済みなのだ。

「私を霊視したんですか?」

わざと驚いたふりをして訊いてやる。

「そんな、驚いたふりはしなくていいわ」

賀茂禮子は、椅子から立ち上がると、ゆっくりと歩を進めて、茶畑の向かい側のソファに腰を下ろした。細い顔と不釣り合いに目が大きいせいか、何となくゴブリンを思わせた。

「人はみな、眼《め》を開いて生きなければなりません。足下を見つめなければ、躓《つまず》くでしょう。少し遠くを見ることで、将来を予測し目標を立てるのも、大切なことです。でも」

賀茂禮子は、まっすぐに茶畑を見た。大きな目が、瞬きもせず、こちらを見つめている。

茶畑は、思わず視線をそらしていた。

「……そらのふかさをみつめてはいけない。その眼はひかりでやきつぶされる」

「それは、何ですか？」

茶畑は、正体のわからない動揺を覚えていた。

「金子光晴《かねこみつはる》の『灯台』という詩の一節よ。優れた詩人は、しばしば直感だけで真実を探り当てることがあるの」

賀茂禮子は、静かな目でこちらを見ている。この奇妙な老女の双眸《そうぼう》は、どうしてこんなに威圧感を与えるのだろうか。

「この世には、凝視してはならないものが存在します。昔の人は、それを神の領域として、近づかない、考えない節度を持ってたわ。ところが、何でもかんでも科学で解き明かせると思い上がった現代人は、無用の詮索《せんさく》をして、知ってはならない真実を知ってしまう」

「真実を知ると、どうなるんです？」

茶畑は、賀茂禮子の目に負けないよう強く睨《にら》み返そうとしたが、うまくいかなかった。

「人それぞれね。多くは、正気を失うでしょう」

ふと、天眼院浄明も、同じようなことを言っていたのを思い出した。

「あなたがた——霊能者には、どうやら、横のつながりがあるようですね」

賀茂禮子は、かすかに首を振った。

「その人は、霊能者ではないわ」

「その人？」

まるで、誰《だれ》だかわかっているような口ぶりに、茶畑は眉《まゆ》をひそめる。

「一度、わたしに会いに来たことがあるけど。人並外れて勘のいい詐欺師——というのが、一番近いでしょう。自ら霊能者と称して、人の前世を占っては、金銭を得ていた。だけど、そういう行為は非常に危険なの。その人も、偶然の成り行きから深淵《しんえん》を覗《のぞ》き込みかけてたわ。ほとんど覚醒《かくせい》しかかっていたと言ってもいいくらいに」

「覚醒するのは、よいことではないのですか？」

「人生も、宇宙も、わたしたちが見ている夢にすぎないのよ。目を覚ました途端、すべては雲散霧消してしまう」

賀茂禮子の目は、まるで二個の巨大な水晶玉のように光っている。

「それで、その人は、どうなったんですか？」

空元気を出して、精一杯シニカルな口調で訊《たず》ねた。

「ぎりぎりのところで踏みとどまれるよう、手助けをしたわ。ふつうの人なら無理だけど、あの人は、生まれついての嘘《うそ》つきだったから何とかなったの」

「嘘つきだったら、どうして何とかなるんです？」

「本物の嘘つきというのは、自分に対しても嘘をつける。ほとんどすべてを思い出しながら、なおも知らなかったふりができるのよ」

賀茂禮子は、にんまりと笑った。甘い物の食べ過ぎなのか歯が溶けて小さくなっており、三角形に尖《とが》っているせいで、よけいに小鬼めいて見えた。

「彼女が嘘つきとは知りませんでした」

茶畑は、何食わぬ顔でカマをかけてみた。

「女には見えなかったけどね、ジョーメイは」

「え？」

茶畑は、ぎょっとしたが、賀茂禮子は、かまわず話を続ける。

「でも、あなたが受けたアドバイスは、おおむね間違っていない。ほとんど、わたしからの受け売りだけどね。人には、知らない方が幸せなこともある。分《ぶん》を守って生活することが、一番幸せなのよ」

本当に、心を読まれているのだろうか。茶畑は、気を呑《の》まれていたが、思い切って事実をぶつけてみることにした。

「あなたが手助けをしたジョーメイ氏は、私の依頼人である老人をたぶらかそうとしているんです。老人は、前世を霊視したと言われて、すっかり信じ込んでしまいました」

「あの男には、自分で言っているような天眼力はない。だから、他人の前世を霊視することなどできやしない」

『天眼力』という言葉に、はっとなる。やはり、この女は、あの男を知っているのだ。

「じゃあ、老人が思い出したという前世は、何なんですか？」

「その言葉の通り。老人が思い出した前世よ」

賀茂禮子は、にべもなかった。

「じゃあ、そこには、天眼院浄明が介在する余地はなかったというんですね？」

確認のための質問だったが、初めて賀茂禮子の痛いところを突いたようだった。

「……うーん。やっぱり、影響は与えてるでしょうね」

賀茂禮子は、ミーアキャットのように背筋を伸ばして、天井を見つめた。

「人の意識は、お互いに影響を与え合っている。自分を騙《だま》して思い出さないようにしているとはいえ、覚醒の一歩手前にまで近づいた浄明の意識は、老人の意識をも変化させたんだと思うわ」

茶畑は、ここぞとばかりに追及した。

「だとすれば、あなたにも、間接的に責任があるんじゃないですか？　あなたが、詐欺師と知りながら天眼院浄明を助けたりしなければ、騙される人も出なかったはずです」

「じゃあ、たとえば、あなたが溺《おぼ》れかけていた人を救ったとしましょうか。その人が粗暴な性格であると知りながらね。その人が、後《のち》に強盗を働いたら、それは、あなたの責任なのかしらね？」

鋭い切り返しに、ぐうの音も出なかった。

「……いいえ」

賀茂禮子は、少しだけ優しい表情に変わる。ゴブリンからヨーダへ。

「あなたの最初の質問に、答えましょう。小塚原鋭一さんは、たしかに、ここへ来ました。だけど、これ以上の前世の詮索は止《や》めるようにという、わたしのアドバイスは受け入れられませんでした」

「今は、どこにいるんですか？」

「たぶん、彼が書き直したという小説の舞台——前世の村のあった場所ね」

そうか。まがりなりにも小説家だったら、現場を見たくなって当然だろう。それだけでも、ここへ来た収穫はあった。

「小塚原さんに会ったら、伝言をお願いしたいんだけど」

「かまいませんが」

賀茂禮子は、身を乗り出して囁《ささや》く。

「それは、あなたが気にすべき前世じゃない。あなたにとって大切な前世は、もっと他に、いくらでもあります。そう伝えてくれる？」

「……わかりました」

どういう意味だろう。茶畑は、伝言の内容を反芻《はんすう》したが、見当も付かなかった。

三十分の相談料を支払ってから、もう一つだけ質問を思い出す。

「天眼院浄明は、『我々は、みな孤独なのです』と言っていました。『この冷たい宇宙の中で正気を保ち続けるのは、神にとってすら至難の業《わざ》』だとも。これはいったい、どういう意味なんでしょうか?」

賀茂禮子は、答えなかった。大きな目には、不可解な光が宿っている。

背筋が、ぞくりとした。

このまま睨めっこを続けていても、永遠に回答は得られそうになかった。茶畑は、諦《あきら》めて賀茂禮子の家を辞去する。事務所に徒歩で帰りアイスコーヒーを飲んでいると、携帯電話に毬子から着信があった。そのときになって、ようやく彼女を車でずっと待機させていたのを思い出した。


阪神電車を降りると、夏の厳しい日差しが照りつけてきた。まわりは住宅街で、戦前からありそうなお屋敷と、それらを四分割したくらいの建て売り住宅、低層のマンションなどが並んでいる。

茶畑は、地図を見ながら歩いた。毬子さえいれば、スマートフォンを見てすぐに現在地を特定できるだろうが、根っからのアナログ人間である茶畑には、縁のない代物だった。

水争いがあったという逆井川は、今は別の名前になっていた。土手の上に立っていると、汗だくになった身体《からだ》に川風が心地よかった。

それから、水争いの当事者だった、栗田村と黒松村の跡を歩いてみた。今では、どちらも市域に組み入れられて、栗田町、黒松町という地名を残すのみだった。

小塚原鋭一も、たぶん、ここを歩いたに違いないが、時間差を考えると、会える可能性はほとんどないだろう。あらためて、自分は何をやっているのだろうと自問する。どうしても来たくなったという以外の答えは、浮かばなかった。これまでに手がけた案件で、こんなに無意味な調査を行ったことは一度もなかった。もちろん、依頼主である正木氏に対しては、前世の夢の舞台を確認するためという大義名分は立つのだが。

川からこっそりと水を引いた場所も、今は残っていない。唯一の収穫は、黒松町の公園で見つけた石碑だった。『黒松義民碑』と彫られており、水争いの顛末《てんまつ》が書き記されていた。内容は、土橋氏から聞いた通りである。

末尾には、豊臣《とよとみ》の奉行らが下した裁定によって、打ち首になった『義民たち』の名前が、書き連ねてあった。一応、全体を写真に収めておくことにした。

小塚原は、正木氏の前世だという夢の話を見て、すぐにこの事件に思い当たったのだろう。もしかしたら先に小説化する構想があり、文献にあたっていたのかもしれない。だからこそ、主要な登場人物たちにも、すぐに名前を与えることができたのだ。

ふつうに考えれば何の不思議もないことに、どうして、ここまでこだわっているのか。

自分で自分の考えていることが、わからなくなりつつあった。

せっかく来たのだからと、市の図書館に行って、逆井川の水争いについて調べてみたが、県史の一部で触れられている程度で、新しい発見はなかった。それでも、一応、資料になるページはコピーしておく。

県史を元の棚に戻すと、待ちかねたように持って行く男がいた。

ふだんは、引っ張りだこになるほど人気のある本ではないだろう。気になったので、後を付けてみた。

男は、身長はそこそこあったが、肩の尖った虚弱そうな体格だった。黒縁の眼鏡をかけ、茶色いポロシャツを着ている。すでにたくさんの資料を並べている机の上に県史を置いた。ページを開いたキャンパスの大学ノートには、達筆な文字で様々な書き込みがされている。『逆井川』、『水論《みずろん》』、『打ち首』というキーワードを見て取ると、茶畑は、静かに後ろの机に張り付いた。

間違いない。こいつが、小塚原鋭一だ。

最近の写真は入手できなかったため、『刑場の露』のカバーにあった著者近影を引き延ばした画像は持ってきていたが、そちらは、奇跡の一枚と呼ぶべきものだったらしい。

小塚原は、様々な本を参照し、読み込みながらノートを埋めていった。茶畑も、図書館で調べ物をするノウハウは持っているつもりだったが、歴史に関しては、別のやり方があるようだった。

しばらく小塚原の様子を観察してから、腹を決める。このまま監視し、尾行していても、これといった成果は期待できそうもない。単刀直入に行こうと決め、席を立ち隣に座った。

「小塚原さんですね?」

小塚原は、飛び上がりそうになった。

「え？　……誰ですか？」

「茶畑と申します。桑田毬子さんの紹介で、リライトの仕事をお願いした者です」

「あ。それは……でも、どうしてここが？」

小塚原の声が大きかったせいか、周囲から咳払《せきばら》いと非難のまなざしを浴びる。

「ちょっと、外でお話できませんか？　よかったら、お茶でも」

茶畑は、小塚原を図書館から連れ出すと、通りの向かい側にある喫茶店に入った。

「さっき、たまたま、ノートに書かれていた文字が目に入ったんですが、逆井川の水争いについて、調べられてましたね？」

「ええ。まあ」

小塚原は、警戒しているように、上目遣いにこちらを見た。黒縁眼鏡をかけているせいで、やけに目がぎょろぎょろして見える。

「リライトしていただいた小説を読みましたが、さすがにプロの仕事は違うと思いました。臨場感が、半端ないですね」

「半端じゃない」

「え？」

「半端ない、などという言葉は、日本語にはありません」

作家の端くれだけあって、パネェこだわりである。

「失礼しました。……それで、ちょっとお伺いしたいことができたんです。小塚原さんは、以前から、この水争いについてはよくご存じだったんですか？」

「いいえ」

小塚原は、予想に反して、明確に否定した。

「時代小説を書いているとはいっても、ほとんどは江戸の話ですからね。農村については、あまり興味もありませんでしたし」

「では、いつ、あの話が、逆井川の事件だと気がつかれたんですか？」

「ごく最近です。あの原稿を送った少し後」

茶畑は、眉をひそめた。小塚原には、嘘をつく理由などないはずだが。

「それは、おかしいですね」

「おかしい？　何がですか？」

意外に短気な性格らしく、目を怒らせ、語気を強めて訊き返してくる。

「登場する人物や、村の名前ですよ。すべて、実在の名前に若干のアレンジを加えたものでしょう？　栗田村が石田村、黒松村が松濱村、清吉が松吉、トヨがカヨ……」

コーヒーが運ばれてきた。小塚原は、砂糖を入れてかき回しながら、沈黙を続ける。

「信じてもらえないと思いますが」

しばらく待っていると、さっきとは打って変わって気弱そうな声で、口を開いた。

「あのメモ……桑田さんが書いたシナリオもどきを読んだ後で、夢を見たんです」

「夢ですか？　どんな？」

せっかく現実世界に戻ったと思っていたのに、話は再びアンリアルな方向に進んでいく。

「あれらのシーンを、ほぼそのまま見ました。彼らが喋《しゃべ》っている方言は、よくわかりませんでしたが、なぜか意味は理解できて、後から調べて漢字を当てはめたんです。ただし、固有名詞には思い出せないものが多くて。何となく、こんなイメージだったと思って書いたのが、あの原稿に出てくる名前です」

茶畑は、アイスコーヒーをすすりながら考えた。たしかに、信じがたい話ではある。だが、正木氏が夢で見たというのなら、同じく夢で見たという小塚原の話は信じないというのも、片手落ちかもしれない。

「それで、小塚原さんは、その夢は何だったと思われますか？」

「たぶん、僕が、前世で経験したことです」

今度は、即答だった。

「方言については、調べた結果正しいことがわかりました。人物の名前も、言われた通り、実在の人名と酷似しています。何より、夢で見たときの現実感が、忘れられないんです」

小塚原は、興奮した口調で言った。

「最初にあの夢を見たという人も、きっと、前世で同じ体験をしたんでしょう。そうとしか考えられません」

またかと思う。これでいよいよ、前世は実在しており、ソウルメイトたちが今生において再会するというオカルト・ストーリーへとつながっていくのか。

「で、小塚原さんは、あの中の話だったんですか？」

何気ない質問だったが、小塚原の表情が曇った。

「それが、その点だけが、ちょっと妙なんですよ」

あらゆる点が充分すぎるほど妙だと思うが、まだ何か妙な点があるのか。

「視点キャラクターは、松吉でした。つまり僕自身が、松吉だったとしか思えないんです。僕は終始、松吉の目を通して物を見て、松吉として感じ、考えていました」

「それは……妙ですね」

正木氏の話を聞く限り、正木氏が松吉だったことはあきらかだろう。なぜ、ここへ来て、同じ劇団に所属しながら対照的なキャラクターでライバル関係にある二人の美少女のように、主演の座を奪い合うんだ。

「じゃあ、小塚原さんが松吉で、最初に夢を見た人は、あの中に登場する別の人物だったということですか？」

「いや、ところが、それも考えにくいんです」

小塚原は、眉を八の字にした。

「最後に松吉が殺されるシーンで登場するのは、松吉と犯人の二人だけじゃないですか？しかも、犯人の姿は見えませんから、松吉の視点でなければ、あのシーンを記述することは不可能なんですよ」

聞いているだけで、頭が痛くなってきた。

「それで、もう一度、事件を頭から再構成してみようと思って、ここへ来たんです。何か、この謎《なぞ》を解く手がかりが得られないかと。でも、結局、何もわかりませんでした」

茶畑は、それ以上考えることを放棄した。もともと、前世があると仮定しない限り説明が困難だったために、作業仮説として前世を認めたのだが、それでもまだ矛盾が生じるのなら、やはり、最初から前世など存在しないと考えるべきなのだろう。

「そうだ。賀茂禮子さんから、伝言を預かっています」

茶畑がそう言うと、小塚原は、呆気《あっけ》にとられた表情を見せた。

「なぜ、あの方をご存じなんですか？」

「それはまあ、いろいろあって。蛇《じゃ》の道は蛇《へび》というか」

まさか、あなたのアパートに侵入して、メールを見たからですとは言えない。

「伝言ですが、それは、あなたが気にすべき前世じゃない。あなたにとって大切な前世は、もっと他に、いくらでもあります。……ということです」

「気にすべきじゃない？　そうかもしれませんが、もっと他に、いくらでも……？」

小塚原は、眉根を寄せて考え込んだ。沈黙が訪れる。

茶畑は、前世がまやかしだとすれば、どうすればすべてを説明できるだろうと考えていた。一つだけ思いついたことがあったが、こちらも荒唐無稽《こうとうむけい》さでは負けず劣らずであり、すぐに意識の暗い片隅へと追いやってしまう。

それからしばらくは、この中の誰だ、の疑問点を確認したが、小塚原は、ずっと賀茂禮子の伝言が気になっているらしく、心ここにあらずという様子だった。

小塚原がうつむいて考え込みながら帰ると、茶畑も原稿をショルダーバッグにしまって、喫茶店を出ようとしたが、ふと思いついて携帯電話を取り出す。

一度聞いた電話番号は、メモしなくても記憶に残す訓練を積んでいた。みどりが言った番号をプッシュすると、すぐに相手が出た。

「もしもし……？」

懐かしい声である。知らない番号からかかってきたせいか、少しだけ警戒しているような声音だったが。

「早坂さんですか？　たいへん、ご無沙汰《ぶさた》しています。あの、俺《おれ》……」

茶畑が名乗る前に、反応があった。

「あー！　徹朗《てつろう》くんか！　久しぶりだね！」

早坂弘《ひろし》は、わだかまりなど微塵《みじん》も感じられない声で、嬉《うれ》しそうに叫んだ。

「よーく電話してくれたね！　お姉さんから、電話があったことを聞いて、もしかしたら、かけてくれっかなーと思ってたんだ」

「すみません。ずっと連絡もしないで」

「何のー。徹朗くんも、いろいろ思うとこあったんだろう……いやあ、あれから、もうすぐ十年になるなんて、信じらんねえな」

早坂弘は、しみじみと嘆息した。最愛の一人娘を突然失った心の傷は、まだ癒《い》えていないのだろう。茶畑も、胸が熱くなった。

「最近、漁には出られてるんですか?」

「いやー、わがんねえな」

わからないではなく、ダメだという意味である。

「ここんとこ、磯《いそ》焼けがひどくってな」

「そうですか」

ウニによる海藻の食害がひどいという話は、風の噂《うわさ》に聞いていた。

「ようやく瓦礫《がれき》は撤去して、一部じゃ、かなり魚も戻ってきたんだけど」

本来なら、俺も南三陸町にとどまって、海の復旧を手伝うべき立場だった。それなのに。黙って郷里を捨てたことへの、慚愧《ざんき》の念が込み上げてくる。

「でも、ほれ、ダイビング……! あれは復活してんだ。マンボウが見たいってお客さんが多くってさ」

「それは、よかったですね」

亜未と潜った漆黒の海底の景色が、まざまざと浮かんでくる。茶畑は左手で目を擦《こす》った。

「徹朗くんも、いっぺん、戻らい。南三陸の海に潜ったら、悲しいことも嫌なこともみんな忘れられっから」

「ええ。そうですね」

他のことだったら、そうかもしれない。でも、亜未のことだけは、逆に思い出してしまうだろう。

「……あの、今日電話したのは、ちょっと、確かめたいことがあって」

「うん？　何だべ？」

「あの日、亜未が海岸へ行ったのは、俺に会いに行ったんじゃないかって。……姉から聞いたんです。おじさんがそう言ってたって」

「ああ。そだな」

「でも、あの日、俺は、仙台へ行ってたんです。水族館の展示の打ち合わせで。そのことは、亜未もよく知ってたはずなんですよ」

「んだべなー」

早坂弘は、詠嘆するように言う。

「そのごとなら、よーくわかってんだ。だども、亜未がな、妙なこと言っとったもんで」

「妙なこと、ですか？」

「ああ。数日前からな。ほれ、聞いだごとあるっちゃ、どっぺるげんちゃ……？」

「ドッペルゲンガーですか？」

予想もしていなかった言葉なので、我ながら、よく見当が付いたと思う。

「そう、それ、どっぺんげんちゃ」

早坂弘は、嬉しそうに言った。

「亜未が、見たって言ってたんだ。自分の姿をな」

茶畑は、眉をひそめた。昔から、ドッペルゲンガーを目撃するのは、死の前兆だとされているからだ。

「どこで見たんですか?」

「うん。夢で見たって言ってた」

「何だ、夢の話ですか……」

茶畑は、がっかりした。

「いや、しかし、ふつう、夢で自分の顔は見ねえだろう?」

早坂弘は、茶畑の反応に不服そうだった。

「まあ、それはそうですが」

「それに、夢とは思えねえくらい、迫力《はくりょく》があったらしんだ。現実と区別がつかねえくらいによ」

ドキリとした。まさか、亜未も、前世の夢を見たのか。……いや、そうじゃない。前世の記憶に、自分自身の顔が出てくるわけがない。

「でな、徹朗くん。それ実は、亜未じゃなくて、あんたが見てた夢らしいんだ」

「はあ……?」

もはや、何を言っているのか、さっぱりわからない。

「それで、しばらく思い詰めた顔しとったが、何か急に吹っ切れたようになって、あんたに会いに行くって言ってたもんだから」

「会いに行く……。それは、いつの話ですか？」

「あの日の朝、言ってたんだよ。あんたに会いに、海辺へ行かなきゃなんねえって」

どういうことだろう。電話で事情を聞けばわかるかと思ったのだが、謎はますます深まるばかりだった。


昨日まで日本人道会のオフィスが存在した場所を見つめながら、茶畑は呆然《ぼうぜん》としていた。

もともと廃墟《はいきょ》のようなビルだが、その一角が無残に焼けて、正真正銘の廃墟になっている。

消火活動が終わって間もないらしく、テープで隔離された周辺はびしょ濡《ぬ》れであり、まだ、うっすらと煙が立ち上っていそうな生々しさだった。

はっとして、ショルダーバッグの中の携帯電話を探った。こんな事態になっていたのに、なぜ今まで連絡がなかったのだろうか。まさか、毬子まで……。

答えは、すぐにわかった。ずっと携帯電話の電源を切ってあったことに気がついたのだ。

新幹線の中で安眠したいというだけの理由だったのだが。

毬子に電話すると、すぐに出た。

「所長！　いったい、今まで何してたんですか？」

毬子の怒気で、携帯電話が火を噴くかと思われた。

「すまん。電源を切ってたんだ。別に、悪気はなかったんだよ」

「何言ってるんですか！　それどころじゃないんですよ！」

「うん。今、ビルの前にいる。火事の原因は何だったんだ？」

「放火です。たぶん。でも、それより、大変なんです」

唐突に毬子の声が途切れたかと思うと、別の人間に代わった。

「チャバ。テツがいなくなったよ」

丹野の寂《さ》びた声だった。

「いなくなった？　どういうことだ？　火事で行方不明になったのか？」

「いや。そうじゃなさそうだ。おまえのせいだな、これは」

ストレスで胃が重くなる。

「俺のせい？　どうして、そうなるんだ？」

「どうも、インカ帝国の末裔《まつえい》みたいなやつらが、火事の直前に、そのへんをうろうろしてたらしいんだよ」

メキシコ人だったら、インカじゃなくてアステカだろうと思ったが、茶畑は黙って聞いていた。

「テツはたぶん、拉致《らち》られたんだ。今頃はもう、この世にはいないだろうな」

丹野は、わざとらしく嘆息する。

「火種を作ったのは、おまえのとこの従業員だし、おまえには、使用者として、テツを守る義務があった」

言葉が出て来なかった。それなりに修羅場をくぐってきたつもりだったが、こんな経験は初めてだった。怒りと悲しみ、恐怖と心配が一度に押し寄せてきて、どう反応していいのかわからない。しょっちゅう抗争を繰り返している暴力団にとっては、珍しいことではないのだろうか。

「テツの香典は、五百万だ。前回約束した五百万と合わせて一千万、期日に持って来い」

「こんなことになったっていうのに、おまえは、金のことしか頭にないのか！」

茶畑は、激昂《げきこう》して怒鳴った。まわりにいた通行人や野次馬が、驚いて距離を開ける。

「香典って、何だよ？　テツは、おまえの子分じゃなかったのか？　拉致されたってのに、それっきりか？　助けようっていう気は全然ないのか？」

今度は、正真正銘の深い溜《た》め息《いき》が聞こえてきた。

「そんなわけ、ないでしょう？　生きてるなら、取り戻す交渉はするよ。でも、あいつらのやり口だと、こういうことがあって、まだ生きてる可能性はゼロなんだよ」

丹野の声を聞きながら、あらためて、これが現実であることを悟った。短い間だったが、一緒に働いて、気心の知れた仲間になっていた。ときには、弟か昔の自分を見ているような気がするときもあった。ヤクザとはいえ、まだ若く未来もあったというのに。

「もちろん、この落とし前は、きっちり付けるから。それは約束する。チャバは、俺が誰か知ってるでしょう？」

「……ああ」

「だったら、おまえがすべきなのは、金を用意することだけだよ。できなかったら、まず、おまえから血祭りに上げるからね」

ぷつりと、電話が切れた。

茶畑は、しばらくの間、その場から動けなかった。


それからの数日間は、何事もなく、平穏に過ぎていった。

茶畑探偵事務所は、新規の依頼を完全に断って、開店休業状態となった。巻き添えを食わないように毬子も解雇しようとしたのだが、未払いの給与を先に払えと逆に脅される始末で、当面は二人で大日向の事務所に身を寄せ、家賃の代わりに雑用をしながら、正木氏の案件を完遂することになった。

正木栄之介の呼び出しで、茶畑が中間報告に赴いたのは、テツが行方不明になってから、五日目のことだった。

「今日は、あのお嬢さんは、一緒じゃないのかね？」

前回の印象がよほど良かったらしく、正木は、残念そうに訊ねる。

「ええ。今は、今回の事件に付随した調べ物をしています」

実際は、大日向の事務所で、下請けの探偵事務所に電話をかけて、仕事を割り振っているところだった。毬子のてきぱきとした仕事ぶりがよほど気に入ったらしく、大日向からは、引き抜きたいという申し出も受けている。

「中間報告ですが、正木さんがご覧になった夢は、天正年間に実際に起きた事件と関連していると思われます」

茶畑は、逆井川で起きた水争いについて説明した。正木は、一心不乱に聞き入っている。

現地で撮ってきた写真を見せると、食いついた。

「これだ……だいぶ形は変わってしまったが、たしかに、この河原だったよ。私が殺されたのは」

とても正気とは思えないコメントだが、正木の口から出ると、説得力を持って聞こえるのは奇妙だった。

「犯人については、まだわかりませんが、栗田村の水番だった男がやったという可能性は、低いと思われます」

「そうだな。私も、そう思う」

正木は、腕組みをした。興奮のせいか、いつもより生き生きしているようだった。

「殺《や》ったのは、身内だ。ひょっとすると、肉親かもしれないな。そうでなかったとしても、同じ村の人間だろう」

正木の口調は、四百数十年前ではなく、今生きている人間に対して疑いを抱いているかのようだった。

「その点に関して、ひとつ質問させていただきたいのですが」

「何だね？」

「会長は、そのときの犯人が、今生に転生しているとお考えですか？」

正木は、鋭い眼光を茶畑に向ける。

「なぜ、そんなことを訊く？」

「本当にお知りになりたいのは、遠い昔の殺人事件の犯人もさることながら、今生においても、会長を裏切った人間ではないかと思ったものですから」

正木は、しばらく無言だったが、口元に笑みを浮かべる。

「そうだな。君の洞察力なら、当然気づくだろうとは思っていたよ」

「輪廻転生《りんねてんしょう》に関する書籍も、何冊か読んでみましたが、前世からの因縁で結ばれた人間は、ソウルメイトとして、今生でも引き寄せ合い巡り会うとされていますね。ひょっとしたら、会長の後継者候補の中に前世で会長を殺害した犯人がおり、今生ではM&Aに関する会社の機密を外部に漏らしたのではないかと、疑われているのですか？」

正木は、さすがに驚いたようだった。

「そこまで調べたのか。さすがだと言いたいが、君への依頼には含まれていないことまで、調査しているようだな」

「申し訳ありません。ただ、調査にあらかじめ枠を作ってしまうと、それが足枷《あしかせ》になって、真実にたどり着けない場合が多々ありますので」

正木は、立ち上がって窓辺に行くと、ブラインドの間から外の景色を見つめた。

「機密漏洩事件に関しては、特命チームが調査している。さすがに、ここに君を関与させるわけにはいかん」

「それは、わかっています。私が知りたいのは、会長の動機です」

あまり強く押したら、この仕事を失うことにもなりかねなかったが、ここは、いつまでもうやむやにしておくわけにもいかなかった。

「……君の言う通りだ。前世に対する興味はあるが、それ以上に、そのときの犯人が、私を二度刺したのかどうかが知りたい。後継者選びにも影響する問題だからな」

「わかりました」

これで、ますます、いいかげんな報告をするわけにはいかなくなった。

「実は、今日、君に来てもらったのは、中間報告を聞きたかった以外にも理由がある」

「何でしょうか？」

正木は、振り返って、茶畑を見つめた。

「また、夢を見た。……思い出したんだよ」

「ということは、あの事件よりも前のエピソードですか？」

松吉——いや、皆川清吉は、河原で殺されてしまったのだから、それ以降のことなど思い出しようがないはずだ。

「違う」

正木は、首を振る。

「おそらく、時代はそんなに離れてないと思う。だが、あきらかに別人だった。……私は、また別の前世のことも思い出したんだよ」

「別の前世――というと、それもまた夢で見たんですか？」

「ああ。鮮明さでは、前に見た水論の夢に勝るとも劣らなかった。ふつうの夢とは根本的に違うんだ。目覚めてすぐ、これもまた私の前世の一つだと確信したよ」

正木の眼光は相変わらず鋭く、判断力の低下を疑わせるような部分は、微塵もなかった。

茶畑は、正木に断ってレコーダーを回す。

「覚えておられるのは、どんなことですか？」

「合戦の最中のようだった。何もかもが混乱していて、本当に恐ろしかった」

正木は、唇を舐《な》めた。

「最初は、夜だったな。雨がしとしとと降っていた。ときおり小やみになったりしながら、断続的に降り続いていたようだ。私は、鉄砲足軽で、一丁の火縄銃を左の肩に担いでいた。いつ戦端が開かれるかわからない状況で、生きた心地がしなかったが、何より心配していたのは火薬が雨で濡れることだった。少し前に雨脚が急に強くなって、火薬の一部を濡らしてしまい、小頭《こがしら》からこっぴどく叱責《しっせき》されていたからな。万が一火薬が全部使えなくなったら、戦にならない。火薬の容器である早合《はやごう》や口薬《くちぐすり》入れは油紙に包み、背嚢《はいのう》のような形の玉《たまぐすり》薬箱の引き出しに収めてあったが、雨や飛沫《しぶき》がかからぬように細心の注意を払っていた。火縄銃は革袋に入れたままだったが、巻き火縄には火を点《つ》けたまま、ときどき振り回しては火が消えないよう気を配っていた」

正木は、早口で喋った。とりあえずは話の腰を折らず、黙って聞くことにする。

「戦場の右手は山地で、一番手前には小高い山があった。左手には大きな川が流れ、そこへ何本かの川が合流する隘路《あいろ》になっていた。こちらの方が川上だったと思う。先に仕掛けてきたのは、敵の方だった。いきなり鉄砲を撃ちかけてきた上、近隣の村落に火を放ったんだ。雨の降る真っ暗な夜空に炎が上がり、村人たちの悲鳴が聞こえた。あまりの恐ろしさに足が震えた。いっそのこと、早く戦いになってくれと祈ったよ」

「なかなか、戦いは始まらなかったんですか？」

「ああ。合戦で一番威力があるのは鉄砲だが、今言ったようにこっちは火薬が湿ってたし、敵は、夜戦に強いことで恐れられていた連中だった……何とか衆と言ってたが、名前は思い出せない」

　正木は、額に手を当てた。

「夜戦に強いというのは、具体的にどういうことですか？」

「夜目が利くんだ。松明《たいまつ》も持たずに、闇夜《やみよ》に山を駆け巡れるという噂があった。こちらは、どうしても松明が必要だ。そんな状態で、もし撃ち合ったら、一方的に狙《ねら》い撃たれることになるからな。それで、殿様も自重されたようだ」

「殿様の名前は、思い出せませんか？」

　そう質問しながらも、馬鹿馬鹿しい気分は拭《ぬぐ》えない。しかし、非現実感は水論のときより薄れてきていた。

「名前は、まったく意識に上らなかったな。だが、かなりの名君だったらしい。強い尊崇の気持ちを抱いていたことは覚えている。後は……旗指物《はたさしもの》の紋なんだが、たしか水色だったと思う」

正木は、湯飲みを手にしてお茶をすすった。大名ならば数は限られているが、水色の紋というだけで、特定できるだろうか。

「では、その足軽の名前は？」

「仲間からは『孫《まご》』というふうに呼ばれていた。仲間には『熊《くま》』とか『竹《たけ》』とかいう連中もいたはずだ」

愛称では手がかりにはならない。もっとも、かりにフルネームが判明しても、侍大将ならいざ知らず、一足軽が存在していた確証を得ることは不可能だろう。

「わかりました。それから、どうなったんですか？」

「夜が明けても、まだ両軍の睨み合いが続いていた。翌日も、朝からずっと雨が降り続いていた」

かなり長い時間の経過を伴う夢だったようだ。途中で連想の飛躍や逸脱が起きていないという点からも、通常の夢とは根本的に違っている。

「気温は、どうでした？　寒かったとか、暑かったとか」

「夜は多少は冷え込んだが、寒くはなかったな。初夏……というか、まだ梅雨《つゆ》だったのかもしれない。どこもかしこも水浸しで、じめついていたが、強がって『だんないわ』と言ったのを覚えている」

「『だんない』？」

その言葉は、聞き覚えがある。小塚原の書いた『水論の夜に』の中では、カヨから川岸は滑りやすいから気をつけてと言われて、松吉は「大事《だん》ないわ」と返答している。

「たしか、前回の夢にも同じ言葉が出てきましたね。やはり播州《ばんしゅう》なんでしょうか？」

正木は、腕組みをして考える。

「関西であることは、間違いないだろう。ただ、私には関西弁の微妙な差異はわからないが、アクセントが少し異なっていたような気がする」

「ほかに、仲間と交わした会話は覚えていませんか？」

「うーん……。雨が鬱陶《うっとう》しいのを『憂《う》いのう』と言っていたな。それから、私――孫と呼ばれていた男は、自分の村が『うみ』のそばだと言っていた。そこは、殿様の領国の一部で、合戦の地からさほど離れていなかった。仲間たちも、周辺から駆り集められてきた連中で、早く戦を終えて村に『戻《もん》ろまい』――戻りたいと言っていた」

録音はしているが、茶畑は、要点をきちんとメモしていた。関西で『海』のそばとなると、瀬戸内海側だろうか。合戦の場所はわからないが、日本海側では少し遠すぎる感じがするし、紀伊半島でもないだろう。

「で、結局、戦端は開かれたんですか？」

「ああ。敵の先鋒《せんぽう》は、近くの村を占拠していた。村とは言っても、東西に大門のある城郭のような構造で、守るには適している。我が軍は、東側の門を叩《たた》いて挑発したんだ。敵は門を開くと、打って出てきた。そこからは乱戦になったが、本格的な戦闘は川のそばへ移動して行われたようだ」

「それで、孫は、どうしたんですか？」

「仲間たちとともに、得意の射撃の腕を発揮して敵を狙い撃とうとした」

正木は、半眼になり、そのときのことを克明に思い出していく。

「火縄銃の射撃は、苛々《いらいら》するくらい時間と手間がかかった。早合から筒に火薬を入れると、上から三匁《もんめ》五分《ぶ》の鉛の弾丸を込める。それから、細長い鉄の棒――槊杖《かるか》を使って、銃身の奥まで弾を押し込む。火蓋《ひぶた》を開け口薬入れから少量の火薬を火皿に振り入れ、いったん火蓋を閉じる。火の点いた火縄を火挟みで固定して、火蓋を切る。そして、銃床を右の頰《ほお》に当てた姿勢で狙いを定めて引き金を引く。すると、火口が火皿に落ち、底の穴から炎が銃身の内部の玉薬に回り、弾丸が発射されるんだ。物凄《ものすご》い轟音《ごうおん》とともに、白煙と眩《まばゆ》い火柱が上がるが、まともに命中すると頭を吹き飛ばすくらいの威力があった」

正木は、信じてくれるかと問いかけるような目で茶畑を見た。

「誓ってもいいが、私はこれまで、火縄銃のことなど何も知らなかった」

茶畑は、うなずいた。

「それで、敵を大勢倒したんですか？」

「いや、事は、そううまく運ばなかった」

正木の表情が曇る。

「もともと発射に時間がかかる上に、雨で火薬が湿気ていて不発が多くなった。そのうち、敵の足軽衆に目を付けられてしまった。向こうの鉄砲隊も雨には悩まされていたようだが、こちらを狙ってきたのは弓足軽どもだったんだ」

　正木は、すっかり『孫』に感情移入していたらしく、忌々《いまいま》しそうに吐き捨てる。

「弓矢などは、鉄砲の敵ではないと思っていた。しかし、実戦では、恐るべき相手だった。銃弾の軌道は直線に近いが、放物線を描いて頭上から降り注ぐ矢も、相当避《よ》けにくいんだ。射程でも正確性においても、まったく火縄銃に引けを取らないという感じだったな。しかも、雨の日だ。こちらはハンディを背負っていたが、弓矢は多少濡れても影響ない。やつらは、ここぞとばかり、雨霰《あめあられ》と矢を射かけて来た」

　正木は、言葉を切った。

「私は、軽装だった。本来ならば具足一式を着けなければならないが、雨が降っている上、重い火縄銃や玉薬箱を携行するために、少しでも身軽に移動できるようにしていたらしい。雨避けに陣笠《じんがさ》はかぶっていたが、腹当てや籠手《こて》さえ着けておらず、胴服の上に蓑《みの》を羽織っただけだった」

　正木の声に、強い負荷がかかる。

「とはいえ、甲冑《かっちゅう》を着けていたとしても、結果は同じだったろう。あれは、まるでミサイルだった。錐揉《きりも》みし、唸《うな》りを上げながら、私をめがけて何本もの矢が襲来してきた。一本は、左の太腿《ふともも》に突き刺さって骨を両断した。その次は火縄銃に当たって逸《そ》れたんだが、それから三本が立て続けに当たった。胸の中央と腸《はらわた》を貫通し、首筋を射貫《いぬ》いたんだ」

正木は、そのときの苦痛がよみがえったかのように、目を見開いて身震いした。

「あれは……痛いなんてもんじゃなかったよ。しかも、なかなか死ねなかったしな。あれと比べれば、鎌《かま》で喉《のど》を切り裂かれたときの方が、まだましだった」

これは、前回と同じく、正木が見たのがただの夢ではなかったという、強力な傍証になるかもしれない。

痛みというものは、通常、実体験なしには想像できないからである。

6

飯田橋にある大日向の事務所に戻ると、どこか異様な雰囲気だった。

「どうした？」

茶畑は、書類の整理をしている毬子に尋ねてみたが、返答はなかった。目が腫《は》れており、まるで泣いた後のように見える。

「茶畑。ちょっと」

長身の大日向直人が、手招きする。もともと胃がしくしく痛むような顔をしている男だが、いつにもまして深刻な表情だった。

「何があったんだ？」

大日向の部屋――大部屋の一角をパーティションで仕切ってあるだけだが――に入ると、茶畑は低い声で訊ねた。

「これを見ろ。さっき、ニュースでやってたんだ」

大日向は、机の上からリモコンを取って、テレビとＤＶＤデッキのスイッチを入れた。

画面には、海をバックに、芝生の上に立っている女性アナウンサーの姿が映った。

「……免許証から、植田《うえだ》哲浩《てつはる》さん、本名、文《ぶん》哲浩さん、二十二歳とわかりました。警察では、死体遺棄事件として、殺人の可能性も視野に現場周辺での詳しい聞き込みを行っています。以上、お台場から中継でした」

大日向は映像を消す。たまたまテレビを見ていてあわてて録画したらしく、肝心な内容がよくわからない。

「テツなのか？」

大日向は、うなずいた。

「お台場の暁《あかつき》ふ頭公園で、今朝、遺体が発見されたらしい。バラバラの状態でな」

衝撃を受けた。丹野の話から、生きている可能性は薄いだろうと覚悟はしていたが。

「殺《や》ったのは、ロス・エキセスか？」

大日向は、唇に人差し指を当てる。

「その名前を、大声で言うな」

「そうなんだな？」

大日向は、黙ってアーロン・チェアに腰掛けた。腕と脚を組むと、貧乏揺すりを始める。大きな革靴が小刻みに動いているのが目障りだった。

「だから、警告したじゃないか。ヤバいやつらだって」

大日向は、泣き言のようにつぶやく。

「ああ。しかし、ヤバいっていうより、完全に狂ってるんじゃないのか？」

茶畑は、吐き捨てた。

「どういう意味だ？」

「そうだろう！　いったい何のために、テツを殺す必要があるんだよ？　しかも、テツは、下っ端とはいえ仁道会の組員だぞ。やつらは知らなかったんだろうが、こんなことをして、ただですむわけがない」

「やつらは、知ってたはずだよ」

大日向は、ぼそりと言った。

「え？」

「テツって男が組員だってことは、当然、すぐにわかっただろう。捕まえて尋問したとき、真っ先に本人がそう申告したはずだ」

「それでも、殺したっていうのか？」

「やつらは、日本の暴力団など、何とも思ってないんだよ」

大日向は、哀れむような目で茶畑を見た。

「おまえは、丹野が怖いんだろう。俺も、もちろんそうだが、メキシカンには通用しない。あの程度のサイコなら、向こうにはごろごろいるからな」

「しかし、暴力団は巨大組織だ。いくらマフィアだって、地の利のない外国で、正面切って事を構えるか？」

「暴力団の方も、暴対法その他でがんじがらめになってるからな。よほどのことがないと、組織を挙げての戦争なんかできるわけがない。それに、日本の暴力団は何でも金で片が付く。メキシコ人の方は、とことんこじれたら、最後は金さえ払えばいいと高をくくってるふしもある」

茶畑は、丹野が、テツの『香典』を要求していたことを思い出した。

「……実は、ついさっき、一課の刑事に電話して訊いてみた。バラバラ死体のことなんだが、首と四肢の根元の五カ所が切り離されてたらしい。その切断面のすべてに生活反応があったそうだ」

「生活反応？　……生きたまま腕や脚を切断されたってことか？」

ショックを受けている上に、さらに血の気が引くような感覚があった。

「別に不思議なことじゃない。メキシコでは、麻薬組織に刃向かった警察官や弁護士らが、四肢を切断された遺体で見つかるのは、よくあることだよ。しかし、バラバラにするのは、捨てやすくするためじゃない。被害者に最大限の苦痛を与えるためなんだ」

胃袋がむかむかした。あえて、想像をシャットアウトする。

ふと、天眼院浄明が言ったことを思い出す。

『人が人に対してふるう暴力や残虐行為は、宇宙で最悪の愚行です』

胡散臭《うさんくさ》い男の言葉だが、たしかに、そうだと思う。他人の苦痛に少しでも共感できれば、そこまで残酷なことができるはずがない。真性のサイコパスでもなければ、目をつぶって、心を麻痺《まひ》させているのだろう。

みんな、忘れているのだ……。

茶畑は、ふと自分の頭に浮かんだ考えを怪訝《けげん》に思った。忘れている……いったい何のことだろう。

「とにかく、こういう状況になっては、ずっとここにいてもらうわけにもいかなくなった。悪いが、今日中に出て行ってくれないか」

大日向は、茶畑と目を合わせないようにして言う。

「わかった。これ以上、迷惑はかけないよ」

茶畑は、大日向の部屋を出て行こうとしたが、振り返る。

「餞別《せんべつ》代わりに、ロス・エキセスについて、知ってることを教えてくれ」

大日向は、溜め息をついた。

「たいして話せることはないな。数あるメキシコの麻薬組織の中で最凶最悪と言われている一派だ。軍の特殊部隊にいたヘスス・サンチェスという男が創始者だが、警察や対立組織と血で血を洗う殺し合いを続けている。エキセスはXの複数形で、特殊部隊でのサンチェスのコードネームに由来してるらしい」

「日本に何をしに来たんだ？」

「たぶん、麻薬の販路を開拓しようとしてるんだろうな」

まるで、医薬品のマーケティングについて話しているような口ぶりだった。

「北米市場は、すでに飽和状態なんだ。それに対し、日本を含むアジアは、これから成長が見込めるからな」

「日本で、急に麻薬の流通量が増えるとも思えないがな」

「いや、そうでもない。治安の悪化と軌《き》を一《いつ》にして、押収される麻薬の量は増えているんだ。密輸が成功している量は、おそらく、その何十倍もあるだろう」

大日向は、不気味な分析を口にする。

「表の経済が崩壊すると、どこの国でも地下経済の割合が飛躍的に増大する。日本だって、例外ではいられないはずだ。だったら、いち早く参入した方が得だと考えるやつがいたっておかしくない」

茶畑は、沈黙した。そんな巨大な敵と、どうやって渡り合えばいいのか。

「……日本にいるボスは、何ていうやつだ？」

大日向は、しばらく答えなかったが、ぽつりと漏らす。

「エステバン・ドゥアルテという男だ。メキシコの商社の日本法人の社長として、きちんと登記もしている。サンチェスの片腕で、四桁《けた》の人間の殺害に関与してるという噂だったが、本国では起訴されたことがないから、入国拒否もされなかった」

「調査対象者《マルタイ》だったのか?」

「え?」

大日向は、驚いたような目を向ける。

「その、エステバン・ドゥアルテだ。どこからか、調査を請け負ってたんじゃないのか?

だが、途中で何か不都合が起こって、それ以上は続けられなくなった」

大日向は答えなかったが、沈黙は、認めているのと同じだった。

「……すぐに出て行く。世話になったな」

茶畑は、大日向の部屋を出た。

いよいよ、どちらかに腹を決めなくてはならない。

とどまって、メキシコ人に手足をもがれるのを待つか。

それとも、逃げて、地の果てまで丹野に追いかけられるか。

流浪の探偵事務所が行き着いた先は、上板橋にある2DKのアパートだった。

茶畑は、自分のアパートも引き払ってきたために、ついに夢の通勤時間ゼロを達成した。

江古田《えごた》に住んでいる毬子も、電車の便は悪いが、車だと、新宿より近くなったことになる。

ただし、基本は在宅勤務にして、できるだけ電話とメールで用を済ませることにした。

茶畑が選んだのは、一刻も早く正木会長の案件を解決して、成功報酬の一千万円を丹野に支払って、どこか地方へ逃げるというプランだった。どんなに頑張ってもただ働きであり、馬鹿馬鹿しいとは思うが、命には代えられない。テツのことを思ったら、自分がまだ生きていることが奇跡のように感じられていた。

水争いについてまとめた資料は、大半が焼けてしまったため、茶畑は一から要点を整理し直していた。

まず、小塚原の小説の登場人物の名前を、すべて、実在した人間の名前に置き換える。視点キャラクターである主人公は、松吉から皆川清吉へとあらためた。許嫁《いいなずけ》は、カヨからトヨへ。弟は、竹吉から皆川弥吉へ。若者組のリーダーは、籐兵衛から藤兵衛へ……。

正木の前世が清吉だったのは、夢で見た内容からあきらかだろう。

しかし、ここで、すでに問題が一つ発生している。

正木の夢が引き金になって、小塚原もまた、前世の記憶と思われる夢を見ている。

しかし、そこでも、視点になっているのは、松吉――いや、清吉だった。つまり、正木と小塚原の前世は共通していることになる。

前世の存在を認めたとしても、どうにも説明が付かなかった。

ふと、天眼院浄明にした質問を思い出す。

「生まれ変わりが存在すると仮定すると、もう一つ納得できないことがあります。数が合わないと思うんですが」

「数と言いますと？」

「人間の数ですよ。ほんの百年前には、世界の人口は二十億人にも達していませんでした。それが今では七十億人を超えているじゃないですか？　有史以前は、たかだか数百万だったはずですし、その前には、人間が存在しなかった時代もあります。輪廻転生する魂の数は、どうしてこんなに増えたんですか？」

これに対し、天眼院は、人には知らない方が幸せなこともあるとか、宇宙の法則は人間の感覚からすると異様に映るとか、覚醒した人間は答えを薄々知っているのだが、思い出してしまうと正気を保てなくなってしまうなどと言って、煙に巻く答えしかなかった。

しかし、今考えてみると、あの男は本当に何かを知っていたような気がする。

たとえば、転生する際に、人格が分裂するとしたらどうだろうか。元は一人だったのが、来世では二人になるとか。そう仮定すれば、人間の数が合わないことの説明にはなる。

正木と小塚原が、同じ人間――清吉の生まれ変わりだったとしても、矛盾はない。

いや、待て待て。茶畑は、頭を振った。

そんな荒唐無稽な仮説を都合良く積み重ねれば、何だって説明できるのは当然だ。

そもそも、生まれ変わり自体が、まだ百パーセントは信じられないのだ。生まれ変わりがあると考えて矛盾が生じるなら、まったく別の理由を考えるべきではないのか。

それに関しては、ずっと引っかかっているアイデアがあった。

ある仮説——賀茂禮子や天眼院浄明が、ある能力を持っていると仮定した場合は、生まれ変わりのように見える現象を説明することができる。問題は、その仮説と生まれ変わりの、どちらがよりありそうかという点である。

もう一つ、気になっている言葉がある。天眼院浄明は、こう言った。

「我々は、みな孤独なのです。この冷たい宇宙の中で正気を保ち続けるのは、神にとってすら至難の業なのですよ」

あれは、いったいどういう意味だったのか。そのことを賀茂禮子に訊ねたときの反応も、異様な印象を受けた。彼女は、大きな目に不可解な光を湛《たた》えて、いっさい答えようとしなかった……。

茶畑は、古いコンポに、ボズ・スキャッグスのＣＤを入れた。

このところ、もう何度聴いたかわからない曲をかける。

ウィ・アー・オール・アローン。

このタイトルは、ラブソングの決まり文句で、二人っきりと訳すのがふつうである。

だが、なぜかそれは、我々はみな孤独であるという意味に思えた。

茶畑は、ふっと自嘲《じちょう》の笑みを漏らした。

いったい、俺は、何を考えてるんだ。たまたま耳にした曲に、神の啓示でも宿っているというのか。

シンクロニシティに頼りたくなるのは、いよいよ追い詰められている兆候かもしれない。

そのとき、携帯電話が鳴った。毬子からだった。

「所長。正木さんの二つ目の夢についてなんですが、さっき、土橋さんと小塚原鋭一から、それぞれメールの返信がありました」

単刀直入に、用件から入る。毬子は、テツの一件以来、ビジネスライクな話し方に拍車がかかっていた。

「うん。どうだった？」

「二人とも、同じ答えでした。『孫』が従軍していたのは、山崎の合戦だそうです」

わかったのか。茶畑は、興奮を感じた。二人の答えが一致しているのなら、まちがいないかもしれない。

「山崎の合戦って、誰と誰が戦ったんだっけ？」

「明智光秀《あけちみつひで》と豊臣秀吉《ひでよし》です。明智光秀が本能寺で織田信長を殺した後、毛利《もうり》氏を攻めていた豊臣秀吉が、わずか一週間で大返しをしてきて、両軍は京都への入り口である山崎で戦いました」

そう言われると、聞いたことがあるような気がするが、定かではなかった。

「それで、正木さんの見た前世が、山崎の合戦だったっていう根拠は？」

「第一に地形です。正木さんの方から見て、右手に山があり、左手に川があったということでしたが、右手の山は有名な天王山です。ここを秀吉に押さえられたことが、光秀の敗因の一つだと言われています。左手の大きな川とは淀《よど》川で、そこへ流れ込んでいたのは、小泉川だということでした」

「なるほど」

「長梅雨で、ずっと雨が降っていたというのも、史料と一致します。明智側が火薬を濡らしてしまったという記録もあるそうです」

毬子がメモをめくっているような音が聞こえた。

「それから、豊臣方の先鋒を務めたのは、『攝津衆《せっつしゅう》』です。土橋さんは、攝津衆は灯《あか》りがなくても山に登れるという記述も確認してくれました。それから、攝津衆のうちで高山勢は、大山崎の町に入っていました。町は塀で囲まれており、東西の黒門だけが出入り口でした。明智方が東の黒門を叩いて相手を挑発すると、高山勢が門を開いて打って出たというのも、ほぼ史実だそうです。……まだあります。正木さんは、殿様の家紋が水色だと言ってますが、これは土岐《とき》水色桔梗《ききょう》じゃないかということでした。明智氏は、もともと、源氏の流れをくむ土岐氏の一族だそうです」

それだけ材料が揃《そろ》っているのなら、まず間違いないだろう。茶畑は、自分で取ったメモを見ながら、もう一度、正木の夢を確認した。

「一つ気になるのは、『孫』は、『うみ』の近くの村の出身だと言っていたことだな。これは、どのあたりの海なんだろう？」

毬子は、かすかな笑い声を漏らした。

「それなんですが、『うみ』というのは、近江《おうみ》の方言で、琵琶湖《びわこ》のことだそうです」

そうだったのか。それだったら辻褄《つじつま》が合う。茶畑は唸《うな》った。山崎が京都への入り口なら、滋賀《しが》県まではそれほどの距離ではないはずだ。

「よし。これで、決まりだな。まあ、最初の夢との関連性はないかもしれないが」

前世の一つが裏付けられたとしても、確認しなくてはならないのは水論の方である。

「それが、必ずしも、関連がないとも言えないんです」

毬子は、なぜか、急に歯切れの悪い声になった。

「関連があるのか？　だったら、朗報じゃないか。でも、どういうことなんだ？」

茶畑は、勢い込んで訊ねた。

「山崎の戦いが起きたのは、天正十年、つまり西暦一五八二年のことです。一方、播磨の国、逆井川の水争いに決着が付いたのは、天正二十年、西暦一五九二年でした」

「それが、どうしたんだ？」

毬子は、茶畑の血の巡りの悪さに腹を立てたようだった。

「わかりませんか？　正木さんの前世であった『孫』が、山崎の戦いで死亡した後、すぐに生まれ変わったとします。だとしても、水争いの終わった天正二十年には、まだ十歳にしかならないんです」

茶畑は、開いた口が塞《ふさ》がらなくなった。

「水争いの時点で、松吉——清吉は、数えで二十一歳だったということになっているんです。多少不正確だったとしても、いくら何でも十歳ということはないでしょう。どう考えても、計算が合わないんです」


電話を切ると、茶畑は、ゆっくりと時間をかけてコーヒー豆を挽《ひ》いた。

ドリッパーにフィルターをセットし、挽き立ての粉を入れ、ゆっくりと湯を回し入れる。

その間に、混乱した頭の中を少しでも整理しようとしたが、考えれば考えるほど、迷宮に入り込むようだった。

まず、正木氏が思い出したという二つの前世について。

やはり、どう考えても、十年しか間が開いていないというのは致命的な齟齬《そご》だ。どんなに控えめに言っても、どちらかは本物の前世ではないということになる。

だが、かりに一方が偽物だとすれば、もう一方が本物である可能性も、限りなく低くなるだろう。

マグカップにコーヒーを入れて、腰を下ろして考える。

それでは、両方とも偽物——つまり前世ではない単なる物語だとしたら、どういう解釈ができるのか。天眼院浄明や賀茂禮子のような人間なら、催眠状態でストーリーを植え付けて、それを自分で思い出したかのように錯覚させることはできるかもしれない。

何のために、そんな面倒なことをするのかはわからないが、正木氏がたいへんな資産家であることを考えると、最終的に金を騙し取る計画の一部と考えるのが妥当だろう。

待てよ、と思う。

水争いと山崎の戦いという二つのストーリーが、ともに植え付けられたものだとすると、それもおかしな話になる。ストーリーの作者は、最初から、二つの時代の間隔が十年しかないことはわかっていたはずだ。そこに明白な矛盾が含まれていることに気がつかなかったのだろうか。

いや、それは考えにくい。二つの話をでっち上げるのは、かなり手間のかかる作業だし、多額の金を騙し取ろうとしているのなら、当然、もう少し注意を払うだろう。

そもそも、二つの前世をここまで近接させる必要などないはずだ。

思考に没頭していたため、せっかくのコーヒーの味もよくわからなかった。

いくら頭を絞っても結論は出そうにないので、もう少し現実的に考えることにする。

どうすれば、正木氏が約束している一千万円の報酬を得られるのか。

これは、はっきりしている。第一の前世――逆井川の水争いにおいて、誰が清吉を殺したのかを特定すればいい。それさえわかれば、第二の前世との関係は無視していい。

だが、前世の存在がここまで眉唾《まゆつば》になってくると、それも確実とは言えない。

丹野からの要求が一千万円に跳ね上がった今、頼みの正木氏からの一千万円が入らないとなると、真剣に命が危ない。

それに代わるものとなると、栄ウォーターテックの有本総務課長によってオファーされた五百万円が、俄然《がぜん》光を放ち始める。

M＆Aに関する情報漏洩事件について、いち早く真相をつかんで教えてやればいいのだが、これは至難の業である。正木氏から正式に調査を依頼され、会社が調査に便宜を図ってくれるならともかく、一介の探偵が、外部から社内の機密事項を覗き見ることは、まず不可能である。

まぐれ当たりで情報をつかんだら、多少のはったりも交えて有本と交渉できるだろうが、こちらは宝くじ程度に考えておいた方が無難だろう。

まずい。いよいよ、飛ぶしかないかもしれない。

後は、北川遼太を見つけて金を回収するくらいしか金策のあてはないが、それも難しい。

第一に、ロス・エキセスがまだ遼太を追っている以上、臭跡を追っていくうち、どこかでバッティングする可能性が高い。そうなれば、テツと同様に命はなさそうだ。聞き込みは、危険すぎてできないので、やれることは自《おの》ずと限られてくる。

第二に、すでに手がかりは一度検討してみたが、どうにも足取りがつかめないのだ。従業員だったとはいえ、北川遼太に関して知っている情報は、驚くほど少なかった。履歴書はあり、一応の裏は取ってあるが、追跡できる材料がないと言ってもいい。

まず、こういう場合は、親兄弟を訪ねるのが定石だが、遼太に実家はない。孤児であり、施設で育っている。学校関係からも、親しい友人や恋人の存在は出て来なかった。

……だとしたら、やつは、いったいどこへ逃げたのだろう。

もう一度、最初から考えてみる。

遼太は東京生まれの東京育ちだから、土地鑑のない地方に飛んでも、生活は困難だろう。それよりは、東京の雑踏の中に紛れ込んだ方が、はるかに安全である。若くて目端が利き、犯罪も意に介さない人間には、いくらでも仕事はある。

だが、以前やっていたように、渋谷周辺で大っぴらに活動するわけにはいかないだろう。ロス・エキセスがそんな甘い相手ではないことぐらい、遼太が一番よく知っているはずだ。ましてテツの事件があった後では、警戒を強めているはずだ。

いずれは、整形手術をして、ホームレスから戸籍を買い取り別人になることを考えているかもしれないが、しばらくは何もせず、ひたすらなりを潜めているはずだ。

とりあえずは、知り合いか女に匿《かくま》われていると見るのが、一番妥当だろう。

しかし、この先が難物だ。渋谷のギャング仲間の結束は固い。外部の人間に仲間の情報を教えるはずがない。ロス・エキセスでさえ、未《いま》だに手がかりをつかんでいないくらいなのだから。

結局、こちらから辿《たど》れる情報と言ったら、遼太の携帯電話の番号くらいだった。しかし、当然ながら、これもすでに解約されている。データ屋に照会して、申込時の住所を確認したものの、それは、こちらでつかんでいたアパートで、とっくに引き払われていた。

データ屋には、北川遼太の名義で契約された別の携帯電話がないかと調べさせていたが、こちらは該当がなかった。薬物ビジネスの際は、飛ばしと呼ばれる別人の名義の携帯電話を使っていたはずだから、それも当然だろう。

何が人捜しの名人だと、茶畑は自嘲した。

これでは、早々に追跡を断念して、愚かにも丹野に救いを求めた、小口とかいう昔気質《かたぎ》の金貸しと変わらないではないか。

はっとした。

ちょっと待て。小口はどうして、身寄りもない若者——それも犯罪者に、一千万円という大金を貸したのだろうか。バックがロス・エキセスだというのは、理由にならない。いざというとき、取り立てられる相手ではないのだから。

考えられる説明は、一つしかなかった。

小口金融の事務所は錦糸町《きんしちょう》駅の南口にあった。店構えを見ると、街金《まちきん》の中でもタチが悪い部類に入りそうだが、一応は、都知事の認可を受けて貸金業登録番号を取得しているため、闇金《やみきん》というわけではない。

あらかじめ電話をかけて、ギャンブルで妻に内緒の借金をこしらえてしまった公務員だと自己紹介してあったので、上客にふさわしい歓迎ムードで応接室に通される。

「それで、本日は、いくらぐらいご入り用でしょうか？」

髪の毛をつんつん尖らせた金髪頭に、不似合いなスーツを着た若い男が、不自然なくらい滑らかな営業口調で訊ねた。

「社長、いるかな？」

茶畑は、初めて入る街金の事務所におどおどしている公務員の真似《まね》をやめて、単刀直入に切り出した。

男の表情が一変する。

「何だ？　てめえ、何者だ？」

「小口社長のお友達だよ。取り次がないと、後でおまえが困ったことになるぞ」

「友達……？　お名前は？」

「丹野美智夫だ」

「タンノさん、っすね」

男は、茶畑を睨み付けると、応接室を出て行った。

二十秒後、応接室のドアが開くと、ひどく慌てた様子で小口繁が入ってきた。以前に見たときと同じ、縦縞《たてじま》のダブルのスーツを着ている。散髪したてらしく、もみあげだけを残した大工の棟梁《とうりょう》のようなヘアスタイルで、風呂《ふろ》上がりのように血色が良かった。

「あっ。てめえ……！」

茶畑を見た瞬間、顔色がピンクから熟柿《じゅくし》色に変わった。血圧が心配になるくらいだった。

「小口《こぐ》っちゃん、久しぶり。どうぞ、そこ座って」

「ふざけるな！」

小口は、咆《ほ》えた。

「てめえ、ただで帰れると思うなよ！」

小口の背後が、ざわざわし始めた。

「こっちも、ただで帰るつもりはない」

茶畑は、静かに相手の目を見据えた。

「俺がただで帰ったら、どうなるか教えてやろう。ロス・エキセスに電話して、組織の金を騙し取った北川遼太のバックは小口繁だったと教えてやる。おまえが遼太に金を貸したのは事実だから、釈明には大汗を掻《か》くだろうな。汗ですめばいいが、無実だとわかったときは、両手両足がなくなってるかもしれない」

小口は、絶句した。

「それが嫌なら、おまえの選択肢は二つしかない。今ここで俺を殺して、遺体を処分するか、それとも」

「やれねえと思ってんのか？」

本気で人を殺すつもりの人間は、顔面が蒼白《そうはく》になる。茹《ゆ》で蛸《だこ》のような顔をしている小口の威嚇は、エリマキを拡げたトカゲくらいの本気度だろう。

「俺は、あんたと、ちょっとサシで話したいだけだよ。話が気に入らなかったら、それから殺せばいいだろう？　というわけで、営業時間中に悪いんだが、事務所の人払いをしてくれるかな？」

「……いったい、何の話だ？」

精一杯凄《すご》みを利かそうとしていたが、そう訊ねた時点で小口の負けは決定していた。

「もちろん、北川遼太のことだよ。あいつが見つかったら、関係者一同が助かるだろう？　あんたにも、きっと耳寄りな話だと思うよ」

小口は、しばらく逡巡《しゅんじゅん》していたが、応接室のドアを開けると、大声で怒鳴った。

「おまえら、しばらく外へ行って休憩してこい！」

茶畑の向かい側に座り、腕組みをすると、ブルドッグのような顔で睨み付ける。

「さあ、何だってんだ？　言ってみろ！」

茶畑は、唇に人差し指を当てて、事務所の様子を窺《うかが》った。言われたとおり、さっきの男と事務員は出て行ったようだ。

「Are we all alone now?」

「何だって？」

「俺たちは本当に、二人っきりになったのか？」

「けっ。気持ち悪い野郎だな。ああ、話を聞いてるやつは誰もいねえよ。で？　北川遼太がどうしたってんだ？」

茶畑は、身を乗り出すなり、無防備に腕組みをしている小口の顔面に、ノーモーションの右ストレートを叩き込んだ。

小口は、椅子ごと後ろにひっくり返る。

茶畑は、すばやく歩み寄って椅子をどけた。小口に馬乗りになると、リズミカルな左右のフックを浴びせる。血色のいい頰の肉がふるふると揺れて、鼻血が飛び散った。

「や、やめろ……てめえ……やめ」

小口は、両手で顔面をガードしながら必死に叫んだものの、茶畑は、意に介さずそのまま殴り続けた。

ふと、頭の片隅で、天眼院浄明の声が聞こえた。

「人が人に対してふるう暴力や残虐行為は、宇宙で最悪の愚行です」

ふざけるな。何が悲しくて、詐欺師から説教されなきゃならんのだ。腹が立ったせいか、ますます力が入ってしまう。

「……なんで殴られてるか、わかってるか?」

小口がグロッキーになると、まだまだ殴れるが可哀想《かわいそう》だから中断したという顔になって、茶畑は訊ねた。小学校四年生で丹野と同じクラスになって以来、コンクリートに正拳突《せいけんづ》きをして鍛えた鉄の拳《こぶし》は、今もほとんど痛みを感じていない。だが、それを繰り出す両腕の方が疲労していた。恢復《かいふく》にはたっぷり二、三分を要するだろう。いつのまにか、身体がなまっていたらしい。

「わから、ねえよ。こんな、無茶苦茶しやがって」

小口は、涙を流しながら、ぶつぶつ言う。

「そうか。じゃあ、北川遼太の借用書を見せてみろ」

「てめえこそ、わかってんのか？　うちのケツモチはな」

重たいバックハンドの一撃で、小口を黙らせる。

「さあ、おまえの部屋へ行こうか。契約書は、そこにあるんだろう？」

小口を立たせて、追い立てる。早く事を済ませなければ、社員たちが帰ってくるかもしれない。

小口のいる社長室は、造りは正木会長の部屋に似ていたが、大きさを四分の一に縮小し、すべての家具の値段を一桁から二桁下げた、リーズナブルな仕様だった。

「金庫を開けろ」

情けなさそうに振り向いた小口の顔は、十二ラウンドの世界戦で一方的に打たれ続けた、ボクサーのように腫れ上がっていた。

しかし、何を言っても殴られるだけと学んだらしく、黙って壁際にあるキャビネット型の大型金庫のダイヤルを回し始める。右へ五回、15。左へ三回、27……。茶畑は、一応、開け方を記憶しておいた。小口はすぐに番号を変えるはずだが、うっかりそのままにしていた場合、役に立つ日が来るかもしれない。

「北川遼太の借用書と、書類一式を出せ」

小口は、大型金庫の中からクリアフォルダーに入った書類を取り出した。意外なくらい、几帳面《きちょうめん》に整理されているようだ。

茶畑は、書類に目を落とした。

「やっぱりそうか」

怒りを込めた目で小口を睨み付ける。てっきり縮み上がるかと思ったが、視界が塞がっているせいか、あまり反応がない。

「遼太の借金は、まだ返済期限が来てないじゃないか。その上、金利は先に引かれてるから、支払いの遅延は一度も発生していない」

迂闊《うかつ》だが、借用書を確認するのさえ、今が初めてだった。最初はまったく払う気はなく、丹野の登場によって、無理やり五百万の支払いを約束させられたからだ。

「……で、でもよお、北川が飛んだって情報が入ったんだ。金貸しなら、すぐ回収にかかるのが当然じゃねえか？」

小口は、腫れ上がった唇で、もごもごと抗弁する。

「それで、借金にはいっさい関与していない、善良な職場の上司を脅したのか？」

茶畑は、棒立ちになっている小口の膝《ひざ》を蹴《け》る。一瞬、膝がまっすぐ伸びて、小口は苦痛にあっと口を開き、ぎくしゃくした動作で膝を庇《かば》う。

「しかし、そこまでは、まだ理解の範疇《はんちゅう》だ。問題は、こっちの方だな」

茶畑は、抵当権設定契約書を掲げた。

「何だ、これは？　遼太の所有しているマンションに抵当権を設定してあるじゃないか？借金に見合う充分な担保があったわけだ。にもかかわらず、遼太が飛んだのをいいことに、狂犬を使って、俺から金を脅し取ろうとしたってことになるな」

「銀行の一番抵当もあるから、競売にかけられるかどうかわからな……あっ」

再び膝を蹴られて、小口は、たまらずうずくまった。

「それにしても、あいつがマンションを持ってるとは、気づかなかったな」

本人名義だから、わかってさえいれば、簡単に登記を調べられたはずである。

「こいつはもらっとく。俺が丹野に五百万払う以上、俺のものだ。抵当権があるからって、勝手な真似をしたら、おまえの手足がロス・エキセスの抵当に入ることになるからな」

茶畑は、書類一式をショルダーバッグに入れる。小口は、机の角を持って、ふらつく足で立ち上がった。無意識に歯ぎしりしかけたらしく、痛そうに口を押さえる。

「念のため言っとくが、おまえが警察に訴えるかヤクザを使って俺にヤマを返そうとして、俺が丹野に五百万を払えなくなったら、おまえは、丹野に対して損害を与えることになる。そのへんも、よくわかってるな？」

小口は、無言だった。茶畑は、黙ってきびすを返すふりをしてくるりと一回転し、小口の股間《こかん》をしたたかに蹴り上げた。


分譲マンションは、渋谷駅からぎりぎり徒歩圏内にあった。入り口はオートロックだったのでしばらく待つと、宅配便の配達人がやって来て中に入ったため、後に続く。

契約書によると、北川遼太の部屋は四階にあった。エレベーターから降りると、あたりは静かで人気《ひとけ》がない。

４０１号室には、表札は出ていなかった。他の部屋も同様だが、どれも空き部屋ではないようだ。同じフロアの四つの部屋のインターホンを順に押して回った。昼間に仕事に行っているまっとうな住人が多いのか、どこからも応答がなかった。耳を澄まして、居留守でないことを確かめてから、鍵穴を見てピッキングが簡単そうな部屋を選ぶ。探偵の七つ道具とはいえ、今や、特殊解錠用具を携帯しているだけでも、しょっぴかれる時代である。ピックとテンションは、ぱっと見にはわからないように偽装してあったが、カバンに入れているだけでもひやひやものだった。

茶畑が選んだのは、４０３号室だった。今でも見かける旧式のディスクシリンダー錠は、簡単にピンを揃えることができて、シリンダーが回る。茶畑は、ビニールの手袋を着けて、部屋に入った。

４０３号室の住人は女性らしかったが、観察している暇はなかった。中から錠を閉めると、足跡を付けないよう気をつけながら、床に生活用品が散乱しているワンルームを横切って、ベランダに出るサッシを開ける。この部屋の住人は、帰ってきてから、鍵が開いているのを不審に思うかもしれないが、自分がかけ忘れたのだと解釈するだろう。

ベランダの間は、ケイ酸カルシウムの隔壁で仕切られており、火事が起きた際などには、ぶち破って通ることが出来る。とはいえ、今そんなことをして、泥棒の痕跡《こんせき》を残すわけにはいかない。

周囲の建物から見られていないかたしかめてから、茶畑は手すりの外側に出て、すばやく隣の部屋のベランダに乗り移った。さらに、もう一回同じ事をして401号室のベランダに出る。

サッシが施錠されていたらガラスを破るつもりだったが、さいわい開けっぱなしだった。静かに室内に入って、靴を脱ぐ。

中は403号室と同様のワンルームだが、十畳以上あった。これなら、三千万円くらいの担保価値はあるだろう。

茶畑は、部屋の中の様子を携帯電話の動画に収めながら、検分していく。

部屋の中には金目の物品は見当たらなかったが、目に付いたのは、壁一面のガラス付きの陳列棚だった。中には、無数のフィギュアが並んでいる。アニメの主人公のような女の子の人形もあったが、大半はロボットのようだった。

これも、全部売ったら、そこそこの値段にはなるだろう。しかし、運び出す途中で警察に通報されたら、泥棒ではなく債権回収だと納得させるのは不可能に近い。

これを見ると、北川遼太が自分のコレクションに執着がなかったはずがない。おそらく、急に飛ばなければならなくなって、泣く泣く置いていったのだろう。

遼太がどこへ行ったのかを教えてくれる手がかりを求めて、家捜《やさが》しをしてみたが、手紙や日記、その他役に立ちそうな文書は、まったく見つからなかった。

結局、ここまで来たのに、はかばかしい収穫はなしか。これじゃあ、小口は殴られ損じゃないか。

机の引き出しを開けると、幸運にも、玄関ドアのスペアキーが見つかった。これがあれば、もう一度ベランダを通らなくても、玄関から堂々と帰ることができる。

部屋の中を見回した茶畑の目に、50インチの液晶テレビが飛び込んできた。ブルーレイのデッキもある。中古の家電など売ってもたいした金にならないが、デッキの録画予約を示す赤い表示が気になった。

リモコンを探して、予約内容を確認する。

画面には、四日ほど先の番組内容が示された。わけのわからないタイトルだったが、たぶん、アニメだろう。

番組表を画面に呼び出してみると、地上波の場合、八日間先までしか表示されなかった。だとすると、この予約は、四日前か、それ以降に行われたことになる。

つまり、遼太は、このマンションに戻ってきている可能性があるのだ。

もしかすると、ここからほど遠くない場所で息を殺しているのかもしれない。

7

茶畑は、双眼鏡を目に当てた。ようやく探し当てたなと思う。

視界には、メルセデスのSUVから降り立った、いかつい外国人たちの姿が映っていた。スーツを着ている者もいるが、その他はポロシャツやTシャツなど、服装はばらばらである。一様に胸板が厚く、筋肉が発達していた。

最後に降りてきたのは、サファリジャケットを着ている、品のない中年男だった。身長はふつうだったが、がっしりした体軀《たいく》で腹が出ている。前頭部は禿《は》げ上がっており、髭《ひげ》が濃い。メキシコの片田舎の雑貨屋の主人にしか見えない風貌《ふうぼう》だったが、猛禽《もうきん》のように鋭い目だけは堅気には見えなかった。

こいつが、エステバン・ドゥアルテだ。

ロス・エキセスの大幹部であり、大勢の人を虐殺してきた極めつきのサイコパス。そして、生きながらテツの四肢を切断した悪魔だ。

この双眼鏡が狙《そ》撃《げき》銃だったらよかったのにと、痛切に思った。そうしたら、このまま頭を吹き飛ばしてやれるのに。まわりにいるやつのボディガードたちは、さぞかし慌てふためくことだろう。

あまり長くここに留《とど》まっているのは危険だ。双眼鏡を望遠レンズ付きのカメラに替えて、何枚か写真を撮ってから、茶畑は撤収にかかる。

男たちは、六本木のビルの中に入っていった。ここには、『チワワ貿易株式会社』なる、可愛《かわい》らしい名前の企業が入居している。どうやらそれが、日本にコカインをばらまくための拠点らしかった。

この情報を、どう有効活用するのがいいか、よく考えてみなければならない。

警察にたれ込んだところで、ラチはあかないだろう。

だとすれば、使える駒《こま》は、丹野しかない。やつにはメンツがあるから、テツの仇《かたき》の所在がわかって、何もしないわけにはいかないだろう。

もし丹野がドゥアルテを殺すことに成功すれば、胸がすくに違いない。一方、返り討ちに遭ったら、やつに一千万円を支払う必要がなくなる。それはそれで悪くない結末だった。

いずれにしても、ここは慎重に策を練らなくてはならない。


上板橋のアパートに戻る途中で、携帯電話が鳴った。『てんてんてんまり』のメロディ。毬子からだ。

「所長。さっき、わたしのアパートに刑事が来ました」

通話ボタンを押すと、毬子は前置きなしに切り出す。

「テツくんの件です。うちで働いていたことをつかんでました。うちが事務所を引き払ったことと関連がないか、疑っているようです」

「わかった。俺の住所は？」

「教えてません。事務所は休業状態で、所長も所在不明だと答えておきました」

「模範解答だな」

それ以外、答えようがないだろうが。

「それから、これは、わざわざご報告するような話じゃないかもしれませんが……」

いつになく奥歯に物が挟まったような口調で言う。

「何だ？」

「夢を見ました」

それだけで、ある程度、内容の見当が付いた。

「前世に関連した夢か？」

「はい。例の、水争いのエピソードの一部だと思うんですが」

毬子は、妙に思い詰めたような声で続ける。

「わたしは、鎌を握りしめて、誰かに詰め寄ってるんです」

茶畑は、はっとした。同じシーンを自分も夢に見ていたことを思い出したのだ。あれは、新大久保の日本人道会の事務所に居候し始めて二日後のことだ。もっとも、自分の夢は、立場が逆だった。こっちは詰め寄られる側だったのだ。

「……それで、どうなった？」

「わたしは、その相手を詰《なじ》っていたようです。どうやら、その人がわたしの許婚《いいなずけ》を殺したと思っていたらしくて」

「許婚というのは？」

「たぶん、清吉のことだと思います」

そうだと思った。だとしたら、毬子は、カヨ……じゃない、トヨだったことになる。

「それで？　……君が詰め寄った相手っていうのは、いったい誰だったんだ？」

息を詰めるような気配の後、毬子はぽつりと言った。

「藤兵衛です。……若者組のリーダーだった」

茶畑は、沈黙した。

もう一度、自分が見た夢のことを思い出してみたが、すでに記憶はおぼろになっており、細部のリアリティは失われていた。

それでも、明確に覚えていることはある。

目の前に、鎌を握りしめている女がいた。女は、それをこちらに向けながら、ゆっくりと近づいてきた。

俺は、あの女に清吉を殺したと詰られていたのだろうか。その点は、はっきりしなかった。しかし、あの場の雰囲気がそのくらい緊迫していたことは、たしかだ。

毬子の見たシーンは、自分が見たのと同じで、視点だけが違うと考えるべきだろう。

つまり、俺は、前世で藤兵衛だったということになるのだ。

では、本当に清吉を殺したのか。

その前に見たシーンからすれば、
俺は、夜風に吹かれ虫の音とせせらぎが聞こえる場所にいた。そこで鎌を持っているのは俺の方だった。そして、俺は、あきらかに不穏な意図を持って、前方にいる男に忍び寄っていた。

もちろん、殺害した場面は見ていないが、少なくとも、ここまでは、正木氏が見た前世の夢と符節を合わせている。

「所長？　もしもし？　どうしたんですか？」

毬子が、怪訝そうに訊ねる。

「いや。それから、どうしたんだ？　藤兵衛は、問い詰められて何か言ったのか？」

「いいえ。残念ながら、夢は、そこで終わりました。ですが、これではっきりしましたね。清吉を殺したのは藤兵衛です」

「まだ、そうとは断定できないんじゃないか？」

反問しながら、茶畑は、奇妙な感覚に囚《とら》われる。俺は、すでに前世の存在を信じているのだろうか。

「間違いないと思います。わたしは――いいえ、トヨは、藤兵衛が犯人だと確信してました。そうでなければ、鎌を持って迫るとは考えられません」

「そうか。……一つ訊きたいんだが、君は、正木さんに会ったとき、何かを感じたか？」

「え？　どういう意味ですか？」

毬子は、わけがわからないようだった。

「正木さんは、清吉の生まれ変わりだ。もし桑田がトヨの生まれ変わりだとすれば、二人は、前世では許婚だったことになる」

「所長……。もしかして、焼き餅《もち》ですか？」

茶畑は、しばらく開いた口が塞がらなかった。

「いや、そういうことじゃなくてだな」

「わかってますよ。冗談です」

毬子は、しばらく考えたようだった。

「そうですねえ。正直に言って、年齢のこともありますけど、正木さんにときめいたことはありませんね。それ以外にも、何か特別なものを感じたかと言われれば、ノーです」

「そうか」

前世からの因縁で結ばれたソウルメイトだからといって、すぐに、そうだとわかることはないようだ。現に、自分自身も、そういった意味では誰にも何も感じない。

「でも、もしかしたら、正木さんの方は、何かを感じていたのかもしれません」

毬子の言葉に、逸れていきそうになった注意を引き戻される。

「どうして、そう思うんだ？」

「何て言うか、勘ですけど」

毬子は、言いよどむ。

「わたし、実は、割と年配の男性に人気があるんです」

わかってるよ。名うてのシルバー・キラーだってことは。

「でも、最初にお会いしたときに思ったんですけど、正木さんは特に反応がよかったような気がします。気に入ってもらった感が、ビシビシ伝わってきました」

茶畑は、はっとした。そうだ。たしかに、正木氏の毬子を見る目はハート形をしていた。

それをもってソウルメイトだと断定することは、できないかもしれないが。

電話を切ってから、茶畑はしばらく考え込んだ。とりあえず、前世が判明している人間の名前をメモ用紙に書き出してみる。

皆川清吉　↓正木栄之介または小塚原鋭一（?）
トヨ　↓桑田毬子
藤兵衛　↓茶畑徹朗
村の浪人　↓テツ

一見しておかしいのは、この物語の主人公である、皆川清吉の生まれ変わりだと主張している人間が、二人もいることだ。しかし、この点は、いくら考えても結論が出なかったので、今は棚上げにしておこう。

その次に不思議なのは、四百年以上も前の水争いの主な登場人物が、今生でも、きわめて近しい場所にいることだった。輪廻転生がランダムに起こるとしたら、誰か二人が邂逅《かいこう》するだけでも、宝くじに当たるような確率に違いない。

ふと、天眼院浄明の言葉を思い出す。

「……前世における因縁は無意識の底に染《し》みついています。それが、相互に作用しあって、関係の深い人同士を引き付けるのです。ただし気をつけなくてはいけないのは、それが良い関係であるとは限らないということです。悪因縁に導かれて引き寄せられてくる相手には、よくよく注意しなければなりません」

茶畑は、首を振った。詐欺師とわかっている人間の言葉にすがってどうする。この点も、今は説明不能としておく他はない。

それより、さっきの毬子の言葉が気にかかっていた。正木氏は、毬子に何かを感じていたのだろうか。

もう一度、正木氏に会ってみた方がいいかもしれない。清吉を殺した犯人は藤兵衛かもしれないという話は、報告には値するだろう。自分がその藤兵衛の生まれ変わりかもしれないということは、まだ伏せておいた方がいいだろうが。

それに、正木氏のもう一つの前世だという、山崎の合戦の話もある。こちらについても、正木氏の反応が知りたいが、矛盾に気づかれるとまずいので止めておいた方が無難かもしれない。

茶畑は、正木氏に電話して、中間報告のためのアポイントメントを取る。

それから、この世で最も声を聞きたくない相手にも、一報を入れておいた。


「それは、確かなのか？」

正木は、自分の椅子に腰掛けたまま唸った。

「まだ、確実であるとは言えません。しかし、清吉を殺した犯人が藤兵衛である可能性は、きわめて高いと思われます」

ソファに座っている茶畑は、慎重に言い回しを選んだ。

「以前に伺った、水論の夜の夢――記憶について、詳しく分析してみたんですが、私には、藤兵衛の言動だけが不自然に思われてなりません。若者組の頭《かしら》という立場であれば、本来、いきり立つ若者をなだめるのが役回りなはずです。しかし、藤兵衛は、あきらかに皆を挑発、扇動しようとしています」

「若いが故に、それだけ血気盛んだったとは思えないかね？」

茶畑は、首を振った。自分自身が見た夢を思い出していた。庄屋《しょうや》の家での寄り合いでは、藤兵衛は、冷静に、望む方向に議論を誘導していた。川の水を堰《せ》き止める川上の村に対する怒りは本物だが、それを利用して、仲間を煽《あお》っていたことも事実だった。

そう、藤兵衛は、心の奥でほくそ笑んでいたのだ……。

「そうとは思えません。藤兵衛は、終始、寄り合いでの議論をリードし、強硬策へと導いています。村の男が総出で堰《せき》に穴を開けに行ったのも、藤兵衛のもくろみ通りでした」

茶畑は、藤兵衛の思惑がわかりすぎるくらいわかった。こいつは策士だ。自分の前世だと言われても違和感がないくらいの。

「それだけではありません。逆井川に着くと、清吉ら三人に命じて、手分けして偵察に行かせています。水番がいないか確かめるためという口実でしたが、あまり意味のある行動とは思えません。これは、清吉を一人にして、殺すチャンスを作るためだったと思われます」

「だが、いったい何のためにだ？　水争いになったら人死にも出るだろうし、藤兵衛自身も無事ではいられないかもしれないじゃないか？」

「今のところ、二つの可能性が考えられます。一つは、水争いに乗じて、村における自分の地位を上げることです。藤兵衛は野心家だったようですから、年を取っているというだけの理由で、庄屋や乙名《おとな》たちに頭を押さえられているのが我慢できなかったのかもしれません。なので、どうしても栗田村との間で諍《いさか》いを起こす必要があった。そのために、清吉を殺して、栗田村の水番に罪を被《かぶ》せて、騒動を大きくしようとしたんです」

「そんなことのためにか。……とても、信じがたいな」

正木は嘆息する。だが、信じがたいというのは、茶畑の言葉を疑っているという意味ではなく、藤兵衛の心理状態に対するものらしい。

「もう一つの可能性は、清吉を殺すことが本来の目的だったというものです。そのために、水争いに乗じて、清吉が殺されても疑われないような状況を作った」

「なぜだ？　なぜ、そうまでして、藤兵衛は、清吉を殺したかったんだ？」

「憶測ですが、藤兵衛は、トヨに惚《ほ》れていたのかもしれません。トヨは、かなりの器量よしだったようですし」

茶畑は、夢で見た女の姿を思い出した。当時のことなので、まったく化粧もしていない。だが、鎌を握りしめ、まなじりを決した形相にもかかわらず、その整った美貌《びぼう》は疑うべくもなかった。

「ふうん。そんな理由もあったのか。……だが、かりに水争いで殺されなかったとしても、公儀から処罰を受けることは必至じゃないか。藤兵衛は、若者組の頭という主導的な地位にあったんだし」

「結果論ですが、藤兵衛は、処罰を受けていません」

「受けていない？　本当なのか？」

正木は、目を剝《む》いた。四百年前の出来事ではなく、まるで、たった今不正が行われたかのようだった。

「黒松町の公園には、『黒松義民碑』という石碑がありました。豊臣の奉行が下した裁定で打ち首にされた『義民たち』の名前が書き連ねてあったんですが、そこに、藤兵衛の名前はありませんでした」

正木は、沈黙した。明敏な頭脳の持ち主だから、何があったのかはうすうす察しが付いているだろう。茶畑もまた、おおよその見当が付いていた。

ヒントとなったのは、テツが思い出した前世の話だった。無名の浪人だったが、後ろ手に縛られて河原に並ばされて、首を斬《き》り落とされたのだという。

要は、有事のために村に飼われていた浪人や乞食《こじき》がスケープゴートにされたのだろう。

「なるほど。よくわかった」

正木は、腕組みをしてうなずいた。すでに、表情からは疑念が拭い去られている。

「君の分析は、おそらく、当を得ているのだろう。私も、同じ黒松村の人間を疑っていた。下手人が藤兵衛だとすれば、納得がいく」

正木は、決然と言った。

「これは、本来、君に聞かせるべき話ではないが、例の情報漏洩事件も、ほぼ犯人の目星が付いたところだ。やっぱりそうだったのか、という気持ちだ。私を裏切った男は、奇《く》しくも藤兵衛の生まれ変わりだったんだよ」

「は？」

茶畑は、驚愕《きょうがく》のあまり、世にも間抜けな声で聞き返す。

「まだ言ってなかったな。水争いで登場した主要な連中は、みな、引き寄せられるように、私の周囲に転生していたんだ。藤兵衛が誰かは、すでにわかっている」

茶畑は、正木の鋭い眼光に怯《ひる》んだ。見抜かれていたのか。しかし、どうも話がおかしい。いくら何でも、無関係な探偵が情報漏洩事件の濡れ衣を着せられるはずがない。意を決して、訊ねてみた。

「それは……どなたなんですか？」

正木は、にやりとした。

「正木武史――私の実の弟だ」

栄ウォーターテックのビルを出るとき、茶畑は、すっかり混乱していた。

藤兵衛が正木武史だとすれば、自分が見た夢は、いったい何だったのだろう。

しかし、正木が語った根拠も、それなりに説得力のあるものだった。

正木は、容疑者全員に、天眼院浄明とのセッションを受けさせたのである。

天眼院は占い師ではなくカウンセラーという触れ込みだった。断ったりしたら疑われると思ったのだろう、全員が、どこか胡散臭いと感じつつも天眼院と面接した。そして、奇妙な夢を見たのだった。

茶畑は、正木から聞かされた前世と今生の対照を思い出していた。

皆川清吉　↓正木栄之介

トヨ　　↓正木世津子
皆川弥吉　↓正木栄進
藤兵衛　　↓正木武史

前世では弟だった弥吉は、今生では、息子の栄進に生まれ変わっている。一方、前世では二歳年長で若者組の頭だった藤兵衛が、今生では、弟の武史になっているのが、ややこしいところだった。

最後に、さりげなく、毬子についての感想を聞いたのだが、こちらは期待はずれだった。正木が毬子を気に入っていたのは事実だったが、そのことと前世との関係は、まったくないようだった。

あまりにも考えに没頭していたのが、まずかったらしい。我に返ったときには、すでに、抜き差しならない状況に陥っていた。

「茶畑さんやな？　ちょっとでええんやけど、面貸《つら》してくれへんかなあ？」

左側にぴったりとくっついているのは、長身の男だった。丹野と比べてもまだ背が高い。紳士服のはるやまで売っていそうな紺のスーツに身を包み、上品な西陣織のネクタイを締めていたが、鮫《さめ》のような目つきは、衆目の一致するところ、堅気ではないだろう。

「何の用だ？」

茶畑は、相手の顎《あご》までの距離を目測しながら聞き返す。

「お怖《こ》わ。シバかんといてな。ボクシングやったら、そっちのメキシカンとやってんか。儂《わし》、身体弱いねん。昔っから、体育の時間はよう休んでたんや」

男は、スーツのポケットに突っ込んでいる右手を持ち上げて見せた。ポケットの中には、不自然にかさばる物体があるようだった。

茶畑は、右側を見た。若い頃《ころ》のフリオ・セサール・チャベスに似たメキシコ人っぽい男が、大きな口から白い歯を見せて笑う。背後にも、もう一人いることがわかった。こちらも、おそらくメキシコ人だろう。

「わかった。どこへ行くんだ？」

茶畑は、覚悟を決めた。三人のうち一人でも手に余ることはあきらかだし、こいつらは、たとえ人混みの中でもためらわない。逃げ出したら、平気で発砲するだろう。

「今すぐ迎えの車が来るから、大人しゅう乗ったってんか。そんで、儂、今日はお役ご免やからな」

男は、ほっとしたように笑顔を見せる。

「あんたは、俺と一緒に来てくれないのか？」

茶畑は、世にも凶悪な面構えのヤクザに対して、本心から言った。

「すんまへんなあ、儂、しがない日雇いですねん」

「そんなこと言わずに、一緒に来て通訳してくれよ」

「そら無理な相談や。メキシコ語みたいなもん、わかりまっかいな」

「ふつうのスペイン語でいいんだがな」

「スペイン語お？　儂、そないなインテリに見えまっか？」

男は、破顔した。

窓に黒いフィルムを貼《は》ったワゴン車が、目の前に停《と》まった。

「ほたら、お元気で」

男は、さっさときびすを返す。それで、気がついた。このバリバリの関西ヤクザでさえ、ロス・エキセスが怖くてしかたがなかったということに。

茶畑が促されるままワゴン車に乗ると、両側をメキシコ人に挟まれる。後ろにいたのは、エリック・モラレス風の色男だったが、瞬きもしない目は、「イっちゃってる」と形容するにふさわしいものだった。

茶畑は目隠しをされたが、どちら方面に向かっているのかは、おおよその見当が付いた。六本木の『チワワ貿易株式会社』だ。

やがて、ワゴン車は、ビルの地下駐車場へと入っていった。周囲に人気がなくなるまで、しばらく待たされてから、茶畑は、ワゴン車から引き出された。

駐車場を歩いて、エレベーターに乗せられる。すぐに目的の階に着いたことからすると、三階以内だろう。『チワワ貿易株式会社』とは、かりに同じビルだとしても、別のフロアにいるらしい。

エレベーターを降りると、しばらく歩かされる。フロアタイルを蹴る足音が、洞窟《どうくつ》の中のように反響していた。どうやら、ここは、テナントのいない空き階らしい。

一室に連れ込まれると、椅子に座らせられ、身体を縛り付けられた。

「おまえ、気をつけろ！ そうしないと、ひどいことをするぞ！ 本当に、ひどいことになるだろう！ 気をつけた方がいい！」

目隠しを取られると同時に、素《す》っ頓狂《とんきょう》な声が響いた。

顔を上げると、カマキリのように痩《や》せこけたメキシコ人らしい男が、わめき散らしている。この男が、通訳なのだろう。後ろで腕組みをして佇《たたず》んでいるサファリジャケットを着た男は、メキシコの片田舎の雑貨屋の主人にしか見えないが、世界最悪の犯罪組織の大幹部である、エステバン・ドゥアルテだった。

エステバン・ドゥアルテは、スペイン語で何かをまくし立て始めた。粗野で酷薄な声音。猛禽を思わせる目は、瞬きもしなかった。スペイン語がわかったなら、ちびってしまってもおかしくないと思う。ところが、通訳が伝えた内容は期待はずれもいいところだった。

「おまえ！ ここ、メヒコじゃないから、怖くないと思ってるのか？ どこでも同じだ！ 我々の手はとても長い。地球を何周もする。逃げても、逃げられないぞ。どこまで逃げても、ロス・エキセスの手は、おまえに届くだろうな！」

どうして、もっとましな通訳を使わないんだ。茶畑は、溜め息をついた。

エステバン・ドゥアルテの迫力が伝わらないことは、先方としても不本意に違いないが、この状況下では、こちらの発言が相手にきちんと伝わらないことの方が恐ろしかった。

エステバン・ドゥアルテは、一転して、静かな口調になる。何と言っているのかはわからないが、懇々と説得しているようだ。これを無視したら、世にも恐ろしい結果になるだろうことは、想像に難《かた》くなかった。茶畑は、固唾《かたず》を呑《の》んで通訳を待つ。

「おまえ、北川がどこへ行ったか言え！　そうしないと、きっと後悔するぞ！」

えっ。それだけ……。茶畑は、拍子抜けして、思わずエステバン・ドゥアルテを見やった。エステバン・ドゥアルテも、不信感を抱いたのか通訳の方をちらりと見る。通訳は、早口のスペイン語で、いかに自分の訳が正しいかを（たぶん）主張し始めた。

エステバン・ドゥアルテは、もういいと手を振った。再び、静かな語り口で喋り始める。恐ろしいには違いないが、茶畑は、本当のところ何と言っているのかを、知りたくてたまらなかった。

「訊いたことを言え。嘘はつかずに全部言え。もし言わなかったら、その結果は、必ずしも望ましいものにはならないだろう！」

脅したいのならば、もうちょっと言い方があるだろう。笑ってはいけないと思うあまり、茶畑は、つい噴き出してしまった。

エステバン・ドゥアルテは、驚愕の表情を浮かべる。これまで、彼の前で笑った男など、一人もいなかったに違いない。

「いや、そうじゃない。違うんだ。あんたを笑ったわけじゃないんだよ。そうじゃなくて、いくら何でも、こいつの訳がひどすぎるもんだから……」

それから、その言葉をスペイン語に訳すのも、この通訳であることに気がついた。

通訳は、茶畑を睨み付けながら、早口のスペイン語でわめきだした。すると、みるみる、エステバン・ドゥアルテの表情が険悪になっていく。

こいつは、いったい、どんなセリフを捏造《ねつぞう》したんだろうか。そう思うと、もう我慢できなかった。茶畑は爆笑する。

「おまえ、おまえは、頭おかしい。自分が死ぬのに、笑うのはおかしい。ロス・エキセスを笑った人間はいなかった。本当に、一人もいなかったはずだ。それなのに、おまえは、どうして、そんなに笑うのだろう？」

やめてくれ。笑い死にさせる気か。茶畑は、身をよじって笑い続けた。

エステバン・ドゥアルテは、深い溜め息をついた。

「おまえには、チャンスを与えた。しかし、おまえは、それを笑った。侮辱だ。侮辱したら殺す。侮辱しなくても殺したがな」

最後の一言は、反則だろう。茶畑は、涙を流し、全身を痙攣《けいれん》させながら思った。それさえなかったら、笑いを止められたのかもしれないのに。

「もういい。もう終わりだ。死だ。すべて終わる。全部だめだ。全部壊れる。全部腐って、何もかもが終わる。おまえのせいだ。おまえが侮辱するからだ。おまえの終わりが、それが今日になった。明日以降だったかもしれないのに！」

笑いすぎて、腹筋が攣《つ》りそうだった。これは、拷問として充分有効かもしれない。

エステバン・ドゥアルテが、山刀《マチエーテ》を手にして、ゆっくりと近づいてきた。

さすがに、笑いがすっと引いていった。

俺は、テツと同じ目に遭わされるのだろうか。エステバン・ドゥアルテが何かを囁く。

「手を切って足を切ると、疲れるものだ。しかし、おまえのせいで、やらなきゃならない。どうしてくれる?」

茶畑は、あっと口を開けると、痛い腹筋を震わせながら、大笑いした。

エステバン・ドゥアルテも、事ここに至っては驚きを隠せないばかりか、むしろ、賛嘆に近い表情を浮かべていた。

「おまえは、凄い。こんな勇敢な男は、初めて見た。……しかし、手を切って足を切ると、笑ってられるかな?」

通訳の言葉に合わせるように、エステバン・ドゥアルテは、山刀《マチエーテ》を茶畑の右腕に当てた。

「待ってくれ」

茶畑は、○・一秒で真顔に戻った。

「知っていることは、何でも話す。さあ、どんどん質問してくれ」

エステバン・ドゥアルテは、あからさまな不信の表情を見せた。こちらの態度があまりに急変したことが解《げ》せないらしかった。山刀《マチエーテ》を引っ込めると、低い声でつぶやいた。通訳が、呆《あき》れたような調子で言う。

「最初から、そう言えばよかったのだ」

もう、絶対に笑ってはならない。茶畑は、口元を引き締めてうなずいた。

「おまえの名前を言え」

「茶畑、徹朗だ」

「チャバタキ……テキ？」

「ちゃ、ば、た、け、だ。て、つ、ろー」

エステバン・ドゥアルテが、手を振って何かを言う。

「もういい。おまえは、チャビーだ」

通訳が、雇い主のうるさそうな表情を真似しながら言った。スペイン語はわからないが、英語の『chubby』は、ぽっちゃりしたという意味だったような気がする。

「おまえはさっき、どうして笑っていたのか？　まずは、そのことを確認しておかなくてはならない」

微妙に笑いのツボをくすぐられたが、茶畑は、必死に厳粛な表情を作った。

「人は、あまりにも絶望すると、笑いたくなることがあるんだ。俺もそうだ」

通訳の言葉を聞きながら、エステバン・ドゥアルテの目は、猜疑心《さいぎしん》に光っていた。

「そうは思えないな。絶望した男ならば、これまでに数え切れないくらい見てきた。笑ったやつは一人もいなかったし、おまえは、本当におかしそうに笑っていた」

本当におかしかったんだから、しかたがないだろう。

「日本人には、ときどき、俺みたいなタイプがいる。おそらく、メキシコにもアメリカにもいないだろう。その昔、織田信長というサムライのボスがいたが、部下の裏切りで襲撃され、お寺で死んだ。そのとき、彼は、槍《やり》を持ったまま笑いが止まらなくなったと言われている。笑い死にしたという説もあるくらいだ」

自分でも何を言っているのか意味不明だったが、とにかく、少しでも時間を稼がなくてはならない。いくら終わりを引き延ばしたところで、助かるあてはなかったが。

通訳が懸命に訳す言葉を聞きながら、エステバン・ドゥアルテは眉根を寄せる。

「我々が死を前にして笑うのは、日本人にとって、死は終わりじゃないからかもしれない。いや、もちろん、現在の人生は終わりになるが、次の人生が待っていると信じているからだ。輪廻転生というのを聞いたことはあるか？　我々は、何度も生まれ変わっては、別の人生を生きるんだ。俺は……実際に、前世の記憶を持っている」

そろそろ、馬鹿《や》な話は止めろと一喝されるだろうと思ったが、エステバン・ドゥアルテは、興味深そうに何かを訊ねた。

「どんな記憶だ？　言ってみろ」

通訳が、痩せこけた顔に大きな目を見開いて言った。

「俺は、前世では、藤兵衛という名前の男だった。農村の若者グループのリーダーだった。今から四百年以上前の話だ。村は、水不足のために危機に陥っていた。少ない水を巡って、隣の村との抗争が始まりかけていたんだ。いったん火蓋が切られたら、血で血を洗う闘いになる。だから、俺は、本当は、争いを止めるよう努力しなければならなかった」

茶畑は、喋り続けた。どこかで止められるだろうが、それまでは話し続けようと決める。なるべく、現実離れした話題で時間を消費した方がいい。

「しかし、俺は、そうしなかった。逆に、村の若者たちの怒りを煽って、隣の村との抗争が始まるように仕向けた」

「なぜだ、チャビー？」

どうやら、水争いの話は、血腥《ちなまぐさ》いお伽噺《ときばなし》のようにエステバン・ドゥアルテの興味を引いたらしい。だとすると、このめちゃくちゃな通訳も、日本語からスペイン語に訳すときには、それなりにちゃんとしているのかもしれない。

「理由は二つある。一つは、俺が村の権力を握りたかったからだ。村は、庄屋を中心とした年寄りたちが支配していた」

ふと、『庄屋』をきちんと訳せるのかと心配になったが、目をつぶって先に進む。

「年寄りどもには、つくづくうんざりしていた。ひたすら既得権益を守って、甘い汁を吸うことしか頭になく、新しいことをやろうとする若者の頭は押さえつける。こんなやつらは、さっさと引退に追い込みたかった。だが、実際問題として、それは難しかった。やつらには金も権力もあるし、日本には、年長者を立てなくてはならない伝統があったからだ」

エステバン・ドゥアルテは、黙って通訳の言葉に耳を傾けている。

「だから、是が非でも抗争を始めたかったんだ。その頃は、ちょうど武士たちの戦国時代が終わりかけていた。戦国の世では、秩序が根底からひっくり返り、お飾りの権威が引きずり下ろされ、実力を持った者が台頭する。俺たちは、そのことを学んでいた。だから、抗争が始まりさえすれば、偉そうに命令する年寄りではなく、実際に戦う若者の発言力が増して、こちらに権力が転がり込んでくるはずだと思った」

　エステバン・ドゥアルテは、かすかにうなずいたようだった。このサイコパスも、若い頃、同じようなことを考えたのかもしれない。

「理由の二つ目は、個人的なことだった。俺は、村に好きな娘がいた。だが、その娘には、婚約者がいた。清吉という男だが、ただのまたい……ぼんくらだった。何で、俺ではなく、清吉なんかを好きになるのか、トヨの気持ちがわからなかった」

「トヨ？」

「ああ……その娘の名前だ。俺は、トヨを幸せにできるのは、俺しかいないと思っていた。一生うだつの上がらない清吉なんかに嫁いでも、トヨは苦労するだけだ。だから、機を見て清吉を殺そうと決意した」

　二人のメキシコ人は、なぜか急に嬉しそうな顔になった。たぶん、こういう話が大好きなのだろう。

「深夜、村の男が総出で、隣の村の連中が川を堰き止めた場所に出かけた。ダムを壊して、水を俺たちの村に引くためだった。しかし、俺には、別の魂胆もあった。俺は、清吉たちを呼んで、隣の村の見張りがいないか偵察に行くよう命じた。やつは、ぼんくらだけあって、何も疑わずに出かけたよ。だから、俺がこっそり後を付けても、まったく気づかなかった。俺は、河原で清吉に後ろから忍び寄ると、左手で口を塞《ふさ》いで、右手の鎌で喉を切り裂いた。呆れるくらい大量の血が出たよ。俺は、すばやく飛び退《の》いたおかげで、返り血を浴びないですんだがな」

エステバン・ドゥアルテは、愉快そうに笑い声を上げた。茶畑は束《つか》の間《ま》、千夜一夜物語のシェヘラザードの気分を味わっていた。少なくとも話が受けている間は、命を長らえることができそうだ。

「グッジョブだ、チャビー。それから、どうした？」

「その直後、うまい具合に堰を見張っていた隣村の水番に遭遇した。俺は隙《すき》を見て、水番も殺した。そして、清吉が水番に殺されるところを見たと証言したんだ。結果として、両方の村人が激怒し、もくろみ通り、血みどろの闘いが始まった」

「おまえは、殺されなかったのか？」

「ああ。近隣の村からの応援も含めて、両村で十数名が命を落としたが、俺は無事だった。そのうち、争いの話が、当時の最高権力者だった豊臣秀吉の耳に入った。秀吉というのは、さっき言った信長の部下だった男だ」

「笑い死にした男か？」

「そうだ。秀吉の配下のサムライが、裁きを行った。両方の村の首謀者の、二十五名ずつを死刑にするという判決が下った」

「では、おまえは、死刑になったのか？」

「いや。俺は、トヨと結婚して、長く幸せに暮らした」

「おまえはリーダーだったんだろう、チャビー？」

「こういうとき、日本では、死刑になるのは身代わりと相場が決まってるんだ」

茶畑は、椅子に縛られている自分の姿を見下ろした。ここには、残念ながら、身代わりはいないが。

「村には、食いつめて流れ着いた浪人や乞食などが何人かいた。いざというときのために、養っていたんだ。だから、彼らを俺たちの身代わりにして刑を受けさせた。残された家族の面倒を見るという約束で、彼らも納得したよ。浪人たちは、河原に引き出されて、刀で首を斬り落とされた……」

脳裏に、映像がフラッシュした。

いつか見た、夢の一場面だ。風が吹きすぎる、広い、河原のような場所。大勢の人々が、小石の上に正座させられている。高手小手《たかてこて》に括《くく》られた状態で身動きもできず、苦しそうだ。一様に乞食のように痩せこけており、髪はぼうぼう、髭も伸び放題である。風向きによって、垢《あか》と排泄《はいせつ》物の異臭が漂った。

中に一人、浪人風の男がいるのが目に付いた。苦痛に顔を歪《ゆが》めたり、魂の抜け殻のようになった人々の中で、一人、平静な表情を保っていた。一瞬、視線が合いそうになったので、あわてて目をそらす。

彼らの背後には、たすきをかけ、鉢巻きを着け、日本刀を持った武士たちが立っていた。

やがて、処刑の刻限を伝える太鼓が打ち鳴らされた。いっせいに、静かに振り上げられた白刃が、ぎらぎらと陽光を反射して……。

俺は、限りない恐怖、そして、それとは裏腹の安堵《あんど》を感じていた。

これで、俺は安泰だ。亡骸《なきがら》は懇《ねんご》ろに葬るから、迷わず、成仏してくれ。

茶畑は、目眩《めまい》を感じていた。いつのまにか、単なる作り話ではなく、本物の前世の記憶に基づいて喋っていたことに気づいたのだ。

俺は、たしかに藤兵衛だった。

俺は、清吉を殺し、隣村の水番も殺した。

俺は、村の浪人や乞食を身代わりとして死なせ、自分は生き延びたのだ。

「どうした、チャビー？」

エステバン・ドゥアルテの言葉を通訳が伝える。急に黙り込んでしまった茶畑に、不審を抱いたらしい。

「いや、俺はひどいことをした。前世とはいえな。今ここで、こういう目に遭っているのも、その報いかもしれない」

通訳の言葉を聞いたエステバン・ドゥアルテは、大笑いした。

「おまえは、本当に面白い男だ。それが、日本の信仰か？　笑えるな」

「おまえたちにも、信仰はあるだろう？　メキシコ人は、カトリックじゃないのか？」

茶畑が反問すると、エステバン・ドゥアルテは、眉を上げげた。

「俺たちは、違うな。ちょっとだけ違う神を、信じてるな」

「じゃあ、何だ？　金を信仰しているとでも言うのか？　それとも、麻薬か？」

「俺たちが信じるのは、サンタ・ムエルテだ」

「何だ、それは？　サンタクロースの親戚《しんせき》か？」

「サンタ・ムエルテは、日本語だと、ああ……死神だな」

通訳は、当たり前のように言った。

すると、エステバン・ドゥアルテがサファリジャケットのボタンを外し、シャツをたくし上げた。だぶついた腹の上に青インクで描《か》いたような人物の入れ墨がある。司祭のマントのような服を着て宝冠をかぶり、大鎌を持っているが、顔は髑髏《どくろ》である。

「これが、サンタ・ムエルテだ」

通訳は、誇らしげに指し示す。

「メヒコでは、珍しくないな。信者はたくさんいる。フィンランド人は、悪魔を信仰する。ポーランド人は、黒い聖母に祈る。我々は、サンタ・ムエルテを信じてる」

ひょっとしたら、ただの素朴な土着信仰なのかもしれないが、この状況で聞かされると、最悪の相手に捕まったと実感せざるを得なかった。

「さあ、サンタ・ムエルテの前で、正直に話せ。北川は、どこにいる？」

答えを渋っている場合ではなかった。

「俺も後を追っていた。本当だ。やつは、俺に借金を残していったんだ。どこにいるかは、まだつかんではいないが、手がかりがあった」

エステバン・ドゥアルテは、前世の話に興じていたときとは打って変わって、鋭い眼光になっていた。腹を出している中年男の姿はひどく滑稽《こっけい》だが、さすがにもう笑いは込み上げて来ない。

「北川は、渋谷にマンションを持っていた。つい最近、立ち寄ったような形跡があったよ。また戻ってくるかもしれない。後で案内しよう」

二人のメキシコ人は、目を見合わせると、にやにやし始めた。ここから出られるつもりでいるのが、おかしいのだろうか。

「あと、錦糸町に、小口金融という店を構えている金貸しがいる。こいつが、北川のことを知っているはずだ。渋谷のマンションも、こいつが借金のカタに押さえてたから、たぶん、小口が黒幕かもしれないな。いや、間違いなく、そうだ」

エステバン・ドゥアルテが、何か言う。

「おまえ。質問を理解したか？　ああ？　何て訊かれた？　北川は、どこにいる、だ」

さっきまでは、舌先三寸で丸め込めそうな幻想も抱きかけていたが、そんな甘い相手ではないと悟らざるを得なかった。

「もう一度、訊くぞ。サンタ・ムエルテの前だ。北川は、どこにいる?」

茶畑は、唇を舐めた。

「……今どこにいるかは、わからない。だが、時間をくれたら、必ず見つけ出してみせる」

エステバン・ドゥアルテは、溜め息をついた。

「しかたない。手を切って足を切ることにしようか。身体が軽くなると、だんだん口も軽くなる」

通訳の言葉が終わらないうちに、再び、山刀《マチエーテ》が突きつけられた。

「手を切るか、足を切るか。選ばせてやろう。どっちがいい?」

絶体絶命の状況だった。もはや、今生は諦めて、来世に賭《か》けるしかないようだ。

「テツにも、同じことをしたのか?」

「テツ?」

「おまえたちが手足を切断して、殺した若者だ」

エステバン・ドゥアルテは、シャツを元通りにしながら、ああと言うように人差し指を立てた。

「元気のいい坊やだったが、やはり最初だけだったな。日本人は、死には強くても痛みには弱いようだ」

「報いを受けることになるぞ」

「ムクイ？」

「おまえたちも、いずれ、同じ目に遭うということだ」

「そんなことはない。サンタ・ムエルテが守ってくれるからな」

山刀《マチエーテ》の先が、茶畑の左腕の上を滑った。触れるか触れないかに見えたが、激痛が走って、血が流れ出す。

「どうだ？　思い出したか？　北川は、どこにいる？」

「ああ……わかった。あいつは、今も渋谷のマンションにいる。住所は……」

エステバン・ドゥアルテは、人差し指を左右に振った。

「嘘はダメだ。それは、おまえがさっき言ったところだろう？　そこには、北川はいない。おまえが、さっき言ったのが本当だ。どうしても、そこに我々を連れて行きたいようだな。罠《わな》でもあるのか？」

「ありえないだろう？　俺は、今日拉致されることなんて、予想もできなかった。罠なんか、仕掛ける余裕がないじゃないか？」

「そんなことはない。罠は、何もないときから仕掛けておくものだろう。我々は、いつも、そうしている」

おまえたちを基準にするな。茶畑は、天を仰いだ。万事休すだった。

「しかたないな。疲れるが、切るしかない。そのとき思い出すことが、本当のことだ」

エステバン・ドゥアルテが命じると、通訳が、荷造り用の紐《ひも》を手にして茶畑に近づいた。

左右の脇《わき》の下と、腿の付け根をぎゅっと縛る。手足を切断したとき、ある程度以上の血液が流れ出ないようにするためだろう。

エステバン・ドゥアルテは、山刀《マチエーテ》の刃に親指を当てて鋭利さを確かめているようだった。腕を切られたときの感じだと、鉈《なた》の鈍さとは対極であり、カミソリのように研ぎ澄まされているはずだ。

巨体が目の前に近づいてきた。

ふいに、ドアの向こうで、パン、パン、パン、という乾いた音が響いた。

エステバン・ドゥアルテは、不安げな表情になると、通訳と目を見合わせてから叫んだ。どうやら、「ホセ？　マルコ？」と呼んだらしい。

ドアが開いた。最初に入ってきたのは、紺のスーツに西陣織のネクタイを締めた、長身の男だった。茶畑を拉致するのに手を貸した、鮫のような目つきの関西ヤクザだ。

「おまえ、何しに来た？　仕事、もう終わったのに？　金、払ったぞ」

通訳が、いきり立って喚《わめ》く。

「はい、終わってま。今度は、別件でんねん」

関西ヤクザは、拳銃を上げた。スーツのポケットに入れていたのは、本物だったらしい。

「おまえ、何した？　ホセとマルコは、どうした？」

「わかりきった質問、しなはんなや」

関西ヤクザは、にやりとした。

その後ろから、もう一人の男が入ってきた。のっぺりした色白の顔に、なきに等しい眉と感情の起伏の見えない小さな目。この顔を見て嬉しさを感じたのは、初めてだった。

「チャバ。それ、何のプレイよ？　おまえ、本当はMだったの？」

丹野が、顔をしかめて訊く。左手には、白木の鞘《さや》に入った日本刀を携えていた。

「どうして、どいつもこいつも、妙な略し方をするんだ？　一人くらいは、ちゃんと名字を呼んでくれ」

茶畑は、ほっとしてつぶやいた。

「おい。ほどいてやれ」

丹野の指示で、関西ヤクザが紐をほどいてくれる。

「悪う思わんとってな。最前のも、仕事やねん」

「これもそうだったら、チャラでいいさ」

茶畑は、紐の痕《あと》の付いた手首や足首、腕と腿の付け根をさする。さっき切られた場所から、また出血が激しくなる。

「あらら。いけるか？　バンドエイドやったら持ってるけど？」

「この上から、紐で縛ってくれ」

茶畑は、ポケットからハンカチを出し傷口の上を強く押さえた。関西ヤクザが、その上を荷造り用の紐で結わえる。

それまで沈黙していたエステバン・ドゥアルテが、獣の唸るような声を出した。

「おまえたちは、もう終わりだ。……ロス・エキセスに逆らった者の多くは、期待したほど長くは生きられない」

通訳が、威嚇するような声で翻訳する。さっきまでは、割とまともな日本語だったのに、どうやら脅し文句ほど変になるらしい。

丹野と関西ヤクザは、呆気にとられた表情になった。それから、同時に爆笑する。

エステバン・ドゥアルテは、予想とは正反対の反応に唖然《あぜん》としていたが、とうとう原因を確信したらしく、通訳を睨み付けた。

「おまえが、エステバン・ドゥアルテか？」

丹野が、白鞘に入った日本刀を肩に担いで、のっそりと歩み寄る。

通訳を介すまでもなく、メキシコ人はうなずく。

「そうか。うちのテツが、世話んなったな」

丹野は、笑みを浮かべて、通訳が伝えるのを待つ。

「あの若者か。最初は元気が良かったが、手を一本切っただけで、小便を漏らして失神した。痛みに耐える訓練はしないのか？」

丹野の笑みは、顔一杯に広がった。

「なるほど。そりゃ、いいこと聞いたわ。うちでも、これから始めるよ」

旧知の友にするように、ぽんぽんと肩を叩く。エステバン・ドゥアルテも、物凄い笑顔で丹野を見返していた。

「じゃあ、さっそくなんだが、模範を見せてもらえるかな？」

「丹野はん。さっきの銃声、外に聞こえてるし、あんまし長居したらヤバイでっせ」

関西ヤクザが、急に気もそぞろな様子になった。

「俺は、ちょっと病院に行ってきていいかな。どうも血が止まらないんだ」

茶畑も、腰を浮かせる。

「おまえら、いいから、そこにいろ」

丹野の声が変わった。

8

そこそこの広さがある事務室には、熱気と、むっとするような血腥さが充満していた。エステバン・ドゥアルテが、くぐもった呻《うめ》き声を上げた。二つの事務机をくっつけた上に、パンツ一丁の姿で大の字に縛り付けられている。本人のシャツとハンカチから作った猿轡《さるぐつわ》を咬《か》まされているために、どんなに大声で叫ぼうとしても、電気カミソリを使う程度の音しか発することができなかった。

丹野は、麻のジャケットを脱ぎ、開襟シャツの上に魚屋を思わせる防水エプロンを着けていた。こんなものまで用意していた以上、すべては最初から予定の行動なのだろう。

「ひでえもんだな。こんなナマクラじゃ使い物にならんわ」

手にしていた山刀《マチエーテ》を嫌な目で見やり、床に放《ほう》り出す。さっき切られた感触からすると、かなり鋭利に研がれていたはずだが、丹野の基準では、まだ不合格らしい。

「本当は、鮪《まぐろ》包丁でもありゃよかったんだが、しょうがねえ。古沢《ふるさわ》」

関西ヤクザを呼ぶと、白木の鞘に入った日本刀を受け取って、抜き放った。見事な反りを見せた七十センチ以上ある刃が、照明を受けて輝く。ビデオカメラを構えた茶畑は、ぞっと総毛立つような感覚に襲われた。日本刀に対する生理的な恐怖は、ひょっとしたら、複数の前世の記憶に起因しているのではないだろうか。

「チャバ、しっかりと撮れよ。こいつは無銘だがな、備前長船兼光《びぜんおさふねかねみつ》の作と伝えられている。これほどの業物《わざもの》を使うのは勿体《もったい》ないが、まあ、これも国際親善だ」

手の中でくるくると刀を回して、刃の具合をたしかめる。

「またまた。丹野はん。それ、どう見ても昭和以降の新刀……」

破顔しかけた古沢が、丹野の顔を見て、口をつぐんだ。

「おい。今の刀の説明、聞いてたな？　ちゃんと通訳しとけよ。何だかわからねえんじゃ、有り難みがねえからな」

丹野に促されると、通訳が震え声でエステバン・ドゥアルテに説明する。「うう｜」という答えは、なるほどという意味だろうか。

「どれ、ちょっと切れ味を比べてみるか」

丹野は、右手で長刀の柄《つか》を握り、左手を刀の背に添わせると、エステバン・ドゥアルテの太腿の上にあてがった。

料理人が刺身を作るように、軽く、すっ、すっと刀を引いた。剛毛の生えた皮が、自然に開くようにぱっくり割れて、血が流れた。続いて、何本も平行に切れ目を入れていく。

エステバン・ドゥアルテが、かすかな悲鳴を漏らした。

「さっきから思《おも》てたんですが、その細《こま》い筋、何ですの？」

古沢が、不審そうに訊ねる。

「あ？　ためらい傷だ」

「全然、ためらってはらへんやないですか」

「ハモの骨切りだよ」

「そんなとこ、骨ありまへんで」

茶畑は、顔をしかめた。丹野の『皮切り』は、以前にも見たことがあった。人間の痛点の大部分は皮膚に分布している。いっぺんに深く切るよりも、皮膚を細かく切り刻んだ方が、相手を殺してしまうことなく、耐え難い苦痛を与えられるのだ。

やがて、エステバン・ドゥアルテの両脚は、一面真っ赤な筋に覆われた。筋の両端からは出血した痕が赤い帯になり、まるで赤い縞模様の長靴下を穿《は》いているようだった。

「くそ、しまったな。タバスコを忘れちゃったよ」

丹野は、忌々しげにつぶやく。まさか、喰《く》うつもりじゃないだろうな。

「こんなんやったら、ありますけど？」

古沢が、ポケットからウィスキーのミニボトルを取り出して、丹野に手渡す。

「おう。一応、消毒しといてやるか」

丹野は、傷口の上にウィスキーをふりかけた。赤い縞が溶けて流れ、再び出血が始まる。

エステバン・ドゥアルテは、まるで硫酸をかけられたように苦しみ悶《もだ》えた。

「沁《し》みるか？　でも、辛《つら》いことの後は、いいことが待ってるもんだ。ちょっと我慢したら、血管から直《ちょく》で酔えるかもしれねえぞ？」

エステバン・ドゥアルテは、血走った目で丹野を睨み付ける。顔面は真っ赤で、こめかみの静脈が膨れ上がっていた。いまだ闘志は衰えていないらしい。やめておけばいいのにと、茶畑は目をそらす。

「おいおい、だいじょうぶかあ？　もともと、かなり血圧が高そうだな」

丹野は、心配そうに訊ねて、通訳を見やる。通訳は、エステバン・ドゥアルテの耳元で、ぼそぼそとつぶやく。

「まあ、そんなに心配するな。これから、だんだんと血が抜けていくからさ。自然に血圧は下がるはずよ」

丹野は、寂《さ》びた声で笑った。

「本当はさ、こうやって細やかに皮を切っていくのが、俺の流儀なのよ。何時間もかけて、肉を切らずに皮を断つ。わびさびもあるし、味わい深いだろう？　だけど、ネット時代には合わねえのかなあ。映像にしちゃうと、いまいちインパクトが足りねえんだよ」

全身数百カ所の傷。すべて浅手ばかりで、どれが致命傷とも言えない。過去には、そんな奇妙な遺体がいくつも見つかっていた。全員が、その時々で丹野と対立していた暴力組織の幹部たちだった。

「それで、今日は、日本料理みたく目で味わう、新しい調理法に挑戦しようと思ってます。鮮度が命だからな、のんびり遊んでる暇はねえんだ。おい、チャバ。もっと前に来いって。きっちり写せよ」

こんなヤバいビデオの撮影中に、何度も人の名前を呼びやがって。後から、音声は消してくれるんだろうな。

「まず、俺の見事な手際は、絶対に逃すなよ。進行具合も、わかりやすくな。ときどきは、こいつの表情もカットインさせるといいかもな」

「何をするつもりだ？」

「馬鹿。目で味わう日本料理と言えば、決まってるでしょう？」

丹野の唇が、ゴムのように大きく伸びて左右に広がった。

「活《い》け作《づく》りよ」

それからの二十分ほどは、文字通りの地獄絵図だった。

エステバン・ドゥアルテは、猿轡を咬まされたまま、狂ったように悲鳴を上げ続けた。

「快感と苦痛というのは、突き詰めると、同じものなのかもしれないね」

身体を弓なりにして、足の指まで反らしているエステバン・ドゥアルテの姿を見ながら、丹野が哲学者のような口調で言う。

「この格好ってさ、女がイくときと、そっくりじゃないの？」

「まあ、こいつも、ある意味、逝《い》きかけてまっさかい」

エステバン・ドゥアルテの身体を押さえながら、古沢が応じる。関西人特有の突っ込みを駆使して丹野の相方を務めてはいるが、内心では辟易《へきえき》していることが、額に浮かぶ玉の汗に表れていた。

丹野は、日本刀の血脂をエステバン・ドゥアルテのサファリジャケットで拭うと、剛毛の生えた腕の上にあてがった。腕を切断するのではなく、縦に切り開こうとしている。

「さて、やるよ。間違って動脈切っちゃったら、すぐに止血してね」

古沢は、丹野から渡された瞬間接着剤を見ながら、かすかに喉を鳴らした。

「わかってま……」

丹野が、日本刀にぐっと体重をかけると、猿轡を咬まされているとは思えないくらいの、恐ろしい悲鳴が響いた。

震えながら立っていた通訳が、急にうずくまると、吐き始めた。これも撮っておけという丹野の目配せで、茶畑は、嘔吐《おうと》する通訳を映像に収める。

「サンタ・ムエルテ……」

通訳が、つぶやく。

「おまえ、『ミサゴ鮨《ずし》』って知ってる？　俺の行きつけの鮨屋だけど、大将がいい腕でねえ。片身にした魚を水槽の中で泳がせるのよ。また、二枚に下ろされた魚が上手に泳ぐんだわ。こいつも、片身にしてから歩かせたら、いい画《え》が撮れるんだがな」

「そら、なんぼ何でも無理ですわ。泳ぐのと歩くんでは、土台、難しさが違《ちゃ》いまっせ」

愛想《あいそ》笑いもついに限界に来たらしく、古沢は、泣き笑いのような表情になった。

丹野は、長大な日本刀を巧みに操って、エステバン・ドゥアルテを活け作りにしていく。常人であれば、苦痛とショックでとうに絶命していただろう。なまじっか並外れた生命力があるばかりに、生きたまま身体を刻まれていく様は、無残と言うしかなかった。

大量の失血にもかかわらず、エステバン・ドゥアルテの目は、まだ生命の光を失っていなかったが、宇宙の深淵を見つめているように虚《うつ》ろなものになっていた。もはや悲鳴を上げることもなく、ただ青ざめた唇を震わせている。

料理人のような姿勢で集中している丹野は、口笛を吹き始めた。

茶畑は、思わず身震いする。この凄惨《せいさん》な光景にはあまりにもそぐわない甘いメロディは、ウィ・アー・オール・アローンだった。

こいつは、いったいどういうつもりで、この曲を吹いているのか。

「腹かっ捌《さば》いたら、すぐ死んじゃうしな。まあ、とりあえず、こんなもん？」

丹野は、満足げに人間の活け作りを見やる。両腕と両脚は、末端を残して片身を下ろされ、骨が露出していた。大胸筋も切り取られ、肋骨《ろっこつ》が見えている。もちろん、床は一面血の海になっていた。

「あ。ちょっと待って。仕上げを忘れてた」

もう一度日本刀を拭うと、腕と脚から切り取った筋肉を、刺身のように細く切る。それを、エステバン・ドゥアルテの剝き出しの肋骨の上に、きれいに盛りつけた。

「うえぇ……これ、超気色悪《キショ》いっすわ。女体盛りやったら、まだしも」

古沢も、さすがに、どん引きだった。

「うーん。でも、まだ、インパクトが足りないな」

丹野は、猿轡を外した。エステバン・ドゥアルテが、口を開け閉めしていた。その様は、活け作りになった鯛《たい》が口をぱくぱくさせているのを彷彿《ほうふつ》とさせた。

丹野は爆笑する。

「いいねえ。今自分に求められてるものがわかってるよ。俺たちは、言葉の垣根を越えて、やっとわかり合えたってわけか。……後は、アクセントが欲しいね」

刀の切っ先を回すようにして、縮み上がっている性器をえぐり取る。鮮血が噴き出した。エステバン・ドゥアルテは、喉の奥が詰まったような音を立てたものの、リアクションは、それだけだった。

丹野は、エステバン・ドゥアルテの震える唇に、本人の性器をくわえさせる。口が動いているため、まるで自分の性器を食べているように見えた。それを見て、丹野は腹を抱える。

「よし、これで完成だ。チャバ、しっかり撮ったか？」

「ああ……」

茶畑は、非現実感に襲われていた。

目の前にある人間の活け作りは、作り物にしか見えなかった。

ふと、頭の中で声が聞こえた。

「人が人に対してふるう暴力や残虐行為は、宇宙で最悪の愚行です」

まただ。天眼院浄明の言葉。詐欺師のくせに、何を偉そうにと思う。

なぜなんだ。なぜ、人が人に対してふるう暴力は、最悪の愚行だと言えるのだ。たしかに褒《ほ》められたことではないが、人類が誕生してから、ずっとやってきたことではないか。

こいつにしたところで、自分が行った残虐行為のツケが回ってきただけのことだ。

こいつがテツにやったことを考えれば、同情の余地はない。

奇妙な浮遊感があった。

胃の腑《ふ》がふわふわして、中身をすっかり吐き出したくなるような。

無意味な暴力の連鎖。血で血を洗う復讐《ふくしゅう》のスパイラル。

これは、かつて辿った道ではないのか。

そして、これから向かう道もまた、きっと……。

ふいに、目の前の景色が、二重写しになった。

そこは、満天の星の下にある河原だった。粘っこい血腥さが籠《こ》もっていた部屋とは違い、涼しい夜風が頬を撫《な》でていく。耳には、せせらぎと虫の音が響いていた。

茶畑は、麻裏草履《あさぶら》で音がしないように小石を踏みしめて、ゆっくりと前に向かって歩いて行く。

人を殺害しようという意思が、全身にみなぎっていた。

そのターゲットは、前方にいる。よく知っている男だ。

臆病《おくびょう》なウサギのように、幾度となく左右を確認している。一瞬、振り返るのではないかと思ったが、真横までしか見ない。

またいが……。

一気に距離を詰めて、幽霊のように静かに男の背後に迫る。最後の一足で、しくじった。足下で、じゃりっという音を立ててしまったのだ。

男は、ぎくりとして立ち竦《すく》んだ。

振り返って危険を確認するでも、走り出すでもない。ただ、その場で硬直したのだ。

左手を伸ばして、男の口を塞ぐ。

力では、圧倒的にこちらが優位だった。右手に持った鎌を、男の喉にあてがう。

刃が食い込んで切り裂くと同時に、左手を離して飛び退《すさ》る。

呆れるほどの量の血が噴き出した。星明かりでは黒っぽい噴水のように見える。

男は、すでに命を絶たれているのに気づいていないかのように、その場に佇んでいた。

それから、ゆっくりと前のめりに倒れる。


「チャバ？　起きてるか？」

丹野の寂びた声で、現実世界が浮かび上がる。

はっとして首を巡らせると、すぐそばに通訳が立っていた。胸の前で両手を握り合わせ、絶望の表情を浮かべている。

「何やってんの？　しっかり撮ってね」

反射的にビデオカメラを上げて、通訳の姿を収めた。

背後に、丹野の姿があった。日本刀を野球のバットのように構えている。

丹野が、笑った。

楽しくてしかたがないという顔だった。こいつは、幼児の頃に、玩具《おもちゃ》を買ってもらうと、きっと、こんな顔をしたんだろう。

丹野が、目にもとまらぬ速さで刀を振った。

通訳の首が飛んだ。思わず行方を目で追うと、スイングの方向に数メートル吹っ飛んで、床の上でバウンドするのが見える。

霧状になった生温かい血が、頭の上から降り注いだ。

再び、別の光景がせり上がってくる。

そこは、さっきとは別の河原だった。荒縄で高手小手に縛り上げられた男たちが、大勢、地べたに座らされている。

その様子を、ずっと籬《まがき》越しに見守っていたのは、一人の浪人だった。

たすきを掛けた役人が、抜刀すると、浪人の背後で高々と刀を振り上げた。

一瞬、陽光が白刃に眩《まば》ゆく反射した。

練達の一振り。浪人の首が河原に落ち、転げて停まる。


「チャバ？　ちゃんと撮った？　さっきから、何ぼおっとしてんの？」

丹野が、呆れたように言った。

ぱち、ぱち、ぱちと拍手する音が響く。

「お見事です……儂、人の首が飛ぶのん、初めて見ましたわ」

古沢の声が、戦慄《せんりつ》していた。

「最後くらいは、すぱっとやらねえとな。ずっと包丁代わりじゃ、折角の業物が可哀想だ。なんせ、名刀、備前長船兼光だからな」

古沢は、何やら口の中でむにゃむにゃと言ったが、言葉を呑み込んだ。

「さあ、チャバの撮った画を見てみようか。YouTube か TikTok にアップしたら、アクセス殺到よ」

「んなもん、すぐに削除……」

古沢は、身についた習慣で突っ込みを入れようとしたが、とうとう、気力が尽きたように黙り込んでしまった。

『チワワ貿易株式会社』の入っている六本木のビルから逃げ出す途中で、誰にも見咎《みとが》められなかったのは、奇跡に近かったかもしれない。ロス・エキセスの新手に遭遇すれば、当然、無事では済まなかったろうし、銃声の通報で、警察官がやってきてもおかしくなかった。

だが、結果的には、茶畑は、丹野のＢＭＷで送ってもらい、上板橋のアパートに帰り着くことができた。

一時間以上をかけて、シャワーを浴びた。ナイロンタオルとボディシャンプーで、全身にこびりついた血液の微粒子を洗い流す。山刀《マチエーテ》で切られた傷が疼《うず》いた。

事件は、いつ頃発覚するだろうか。

警察が調べれば、エステバン・ドゥアルテがロス・エキセスの大幹部であることは、すぐにわかるだろう。あまりにも異常な殺し方だから、うまくいけば、やつらの仲間割れだと思われるかもしれない。

いや、たぶん、そうはならない。茶畑は、まずいことに気がついた。

エステバン・ドゥアルテの死体は、あきらかに活け作りになっている。残虐さはさておき、とうていメキシコ人の趣味とは思えない。

あの死体を見れば、何らかの復讐であることは馬鹿でもわかるだろうから、日本人による、和風の報復が行われたと見るのが、ふつうだろう。

丹野の馬鹿野郎が、あんなクレイジーなやり方さえしなければ……。

それから、さらに心配になった。

丹野は、あの映像をどうするつもりなのだろうか。わざわざあんな凄惨な光景を撮らせたのは、趣味のコレクションのためとは思えない。

まさかとは思うが、本当に、ネットにアップしたり、ロス・エキセスに送りつけたりするつもりかもしれない。

その場合、きちんと映像や音声は処理してくれるのだろうか。丹野が無神経に呼びかけた「チャバ」という声が、万一、一カ所でも残っていたら……。

これは、いよいよ飛ぶしかなくなったかと思う。

顔を変え、名前を変え、新しい戸籍を手に入れる。日本にいる限りは、ロス・エキセスの追跡を免れることができるかも。

いや、待てよ。そんなことをしたら、三陸町の家族にも累が及ぶのではないか。

考えれば考えるほど、事態は絶望的なようだった。

ネットのニュースを隅々まで調べて、茶畑は、溜め息をついた。

やはり、出ていない。これは、いったいどういうことだろうか。

事件からは、すでに二日が経過している。突然エステバン・ドゥアルテと連絡が付かなくなったら、ロス・エキセスの連中は、すぐに六本木のビルを確認するはずだ。

想像できるシナリオは、一つだけだった。ロス・エキセスは、こっそり遺体を処理して、警察には届けなかったのだ。考えてみれば、当然の対応だろう。警察の介入を許したら、『チワワ貿易株式会社』についても調べられることになる。この事件では被害者であっても、日本におけるビジネスが壊滅的な打撃を受けることになりかねないのだ。

茶畑は、これは朗報だと思い込むことにした。ロス・エキセスからの報復は恐ろしいが、そのことは最初から織り込み済みである。むしろ、警察に追われる心配がなくなったことの方が大きい。

あのクレイジー・サイコは、案外冷静に、こうなることを予測していたのかもしれない。

茶畑は、丹野の顔を思い浮かべながら思った。

手動のミルにコーヒー豆を入れて、ごりごりと挽いた。考え事をするときの癖だったが、単調な作業が頭の中を整理してくれるような気がする。

ここを引き払うべきだろうか。茶畑は、アパートの中を見回した。上板橋にやってきて、せっかく落ち着いたところだし、古沢という関西ヤクザの話によると、ロス・エキセスは、ここのことは知らなかったようだ。

やつらがつかんでいるのは、こちらが北川遼太の元雇い主であることだけだ。栄ウォーターテックを出た直後に拉致されたので、正木栄之介の依頼のことを知られているのではないかと心配していたが、そうではないらしい。現場にはもう一人日本人がいたと、古沢は言っていた。その男が遠くから面通しをし、顔を合わせることなく姿を消したのだ。

人相風体を聞くまでもなく、それが誰かという見当は付いた。

自分を売った落とし前を付ける必要もあったが、向こうにどの程度情報が流れているのか確認することは、死活問題である。

やつがロス・エキセスとつながっているなら、こっちから会いに行くのは正気の沙汰ではないだろう。しかし、死中に活を求めるには、それしかないという勘が働いていた。

飯田橋にある探偵事務所のドアを開ける。

「いらっしゃいませ……あ」

顔見知りの受付嬢を手で制して、黙って奥へ進む。

大部屋の奥には、パーティションで仕切られた四畳半くらいのスペースがある。茶畑は、ノックもせずにドアを開けた。

顔を上げてこちらを見た大日向の表情が、凍り付く。

「まるで、ゾンビを見る目だな」

大日向は、無言だった。茶畑は、大日向のデスクに歩み寄り、見下ろした。

「俺を売って、いくら稼いだ？」

大日向は、顔を上げて睨み返そうとしたようだが、うまくいかなかった。

「……何か誤解してるんじゃないか？　俺は、たしかに、北川遼太の雇い主を調べるように依頼され、おまえの名前を伝えたが、逃げるために猶予期間をやったじゃないか」

大日向は、視線をそらしながら、ぼそぼそとつぶやく。

「ああ、助かったよ。しかし、俺の面を割って、やつらが拉致するのに協力したときには、どうして猶予をくれなかったんだ？」

大日向は、深い吐息をついた。

「拉致されたのか。よく無事だったな……。だが、それは、俺じゃない」

「古沢は、おまえだと言っている」

「ヤクザの言うことを信じるのか？」

茶畑は、噴き出した。どいつもこいつも、そんなに笑いが取りたいのか。

「語るに落ちすぎだ。おまえが、古沢をヤクザだと知ってることはよくわかったよ。面白いから、もうちょっと言い訳してみろ」

大日向は、かすかに首を振った。

「……もういい。気が済むようにしろ」

「この場で、おまえを二、三発殴って、それで気が済むとでも？」

「どうするんだ？」

大日向は、胃痛がひどくなったような顔をした。

「そうだな。とりあえず、今回の黒幕はおまえだと、ロス・エキセスにチクってやろうか。向こうは、ボスを殺されて、頭に血が上ってる。報復は、えらく賑《にぎ》やかになるだろうから、俺だけじゃなく、おまえにもお裾《すそ》分《わ》けしてやるよ」

「ボスを殺し……本当か？」

大日向は、真っ青になって、目を剝いた。今にも口から泡を吹いて倒れそうだ。ここまで見事な演技ができるタマじゃない。だとすると、エステバン・ドゥアルテが殺されたのは、本当に知らなかったのだろう。

「しかも、通常の殺し方じゃない」

少し気を持たせてやった。

「どうしたんだ？」

「活け作りだよ。生きたまま手足を片身に下ろして、刺身にして盛りつけたんだ」

大日向は、怪物を見る目で、茶畑を凝視した。

「俺じゃない。丹野だよ。俺は、その一部始終を撮らされただけだ。YouTubeかTikTokにアップすると言ってたが、たぶん、DVDをロス・エキセスに送ってるだろうな」

大日向は、凝然と人差し指の爪を嚙《か》んでいた。黒目が忙しく左右に振れている。いったいどうすれば自分が助かるか、必死に思いを巡らせているようだ。

「わかるか？　俺とおまえは、一蓮托生《いちれんたくしよう》だ。俺が捕まれば、おまえもアウトなんだ」

「おまえの話を、やつらが信じると思うのか？」

「半信半疑でも、いや、たとえ九十九パーセント嘘だと思っても、おまえは死ぬことになる。わかってるだろう？」

大日向は、脱力して、椅子の背もたれに身体を預けた。

「……一蓮托生ということは、助かる道があるということか？」

「あるかもしれない。まず、向こうにどの程度の情報が行ってるのか教えろ」

「そうだな。たぶん、たいしたことは知らないはずだ。おまえが北川遼太の雇い主だったということくらいだ。やつらは、情報を広く共有することはない。エステバン・ドゥアルテが死んだとなると……通訳がいたはずだが、やつはどうした？　相手を脅そうとするときに、おかしな日本語を使うやつだ」

「生まれて初めて、人間の首がすっ飛んだのを見たよ」

「そうか。だとすると、やつらの得ている情報は、ほぼ白紙に戻ってるかもしれないな」

「本当か？」

あまりにもうますぎる話には、眉に唾を付けたくなる。

「日本に来ているやつらの人数は、わずかだ。まさか、いきなり頭が殺《と》られるとは、思ってなかったはずだしな」

「おまえのことは、どうだ？」

「どこから聞いたのか知らんが、俺には、例の通訳が直接連絡してきた。電話番号くらいは残ってるかもしれないが」

大日向の推測は、正しいのかもしれない。ボスを殺られたというのに、やつらが大日向に接触してきた形跡がないのは、そうとでも考えなければ説明がつかない。

「だが、遅かれ早かれ、やつらは、犯人を突き止める。絶対に諦めることはない」

茶畑が、ほっとした様子を見せたからだろう。大日向は、冷水を浴びせた。

「ああ、わかってる。だが、やったのは丹野だ。落とし前は、やつらの間で付けてもらえばいい」

茶畑は、大日向の前に屈《かが》み込み、目を覗き込んだ。

「いいか。もし、ロス・エキセスが接触してきても、おまえは知らぬ存ぜぬを通せ」

「言われるまでもない」

「北川遼太の元の雇い主が誰か訊かれたら、錦糸町で金貸しをしている小口繁という男だと言え。その証拠に、やつは遼太に金を貸して、マンションを担保に取っている」

「……わかった」

「じゃあ、最後に、誓いのしるしだ」

茶畑は、すばやく大日向の左手の小指を握った。

「待ってくれ。俺が目立つところにケガをしていたら、やつらに不審を抱かれるぞ」

大日向は、額に脂汗を滲《にじ》ませながら、早口に言う。

「だったら、そこの万年筆で、身体にタトゥーでも入れてやろうか？　キ●●ちゃんなんか、どうだ？」

大日向は絶句し、怨念《おんねん》のこもった目で茶畑を見る。

「おまえも、結局は同じなんだな」

「同じ？　何とだ？」

「丹野とだ。今、ようやくわかったよ。おまえには、暴力に対する禁忌《タブー》がないんだろうな。他人の苦痛に対する想像力が、ゼロなんだ。今までは、丹野という化け物が近くにいたから、抑えられていただけだ」

「ひどい言われ方だな。ロス・エキセスに拉致された後、俺がどんな目に遭うか、おまえは想像したことがあったのか？」

耳元に、また、あの声がよみがえる。

「人が人に対してふるう暴力や残虐行為は、宇宙で最悪の愚行です」

しかたがないだろうと、心の中でつぶやく。薄々わかっていながら愚行を繰り返すのが、人間という生き物の本質なのだろう。

「わかったよ。さっさとやってくれ」

大日向が、食いしばった歯の間から唸り声を上げた。

茶畑は、さっきから握りしめたままの、大日向の左の小指を見た。真っ白でひどく撓《たわ》んで、今にも折れる寸前である。

茶畑は、手を離した。

大日向は、喜びに小躍りするかと思いきや、怪訝な顔をしていた。

「二度と俺を売るな。次は容赦しない」

そう言い捨てて、きびすを返し、大日向の探偵事務所を出る。

ロス・エキセスに関しては、幸運にも、多少の猶予ができたようだ。この間に、やるべきことをすませておかなくてはならない。

まずは、毬子に電話で指示して、正木氏に提出するレポートを準備させる。

正木氏の前世、皆川清吉を殺した犯人は、藤兵衛ということで間違いないだろう。問題は、藤兵衛が、現世で誰に生まれ変わっているかということだった。茶畑徹朗、という答えは、正木氏のお気に召さないはずだ。正木氏は、それが実弟の正木武史だと思い込んでいるようだから、それに沿ったストーリーを作ればいい。

その間に、茶畑は北川遼太を捕まえようと考えていた。そもそもロス・エキセスがらみの問題は、すべてこいつから始まったのだから。

そして、もう一人。どうしても、賀茂禮子に会う必要があった。

前回と同じく、ドアには鍵がかかっていなかった。

茶畑は、インターホンは押さずに中に入った。靴を脱ぐ代わりにビニールカバーを着けて上がると、音を立てないように気をつけながら、板張りの廊下を進んだ。突き当たりにある立派な木製のドアの前で、気配を窺う。

「どうぞ」

中から声がした。

賀茂禮子は、やはり、常人とかけ離れた鋭い聴覚の持ち主なのだろうか。だが、玄関からここまでのどこかに、赤外線センサーかピンホールカメラが仕掛けてあった可能性もある。

ドアを開けると、香が焚きしめられた部屋の中に入った。賀茂禮子は、以前に見たときと同じように、部屋の奥にある机の後ろに座っていた。うつむいて、手紙か何かをしたためているようだ。

「賀茂先生。ちょっとお話をしたいのですが」

賀茂禮子は、顔を上げた。茶畑が、靴の上にビニールカバーを着けていることはわかったはずだが、大きな目には、どこか面白がっているような奇妙な光が宿っていた。

「よろしいでしょうか？」

茶畑は、重ねて問いかける。賀茂禮子は、黙ってうなずき、ソファを指し示した。

茶畑がソファに座ると、賀茂禮子が口火を切った。

「血の臭《にお》いが、ぷんぷんするわ。お友達は、もう少し選んだ方がいいわね」

実際に血の臭いが残っているはずはないから、比喩《ひゆ》として言っているに違いない。覚悟はしていたが、心を見透かされた恐怖が湧《わ》き上がる。

「この前は、いきなり私が探偵だと当てましたね。てっきり、コールド・リーディングだと思いました。その後で、私が会ったもう一人の霊能者が天眼院浄明氏だと看破したことも、直感と推理力のなせる業だろうと」

茶畑は、話しながら、一瞬たりとも賀茂禮子から目を離さなかった。どんなにしたたかな古狸《ふるだぬき》でも、隠していた真相を言い当てられたときには、身体のどこかに反応が出る。

今のところ、賀茂禮子は、何の反応も見せていなかった。

「しかし、今のあなたの言葉は、さすがにコールド・リーディングとは考えられませんね。私の表情や、靴にビニールカバーを着けていることで、暴力的になっているのを見て取ったのかもしれませんが、それにしても急所を突きすぎです」

賀茂禮子は、微笑しているようだった。手紙を書き上げると封筒に入れ、舌で舐めて封をする。

「今までの私なら、コールド・リーディングでなければ、ホット・リーディングだと解釈していたでしょう。しかし、この場合、それも考えにくい」

「ホット・リーディングって何？」

賀茂禮子は、さも不思議そうに首をかしげる。

「シャーロック・ホームズのように、その場で相手を観察して得られた情報によって物事を言い当てるのが、コールド・リーディング。一方、あらかじめ相手のことを調べておいて、透視したかのように装うのがホット・リーディングです」

賀茂禮子は、立ち上がった。ゆっくりと歩を進めて向かい側のソファに腰を下ろした。

「わたしには、そんな面倒なことをする動機がないわ。あなたについて調査をするための、お金も時間もね」

茶畑は、うなずいた。

「さっき、ドアの前に立ったとき、どうして私の存在に気づいたんですか?」

賀茂禮子は、妖怪《ようかい》のように微笑《ほほえ》んだ。

「気配がしたのよ」

「気配とは何ですか? 音ですか? ドア越しに、空気の動きや私の体温を感じたわけではないでしょう?」

「気配とは何か……。難しい問題ね。でも、生物には、別の生き物の接近を察知する機構が備わってるんじゃないかしら? それが、五感を総動員して得られるものなのか、それとも、いわゆる第六感によるものかはわからないけど」

茶畑は、賀茂禮子の大きな目を真正面から見つめた。

「第六感ですね。たしかに、あなたには、それが備わっている」

賀茂禮子は、おかしそうに笑った。

「あらあら、ようやく、あなたも認めてくれたわけね」

「問題は、その能力の内容です。あなたは、依頼者の置かれた状況や前世が見えると称してきましたが、そうじゃないと気づきました」

賀茂禮子の大きな目は、何の表情も湛えていなかった。見つめているだけで、意識が吸い込まれそうな感覚に陥る。

「あなたは、テレパスなんです」

賀茂禮子は、また首をかしげた。

「テレパスっていうのは、読心能力者のことかしら？　わたしが『見える』って言うのと、ほとんど同じような気がするけど」

「いや、だとすれば、まったく話が違います」

茶畑は、獲物を狙う肉食獣のような前傾姿勢になった。

「すべてはテレパシーのなせる業だと考えれば、前世とか生まれ変わりなどという現象を、仮定しなくてもすむんですよ」

「どうあっても、生まれ変わりがあることを認めたくないわけね」

賀茂禮子は、あきらかに面白がっているようだった。

「でも、それって、どうなのかしら。合理主義で生まれ変わりを否定しきれないからって、テレパシーは認めるの？　それだって、やっぱり、オカルトの一種じゃないの？」

「ええ。ですが、十把《じっぱ》一絡《ひとから》げにオカルトと言われている現象の中にも、ありえなさの濃淡はあります。私は、テレパシーについては、あってもおかしくないと思うようになりました。特に、あなたの能力を目の当たりにしてからは」

賀茂禮子は、巨大な眼球を持った南国産のヤモリのような顔で聞いている。

「そして、テレパシーの存在を仮定すると、生まれ変わりが存在するという論拠はほとんど崩れることになります。前世の記憶だと言われてきたものは、本人が知るはずのない事実を知っていたために真実味があったんです。しかし、それが精神感応で他者から読み取った、あるいは植え付けられたものなら、何の矛盾もありません」

「じゃあ、幼い子供が、聞いたこともない言語を話したという事例はどうなの？」

「同じことです。周囲にいる誰かの意識に影響を受けたんでしょう」

「話したこともない言葉は、発音するのも難しいと思いますけどね」

賀茂禮子は、動じた様子もなかった。

「それに、前世の記憶を持った子供たちの話を詳細に調べた結果、史料によって、真実だと裏付けられているものは多いのよ」

「ホット・リーディングですよ」

茶畑は、ここぞとばかり言う。

「子供たちを使って、前世や生まれ変わりを信じさせようとしている人間がいたとすれば、当然、前もって史料を調べていたはずです」

「ときには、史料にも残っていないような細かいことまで話しているけど？」

「史料になければ、真実なのか捏造なのかわかりません。歴史について、調べられる範囲のことを調査し、空白の部分を埋める形でそれらしい物語を作ればいい。それが真実かどうかなど、検証のしようがありませんからね」

賀茂禮子は、無言だった。

「正木さんの前世とされている二つの夢、『水論』と『山崎の合戦』は、ともに、ちょっと調べればわかるような史実に基づいています。その上で、真実かどうか判定できない細部を加えればいい。あなたたちは、そうしてでっち上げたイメージを、正木さんに植え付けた。正木さんは、ごりごりの合理主義者だ。テレパシーの存在などは、はなから問題にしていなかった。そのために、かえって、よりオカルト的な前世の存在を信じることになったんです。正木さん自身、死を意識するようになって、生まれ変わりを信じたいという気持ちがあったことも事実でしょうしね」

賀茂禮子は、かすかに眉根を寄せた。

「それって、つまり、わたしと浄明がグルになって、その正木という人を騙そうとしていたということかしら？」

「正木さんに直接接触して、マインド・コントロールを行ったのは、天眼院浄明でしょう。しかし、その裏にはあなたがいたと、私は思っています」

「なぜ？」

「生まれ変わりについて調べていると、結局、あなたに行き着きました。正木さんの前世を創作したのは、小塚原です。だとすれば、絵を描いたのはあなたしかいない。小塚原鋭一は、あきらかに、あなたの影響下にありましたからね」

「ひどい言いがかりだわ」

賀茂禮子は、ソファから立ち上がると、部屋の隅にあった水屋から急須《きゅうす》と茶碗《ちゃわん》を出した。急須に茶葉を入れて、電気ポットから湯を注いだ。二つの茶碗を盆に載せて戻ってくると、向かい合ったソファの間にあるローテーブルの上に置いた。茶畑は、喉の渇きを覚えて手を伸ばしかけたが、薬物が混入されているかもしれないと思い、途中で手を引っ込める。

「今のあなたの憶測には、ずいぶん飛躍があるわね。たしかに、わたしは小塚原鋭一さんと前世についてのカウンセリングをしました。でも、小塚原さんには、本当にあなたの依頼人——正木さんと接点があったのかしら?」

茶畑は、ぐっと詰まった。たしかに、小塚原鋭一について知ったのは、毬子がたまたま、以前に仕事をしたことがあったからだ。……しかし。

「順序が逆だったようですね。詐欺の主犯である天眼院浄明は、あきらかにあなたと接点があった。そして、小塚原鋭一は、あなたの影響下にあった。話はつながります」

「ずいぶん細くて頼りない糸ね。だけど、どんなことでも、誰とでも、つなげようと思えば話はつながるのよ」

「どういう意味ですか?」

前世からの縁とか、我々の意識は影響を与え合っているとかいう話をするつもりなのか。

賀茂禮子は、ゆっくりと茶をすする。

「あなたは、たいへん鋭い推理力を持っているわ。だけど、思い込みが激しすぎるようね。事実を調べる前に結論を出してしまうから、どうしてもバイアスがかかった調査になるんでしょうね」

痛いところを突かれたと思う。たしかに、その傾向は自覚している。しかし今は、図星を指されたことで、賀茂禮子がテレパスであるという確信はますます強くなった。

「前世の記憶をテレパシーで説明するというのは、昔からなされていたことよ。たしかに、そう仮定すれば、たいていのことは説明が付きますからね。……でも、あなたの場合には、つい最近、テレパシー――精神感応の存在を、強く意識させられるような出来事があったんじゃないかしら？」

茶畑は、黙っていた。何も、こちらからヒントを与えることはない。賀茂禮子がどこまで読み取ったのか、たしかめてやろう。

「さっき、あなたが部屋に入ってきたとき、血の臭いがぷんぷんしたわ。ちょっと辟易するくらい。もちろん、物理的な臭いじゃないけど、あなたの精神が汚染されているとわかった。さらに、その向こうには、どうしようもないまでに凶悪無残な精神の影が、ほの見えたのよ。あなたには、もともと、暴力的な性向が隠れていたみたいね。でもそれは、その男の影響を受けることによって、助長されつつある」

それこそが、まさに、テレパシーが存在すると思った理由だった。

俺自身がその証左だと、茶畑は思う。俺は、丹野美智夫の破壊的な精神に影響を受けて、呑み込まれそうになっている。

「玄関には、ちゃんと来客用のスリッパがあったのに、あなたは、土足で上がってきたわ。

靴の上からカバーを掛けてるけど、わたしの家を汚さないためじゃないわ。万一の場合に、証拠を残さないため。つまり、わたしから思ったような情報を引き出せなかったときには、暴力に訴えることも辞さないということでしょう？　わたしを拷問するつもりだったの？成り行きによっては殺すつもりで？　恥を知りなさい！」

賀茂禮子に一喝され、茶畑は鼻白んだ。

「わたしも、痛めつけられるのは嫌だから教えてあげましょう。テレパシーという現象は、たしかに存在します。だけど、それは、生まれ変わりとも密接に関《かか》わっているのよ。前世や来世もまた、今生と同じように実在するのです」

ガラス玉のような双眸に射すくめられて、茶畑は、反論できなかった。

「あなたは、わたしが天眼院浄明とグルになって詐欺を働こうとしていると言いましたね。わたしのところへ来る前に、まず浄明に会いに行くべきでした」

「……どういうことですか？」

「行ってみれば、わかります」

賀茂禮子は、にべもなかった。

「あなたの手間を省いてあげるわ。浄明は、もう六本木の占いの館にはいません」

メモ用紙に住所を書いて、茶畑の方へ向ける。ちらりと見て、茶畑は衝撃を受けた。

「ここにいるんですか？」

「ええ」

賀茂禮子は、静かに立ち上がり、机の後ろに戻った。これで話は終わりということらしい。

茶畑は、しばらく賀茂禮子を見ていたが、一礼して辞去する。頭がひどく混乱していて、これ以上訊ねることを思いつかなかった。

「田中《たなか》さん。面会の方ですよ」

男性の看護師の言葉に振り向いたのは、まぎれもなく天眼院浄明だった。あいかわらずの小太りで、パイプ椅子に深く身をもたせかけている。茫洋《ぼうよう》とした目つきも変わらなかった。前に見たときは白いクルタを着ていたが、今は、ゆったりとしたスラックスに白いTシャツという格好だった。

「私を覚えていますか？」

茶畑の言葉に、天眼院は、目を瞬《しばたた》いた。

「さあ……どなたでしたか？」

「少し前に、六本木の占いの館にお邪魔した者です」

「占いの……やかた？」

天眼院は、首を捻《ひね》る。

「すみません。よく覚えていません」

そのときになって、茶畑は、ようやく天眼院の重大な変化に気づいた。前は、細い目から錐のように鋭い眼光を放っていたが、今は、それが影を潜めている。

「田中陽一《よういち》さん。以前お会いしたとき、あなたは別の名前を名乗っておられました」

天眼院は、わからないというように首を振る。

「天眼院浄明。それが、あなたのお名前でした」

反応はなかった。

「あなたと私には、共通の依頼人がいたんです。正木栄之介さん――栄ウォーターテックの会長です。あなたは、正木さんの前世を透視しました。思い出せませんか？」

天眼院は、ゆっくりと首を振ったが、やや動揺しているようにも見える。目がうつろで、唇が少し震えているようだ。

「私は、あなたにいくつかアドバイスをいただきました。こういう言葉です」

茶畑は、天眼院の言葉をメモってある手帳を取り出した。

「『人はみな、自由意思で生きてはいますが、同時に、星から発せられる強力な磁場の影響を受けています。誰一人として、そこから逃れることはできません』」

天眼院は、無反応だった。

「『人が人に対してふるう暴力や残虐行為は、宇宙で最悪の愚行です』。あなたは、そうおっしゃいました。そして、その意味は、私が覚醒すれば、わかるはずだとも」

天眼院は、一瞬、大きく目を見開いたが、すぐにまた元の無表情に戻った。

「『我々の魂は、たかが数十年で消滅してしまうような儚《はかな》いものではありません。幾度となく輪廻転生を繰り返すことによって徳を高め、新たなステージへと到達する』……」

天眼院は、パイプ椅子から身を起こし、左右を見回した。まるで悪夢から覚めたように、怯《おび》えた表情をしている。

「それから、『人には、知らない方が幸せなこともあります』とも。『宇宙の法則というのは、時として非情であり、人間の感覚からすると異様にさえ映ります。すべてを知ろうとするのは、自らが神になろうとするのに等しいことです。人は分を守って生活するのが一番幸せなのですよ』」

天眼院は、痙攣するように激しく首を振り始めた。

「そして、あなたは、こう言いました」

茶畑は、なおも続ける。

「『我々は、みな孤独なのです』」

天眼院は、愕然とした面持ちになった。

「さらに『この冷たい宇宙の中で正気を保ち続けるのは、神にとってすら至難の業なのですよ』と……」

だしぬけに、天眼院浄明は、獣のように叫び始めた。何かを言おうとしているらしいが、言葉の体をなしておらず、おう、おう、とか、ああ、うわあとしか聞こえない。

「どうしたんですか?」

茶畑を案内してきた男性看護師が、血相を変えて飛んできた。

「あなた、この人に何を言ったんですか？」

天眼院を落ち着かせようとしながら、振り向いて、茶畑に厳しい視線を向ける。

「いや、特に……昔のことを、ちょっと話しただけです」

そのとき、大声で叫んでいた天眼院浄明が、急に口をつぐむ。宙の一点に目を据えたまま、無感動《アパシー》の状態に変わった。それ以降は、看護師の問いかけにも、まったく反応しなくなってしまった。

茶畑は、ぞっとして後ずさった。

最初に賀茂禮子に会ったときのやりとりを思い出す。

「一度、わたしに会いに来たことがあるけど。人並外れて勘のいい詐欺師——というのが、一番近いでしょう。自ら霊能者と称して、人の前世を占っては、金銭を得ていた。だけど、そういう行為は非常に危険なの。その人も、偶然の成り行きから深淵を覗き込みかけてたわ。ほとんど覚醒しかかっていたと言ってもいいくらいに」

「覚醒するのは、よいことではないのですか？」

「人生も、宇宙も、わたしたちが見ている夢にすぎないのよ。目を覚ました途端、すべては雲散霧消してしまう」

賀茂禮子の目は、まるで二個の巨大な水晶玉のように光っていた。

「それで、その人は、どうなったんですか？」

「ぎりぎりのところで踏みとどまれるよう、手助けをしたわ。ふつうの人なら無理だけど、あの人は、生まれついての嘘つきだったから何とかなったの」

「嘘つきだったら、どうして何とかなるんです？」

「本物の嘘つきというのは、自分に対しても嘘をつける。ほとんどすべてを思い出しながら、なおも知らなかったふりができるのよ」


天眼院浄明は、ぎりぎりのところで踏みとどまるのに失敗して、覚醒してしまったのだ。

これ以上、この件に深入りするのはよせ。心の奥で、警告する声が聞こえる。

こういうふうになりたくなければ。

しかし、自分がその警告に従うはずはないことも、はっきりわかっていた。

自分は、とことん突き詰めて、最後まで深淵を覗き込んでしまうだろう。

たとえ、その結果、今見た天眼院浄明と同じ運命を辿ることになったとしても。

9

視界を遮るのは、噎《む》せ返るような緑また緑だった。頭上からは灼熱《しゃくねつ》の太陽が照りつけて、首筋を灼《や》いた。体重に近い背嚢《はいのう》を背負い、ひたすら歩き続ける。いつかは必ず、この苦行が終わるはずと信じながら。

だが、行軍は幾日も幾日も果てしなく続き、永遠に終わりは来ないかのように思われた。ときおり樹上から降り注ぐヤマビルから逃げ惑いながら、なおも歩き続ける。足腰は、まだしぶとさを保っていたが、豚革の軍靴は、少し水に浸《つ》かるとすぐにだめになってしまった。それでも、何とか足に縛り付けて歩いていたが、とうとう完全に分解してしまう。仕方なく裸足《はだし》で歩くと、尖《とが》った小石を踏んで足裏に怪我《けが》を負ってしまった。それからは、ずっと隊の最後尾を歩いていたが、前を行く僚友たちとの距離は、どんどん開いていき、いつの間にか、誰《だれ》の姿も見えず、声も聞こえなくなってしまった。

諦《あきら》めて足を止めるまでには、まだしばらく時間が必要だった。だが、とうとう現実を受け入れるほかはなくなった。自分は、落伍《らくご》したのだと。

隊に追いつける見込みはない。たまたま友軍が近くを通りかかり拾ってもらえる可能性も、ほとんど皆無に等しいだろう。

だとすれば、ここで生き延びるより他に道はなかった。たとえ、それが、死を待つだけの辛《つら》く無意味な時間だとしても。

ぎらぎらと無慈悲に照りつける太陽の下で、激しい飢えが、一日中意識の大半を支配する過酷な日々が始まった。

食べられるものは何でも食べた。羊歯《しだ》の若芽は、ゼンマイのように食すことができたし、湿地帯で二本のサゴヤシを見つけたときには、これで命がつながったぞと安堵《あんど》したものだ。太さは一抱えほど、高さも二、三十メートルほどあっただろうか。開花期のサゴヤシからは、サクサクという澱粉《でんぷん》が取れる。しかし、それは簡単な作業ではなかった。ナイフで幹の皮を剝《は》ぐと、髄を取り出して細かく裂き、水の中で揉《も》んで白い澱粉を沈殿させるのだ。これは、慣れないうちは、相当な重労働だった。腕が疲れ、指が強張《こわば》り、爪《つめ》が割れる。初めのうちは、使ったエネルギーに見合う収穫があるかと心配になったが、必死に作業に没頭している間に、しだいに熟練していき、一番多いときには一日に一升ものサクサクが取れた。絶えず飢えが胃袋を刺激し、あるだけの食糧を食べてしまいたかったが、そこをぐっと堪《こら》え、いざというときに備えて貯蔵する。それなしには、その後の飢餓地獄を生き延びることはできなかった。サクサク自体は、けっして美味《うま》いものではない。独特の臭《にお》いがあり、部隊では、いくら腹が減っていても受け付けない者も多かった。私は生来頑健であり、何でも食べられる質《たち》だったことが、ここでは生死を分ける重要な素質になった。

次に見つけたのは、タロイモだった。しかし、人の頭ほどもある親芋は、あくが強すぎて食べられた代物ではない。通常、食用にするのは、鈴なりになっている子芋なのだ。必死に地面から掘り出したタロイモには、残念ながら、子芋は付いていなかった。仕方がないので、親芋を細かく砕くと、長時間水にさらしてから焼き、目をつぶって呑《の》み込んだ。

どこかにバナナやパパイヤでもなっていないかと思ったが、そんな僥倖《ぎょうこう》に恵まれるはずもなかった。しかし、一本の椰子《やし》の木を見つけたときには狂喜乱舞した。椰子の実は、渇きを癒《い》やすだけではなく、食糧としても貴重なのだ。中に詰まっている胚乳《はいにゅう》は脂肪分が豊富で、二、三個で一日に必要なカロリーはほぼまかなえる。だが、塩がなければ実に不味《まず》いものだ。携行してきた塩は、部隊で行軍する前にドラム缶で海水を煮詰めて作ったものだが、いくら節約に努めていても、しだいに残りが少なくなっていった。これから先は、塩不足が大きな問題となるだろう。

澱粉質ばかりでは身体《からだ》が保《も》たないので、森で遭遇する小動物は、そのすべてを食糧にした。ノネズミやヘビはご馳走《ちそう》であり、木の枝で刺して焚《た》き火で焼いたが、ヘビは刺身でもいけた。寄生虫がいるかもしれないが、かまってはいられない。塩気がなければ味気ないものだが、ヘビの生き血を啜《すす》って凌《しの》いだ。ところが、ノネズミやヘビは、野生動物の勘で狙《ねら》われていることを察知したかのように、あっという間に姿を消してしまった。

最後は、昆虫やミミズが主食となった。郷里では蜂《はち》の子とかザザ虫も口にしていたので、特に抵抗はなかった。ザザ虫などは、よく他県の出身者から何の虫ですかと訊《き》かれることがあるが、答えに窮する。ザーザー水が流れている渓流にいる虫をまとめて網で掬《すく》い、佃《つく》煮《だ》にしたり素揚げにして食べているだけなのだ。多いのはカワゲラの幼虫などだろうが、時にはヒルまで混じっていることがある。

しかし、ここで採れる虫は、少々勝手が違っていた。

幼虫類は、概《おおむ》ね美味である。その中でも、サゴヤシを割ったときに出てきた甲虫《こうちゅう》の幼虫は、蜂の子に勝るとも劣らない、ねっとりとしてこくのある味だった。

そいつの成虫らしいのが、青緑色に輝くクワガタムシだった。大顎《おおあご》は不気味に反り返っており、普通はとても食べられるとは思えない代物だが、このときは、目にするものすべてが美味そうに見えた。六本の肢《あし》と、固い鞘翅《しょうし》と膜状の後翅《こうし》を毟《むし》って、大顎を持ってばりばりと齧《かじ》ってみた。これが、存外乙な味だった。それ以来、見つけるたびに捕まえて喰《く》った。

また、南国の蝶《ちょう》には、青い金属光沢を放つものや鳥かと見まがうほど大きなものもいたが、柔らかい胴体部分は比較的幼虫に近い味だった。

その一方で、一見美味そうなバッタの類《たぐい》は、ほとんど食べられた代物ではなかった。ショウリョウバッタによく似たやつがいたので、さんざ苦労して捕まえてはみたものの、口がひん曲がるほど苦くて、二度と口にはしたくなかった。

イナゴにそっくりなのもいて、内地では、串焼《くしや》きにしたり佃煮にしたりして食べた記憶があったのだが、ここのは苦くて、しかも、ひどくえぐかった。

他に、桃色の目をした蟋蟀《こおろぎ》のような虫を食べたことがあるが、これなど口が痺《しび》れるようで、死んでも思い出したくない味と言うしかない。

一方で、ミミズは、土を掘ったらいくらでも出てきた。しかも、日本では見たことがないほど長く肥《ふと》っているので、かなり食べでがありそうだった。せっせと土を掘ってはミミズを掻《か》き集めると、少量の水と一緒に鍋《なべ》に入れて火にかけた。煮えると二、三割方かさが減ってしまったが、それでも充分な量である。塩辛いような妙な味だったが、噛《か》み応《ごた》えは貝か牛の腸《はらわた》のようでもあった。しばらく何も胃に入れていなかったために、吐き戻さないように少しずつ慎重に食べたが、結局は、全部平らげてしまった。

その後で、猛烈な悪寒に襲われた。マラリアが再発したのかと思ったが、熱はなかった。それなのに、ただただ寒いのである。

南国の太陽は、じりじりと皮膚を焦がさんばかりに照りつけている。その下で、身体を丸めて、ぶるぶると震え続けた。どうやら、ミミズには身体を冷やす副作用があるらしい。そういえば、昔から漢方では、熱冷ましにミミズの干したのを使うと聞いたことがある。

それ以来、どんなに空腹であっても、いちどきに大量のミミズを食べるのは控えるように肝に銘じていた。

今も、ジャングルの中を、よろめく足を踏みしめつつ、食べ物を探しながら歩いていた。軍靴が分解した後は、捨てずにとっておいた靴底に穴を開けて作った草履を履いていたが、足の指や甲は、鋭い草の縁や尖った石で傷だらけだった。暑いだけでなく湿気が多いため、だらだらと汗が流れる。だが、汗が口に入ったときに、妙なことに気がついた。汗が塩辛くないのだ。おそらく、身体が慢性的な塩分不足に陥っているのだろう。そのせいか、ひどく疲れやすく、視界がぼやけるような感覚が去らなかった。

こんなに弱った状態で、猛獣に襲われた日にはひとたまりもないだろうが、幸いなことに、ここには虎《とら》も豹《ひょう》も熊《くま》もいないということだ。気をつけなくてはいけないのは、毒蛇だった。足下の藪《やぶ》を長い木の枝で探りながら、慎重に歩を進めた。この地にいる毒蛇の恐ろしさは、マムシやハブの比ではない。猛毒な上に、何度も執拗《しつよう》に咬《か》みつく猛悪な気性のやつもおり、咬まれたら、即座に血清を打たない限り助からないのだ。

そのとき、背後で藪が、がさりと音を立てた。


茶畑は、はっとして飛び起きた。

全身にびっしょり寝汗を掻き、心臓がどくどくと鼓動を打っている。

今のは、いったい何だったんだ。

しばらくの間、万年床の上に座ったままで、気分が落ち着くのを待つ。ロス・エキセスにヤサが見つかったら、いつでも逃げ出せるように服を着込んでいた。脇《わき》には貴重品の入ったショルダーバッグが置いてある。

あの迫真性は、とうてい、ただの夢とは思えない。映像が明確なだけでなく、臭いや味、触感など五感の情報が含まれているところは、以前に見た水論《みずろん》の夜の夢とも共通するものがあった。特に、タロイモの猛烈なえぐみや昆虫の味などは、身震いするほどリアルだった。

今度こそ、茶畑は確信していた。

これは、前世の記憶なのだ。

今生の——通常の記憶であれば、小説や映画で描かれているように、一度経験したことを時系列に沿ってもう一度見ることはありえない。結論がわかっているのだから、必ず途中をはしょったり、歪曲《わいきょく》したりするはずだ。

ところが、前世の記憶となると事情が変わってくるらしい。まるで映画を見ているように、同じ出来事を順を追って追体験するのだ。

茶畑は、台所に立って、冷蔵庫を開けた。中にあった食材を手当たり次第に取り出すと、流しの横に置いた。それから、鍋に水を入れて火にかける。

ふと、雑然と置かれた食材を見下ろして、ぽかんと口を開けた。冷や飯、うどん玉、卵、ネギ、焼き豚、明太子《めんたいこ》、ハム、バター、コテージチーズ、ヨーグルト……。

俺《おれ》は、これで、いったい何を作るつもりだったんだ。

そもそも、腹が減っているはずがないのだ。うたた寝をする少し前に、冷凍チャーハンと餃子《ギョーザ》の昼飯を食べたばかりなのだから。

火を消して、食材を元通り冷蔵庫に戻した。自分を駆り立てたのは、前世の夢で経験した偽りの飢餓感であったことに気がついていた。

次に、メモ用紙に思い出せるかぎりの夢の内容を書き留め始めた。自分が何をするつもりなのかは、はっきりしていた。これが本当に前世の記憶なのかどうかを、たしかめなくてはならない。

「太平洋戦争の南方戦線らしいですね」

ものの一時間ほどで、毬子から携帯電話に返答があった。

「それも、内容から判断すると、ガダルカナルなどソロモン諸島か、ニューギニアに絞られるようです」

やはりそうか、と茶畑は思う。ネットで調べたかぎりでは、やはり、そのあたりだろうという気がしていた。

「どうやって調べたんだ？」

「図書館の司書に訊《たず》ねました。昔の小説の一場面なんだけど、小説のタイトルはわからなくても、せめて舞台がどこか知りたいって言ったんです。そうしたら、戦記物に詳しいという年配の司書にバトンタッチしてくれて」

通常の探偵業務では図書館へ行くという発想は出て来ないだろうが、正木氏の一件以来、調査手法に幅が出てきたような気がする。

「もう少し詳しく、絞り込めないか？」

「ええ。もう少し考えてみてくれると言ってくれました」

シルバー・キラーの本領発揮というわけだろう。

「そうか。わかったら、また連絡してくれ」

「……でも、これも正木さんの夢だとしたら、ちょっと変ですね」

毬子の声音には、拭《ぬぐ》いがたい疑惑が混じっていた。

「何が変なんだ？」

「正木さんが何年生まれなのかは知りませんが、終戦——昭和二十年より前でしょうから、夢に出てきた兵士が南方戦線で戦っていたときは、正木さんは、すでに生まれていたことになります」

しまった。正木氏の夢だということにしたのは、さすがに無理があったようだ。しかし、前にも、こんな会話を交わしていたことを思い出す。

「……そういえば、最初に思い出した二つの前世もそうだったな」

「ええ、そうなんです。正木さんの二つの前世だという逆井川の水争いと山崎の合戦でも、主人公の生きていた期間にダブりが生じていました」

毬子は、少し言いよどんでから、続けた。

「これって、やっぱりおかしいと思います」

「何か、前世以外の仮説があるのか？」

「ありません。そもそも、前世の存在を前提にしてること自体、変だと思うんですけど」

毬子は、皮肉な口調で返す。

「何が合理的なのかは、難しい問題だよ。俺たちは、とりあえず、最も説得力のありそうな作業仮説に立つしかない」

「合理的かどうかをさておいて、どう説得力を論じるんですか？」

「説得力があるというのは、文字通り、どのくらい依頼人を説得できるかということだ」

毬子は、少し笑ったようだった。

「正木さんの依頼を受けるかどうか所長と議論したときと、立場が逆になったみたいですね。もちろん、依頼人が納得してくれれば、OKです。でも、今の、前世にダブりが生じていることは、どう説明するんですか？」

「それについては、考えていることがある。とりあえずは、今の夢の裏付けを進めてくれ」

茶畑は、電話を切った。

考えていることというのは、例のテレパシー仮説しかなかった。だが、それも、しだいにあやふやになってきたような気がする。

天眼院浄明は、あきらかに精神に変調を来していた。詐病かどうかぐらい、見ればわかる。それに、自分一人を騙《だま》すために、わざわざ精神科のサナトリウムに入って、一芝居打つとは思えなかった。

天眼院浄明は、覚醒《かくせい》したのだ。それは、今や確信に近い思いになっていた。思い出してはならないことを思い出し、覗《のぞ》いてはならない宇宙の深淵《しんえん》を覗いてしまったがために。

はっとした。

自分は、今まさに、天眼院浄明の轍《てつ》を踏もうとしているのではないのか。正木氏の前世に深入りし、天眼院浄明や賀茂禮子といった危険な連中と接点を持ったために、徐々に覚醒に近づいているのかもしれない。

正木氏と共通の前世について思い出したのは、その表れだったのかもしれない。そして今、自分だけの前世を夢に見たのは、いよいよ深刻な事態に近づいているということではないだろうか。

危険を冒して渋谷のマンションを再訪したが、ドアの下枠二カ所に仕掛けた接着剤の糸は、どちらも切れずに残っていた。つまり、あれから北川遼太は一度も帰ってきていないということだった。

この前401号室――遼太の部屋に侵入したときに、ブルーレイ・デッキにアニメ番組の予約があったのに気づいた。別人が鍵《かぎ》を持っているのでない限り、遼太は、失踪《しっそう》してから、少なくとも一度は自分の部屋に舞い戻っていることになる。

しかし、その後何らかの理由で、この部屋に近づくのが危険だと判断したのかもしれない。渋谷のギャング仲間のコネクションで、丹野がロス・エキセスの幹部を嬲《なぶ》り殺しにしたのを知った可能性もある。ここへ来て、遼太を見つける手がかりは、ぷっつりと切れてしまったのか。

だが、どうも話がおかしい。茶畑は、前回侵入したときに見つけたスペアキーで、部屋に入った。

まず、空気の匂《にお》いを嗅《か》いでみたが、長期間換気をしていない部屋に特有の、カビ臭い匂いしかしなかった。今度は前回携帯電話で撮影した動画と照らし合わせ、部屋に細かい変化がないかを見ていく。

……やはり、あれから、ここには誰一人入っていないようだ。

ブルーレイ・デッキの説明書を読んで、とんでもない勘違いをしていたことに気がついた。

番組表による予約は八日先までしかできないが、日時指定予約をすると、一ヶ月以上先まで予約できるのだ。

つまり、遼太が部屋に戻ってきていたという推測も、根拠を失ってしまったことになる。

もう一度、部屋の中をよく調べてみた。

やはり目に付くのは、壁一面のガラス付き陳列棚だった。たくさんのフィギュアが整然と並んでいる。遼太は、かなり大切にしていたようだ。この中には、かなりの値の付くものもあるのかもしれない。

待てよ、と思う。遼太が自らの意思で飛んだとしたら、コレクションのうち、最も貴重なものくらいは持って行くのではないだろうか。陳列棚のガラス戸を開け、中のフィギュアを取り出した。コレクターズ・アイテムがあるとしたら、このザクあたりか。いずれにしても、陳列棚には、何かを持ち出したような空きはなかった。

ふと、フィギュアが載っている黒い台に目が留まった。

フィギュアを乱暴に払いのけると、台を持ち上げる。裏側には窪《くぼ》みがあって、ビニールの包みがセロテープで貼《は》り付けられていた。

包みの中身を確認して、茶畑は思わず瞑目《めいもく》した。

銀行の帯封付きの百万円の束と、パスポート。

これで、遼太が計画的に失踪した可能性は、限りなく低くなった。ここへ戻る暇すらなく、闇雲《やみくも》に逃走せざるを得なかったのだろうか。あるいは……。

いずれにせよ、もはや、こんな場所に長居は無用だった。茶畑は、途中何度も尾行されていないか気をつけながら、上板橋のアパートに戻った。

当分の間は、ここで息を潜めているしかないかもしれない。

帰りに自販機で買った缶コーヒーを飲みながら、茶畑は思った。

実のところ、何かめざましい進展を期待して出かけたわけではない。前世の記憶という、わけのわからないものと向き合いたくなくて、少しでも現実的な事柄に頭を振り向けようとしただけなのかもしれない。

しかたがない。今は安楽椅子《あんらくいす》探偵に徹するしかないだろう。調査は足でするものであり、座ったまま事件を解決することなど、現実にはあり得ないと信じていたのだが。

まずは、前世の記憶について記したメモを、丹念に読み返してみた。

時期が太平洋戦争末期で、舞台が南方戦線のどこかであることは、まちがいないだろう。俺は部隊とはぐれた日本兵で、深刻な飢餓に陥っていた。では、この夢が現実に起きたことであるかどうかは、どうやって判別できるだろうか。

まずは、史実と矛盾する細部がないかどうかをチェックしなければならない。一カ所でもおかしな部分があれば、この夢は何者かによって捏造《ねつぞう》された可能性が出てくる。それを夢に見させられたとしたら、テレパシーによるものかもしれない。とはいえ、そう判断するには、やはり、場所をもっと絞り込み、あわよくば人物も特定する必要があった。

毬子が図書館から借り出してきてくれた資料に目を通してみる。場所は、ニューギニアか、ガダルカナルか、あるいはもっと小さな島かもしれない。

しかし、茶畑は、そこがニューギニアであることに、八分通り確信を持っていた。

その最大の根拠といえば、食べたときの生々しい感触が残っているクワガタムシだった。メタリックな青緑色で、大顎は不気味に反り返っていた。味と感触に加えて、映像の記憶も明確に残っていた。

南洋の昆虫について記した図鑑を見ていて、はっとした。俺が食べたのは、これしかない。そう思わせたのはパプアキンイロクワガタの写真だった。

図鑑の説明によれば、体長は二センチから六センチ。雄雌ともに金属光沢があるのだが、オスは黄緑色、青緑色、銅色の三種類が普通で、ときに黒など他の色の色彩変異があるのだという。一方、メスには緑、青、金色、赤、紫などオスより多くの体色があり、オスよりも光沢が強い。オスの大顎は上へと反り返り、内側には鋸歯《きょし》状の内歯がある……。

まちがいない。こいつだ。

問題は、パプアキンイロクワガタが分布する場所だった。パプアニューギニアに由来する名前の通り、ニューギニア本島に棲息《せいそく》しているらしいが、東部にあるニューブリテン島にもいるらしい。また、ガダルカナルやニュージョージア、ブーゲンビルといった島にいないという確証も得られなかった。そのため、舞台がニューギニアであると断定するところまではいかなかった。

畳に寝っ転がって考えているうちに、しだいに眠気が差してきた。

うとうとしていると、夢を見た。

また、あの世界……南方戦線の夢だ。しかも、まるで連続ドラマを見ているかのように、ストーリーは前回見終わった続きから始まっていた。

はっとして振り向いた。視界に大写しになったのは、汚れてぼろぼろになったカーキ色の布だった。自分と同じ日本兵の軍服だ。

何か硬いものが頰《ほお》をかすめる。危ういところで尻餅《しりもち》をついてかわしたが、相手は、なおも襲いかかってくる。今度も、泥の上を転がって、何とか難を逃れた。捕まったら殺される。部隊とはぐれる直前に上官から聞いた命令を思い出していた。

兵士は決して独りで歩いてはいけない。

敵襲を恐れてのことではない。兵士が飢えた友軍の兵士によって殺され、食糧にされるという事件が相次いだためだった。極限状況の下では倫理も常識も通用せず、すべてが狂っていた。極めつけは連隊長が兵士の生活を律する『連隊会報』で、「人肉を食する者は厳罰に処する。ただし敵国人は除く」という冗談のような指示があったくらいだった。もちろん、丸々と肥《ふと》ったアメリカやオーストラリアの兵士を捕殺できたなら、食糧にすることを躊躇《ためら》う兵士はいなかっただろう。だが、実際にはそんな幸運はめったに訪れなかったので、仲間が死ぬと浅く埋葬しておき、後から掘り出して食べるというのが普通の行為になっていた。

よろめく足で必死に逃げながら、そんな思いが頭をよぎった。体力は限界まで来ており、足の筋肉もほとんど落ちて骨と皮だった。慢性的な塩分の不足から力が入らず、数歩歩いただけで膝《ひざ》が脱臼《だっきゅう》しそうな気がする。

こんなていたらくでは、すぐに追いつかれてしまう。そう思ったが、相手もご同様だったらしく、よたよたと追ってくる。ちらりと振り返ったときに、相手の顔が目に映った。髪も髭《ひげ》も伸び放題で、真っ黒な顔に目だけがぎらぎらと光っていた。もはや、人間というよりは悪鬼羅刹《らせつ》の類にしか見えない。のろのろとだが、鉈《なた》のようなものを左右に振り回している。さっき頬をかすめたのも、あれらしい。腕力はほとんど残っていなくても、あれで一撃を喰らっては命がない。あわてて前を向き逃走することに専心した。故郷を遠く離れて、こんなところでくたばってなるものか。その一念で、ただ逃げ続ける。もう一度でいい。おっかのこしらえる「おやき」を食べたい。それまでは、死にたくない。

草地の上では、相手をまくことはできない。そこら中に切り傷ができるのも厭《いと》わないで、藪の中に飛び込んだ。

いいかげん諦めてくれるように祈っていたが、相手は、どこまでも執念深く追ってくる。ここまで体力を使いながら、獲物を取り逃して食糧を得られなかったら、もはや生き延びる見込みはないと思い定めているかのようだった。

たいした速度が出ているはずはないが、視界に映る緑が、飛ぶように後ろへ流れていく。目の前に崖《がけ》でもあったら、止まる暇もなく落っこちてしまうことだろう。

密生した草木の間を抜けると、ふいに開けた場所に出た。

そして、目の前には、見上げるような化け物が立ちはだかっていた。

刹那《せつな》、腰を抜かしそうになる。それが頭に一本角を生やした地獄の邏卒《らそつ》、牛頭鬼《ごずき》馬頭鬼《めずき》に見えたのだ。俺はついに地獄に迷い込んだのかと本気で思った。

そして、それが、巨大なトサカを持ち、青と赤に彩られた七面鳥の化け物のような鳥、食火鶏《ヒクイドリ》であることに気づく。

食糧だ。こいつが逃げる前に、何とか仕留めさえすれば……。

そんな甘い考えが脳裏をかすめたのは、ほんの一瞬だった。食火鶏は、逃げるどころか、猛然と襲いかかってきたのだ。まるで獲物はおまえだと宣言するかのように。

体重は、痩《や》せ細っている自分の倍はあるだろう。何より恐ろしかったのは、短刀のような鉤爪《かぎづめ》だった。必死に後戻りしようとするが、思うように足が動かなかった。あろうことか、その場に転倒してしまう。

もう、だめだと思った。俺はここで死ぬのか。こんな変な鳥に蹴《け》り殺されるくらいなら、さっきの兵士に喰われてやればよかった。

観念した瞬間、食火鶏が甲高い鳴き声を上げた。

はっとして目を上げると、食火鶏の肢がもつれ、ふらふらとよろめいているのが見えた。今にも倒れそうだ。首筋からは血が噴き出しており、致命傷を負っているのがわかった。

その前に立っているのは、さっきの兵士だ。藪から飛び出しながら、奇跡のような早業《はやわざ》で鉈をふるったらしい。

食火鶏は、そのまま倒れた。兵士は、こちらに向くと、髭の間からにっと笑った。さっきまでのいきさつが信じられなくなるほど、人懐っこい笑顔だった。


茶畑は、かっと目を見開いた。

ありえない。いったい何だ、これは。もはや、安楽椅子探偵の域も超えて、昼寝をすれば自動的に手がかりが夢に現れてくれる、うたた寝探偵の誕生か。

いや、馬鹿なことを考えている暇はない。今見たばかりの夢の内容が、記憶から蒸発してしまう前に、しっかりと書き留めておかなければ。

しばらくは、一心不乱にペンを走らせた。それから、レポート用紙に殴り書きした文章を読み返し、資料と突き合わせながら分析する。

まず、あの日本兵が信州の出身であることは、これで確実になった。

前回の夢では「ザザ虫」が登場したが、今回は「おやき」である。これは、有名な信州の郷土料理だ。

それから、図鑑によれば、ヒクイドリが分布するのは、インドネシア、パプアニューギニア、オーストラリアの熱帯雨林だが、兵士がいたなら、おそらくニューギニア本島だろう。

しかし、検証は、それ以上先には進まなかった。

太平洋戦争の末期に、一人の日本兵が、別の日本兵に襲われた。餓死か人肉嗜食《ししょく》かという究極の選択の結果としてである。襲われた兵士は逃げ出して、凶暴なヒクイドリに遭遇する。危うく蹴り殺されるところだったが、間一髪で、追ってきた兵士がヒクイドリを仕留めた。

その後のことはわからないが、おそらくは、二人でヒクイドリを喰ったのだろう。食糧が得られた以上、もはや殺し合う必然性はないし、何よりも、襲ってきた兵士が最後に見せた笑顔が、ハッピーエンドを暗示している。

しかし、だから、どうだというのだ。

これだけでは、史実かどうか判定のしようがない。飢餓地獄に陥った南方戦線で起きた、あるいは起きてもおかしくなかったエピソードとしか言いようがない。

今度は、資料の方を読み返すことにした。何か、今までは気づかなかった発見があるかもしれない。

読みながら、しだいに腹が立ってきた。無理やり徴兵されて、地獄の戦場へ送り込まれた兵士たちは、お国のためと信じて身命を投げ出して戦ったのに対して、戦争を指揮していた大本営や参謀たちは信じがたいくらい無能かつ無為無策であり、兵士たちを消耗品のように無駄死にさせたという構図が、あまりにも明白なためだった。

そもそも、どうして、日本から遠く離れたニューギニアに十五万人もの兵士が投入され、うち十二万八千人もが死ななければならなかったのか。

それは、以下のような経緯によるものだったらしい。日本海軍は、アメリカ太平洋艦隊を抑えるために、フィリピンと真珠湾を結んだ線上の戦略的要衝であるトラック諸島（現在のチューク諸島）に拠点を築いた。そして、トラック諸島を守るために、ニューブリテン島のラバウルを攻略したが、今度はラバウルを死守するために、アメリカの航空部隊が押さえていたニューギニア本島のポートモレスビーを叩《たた》きに行かざるを得なかったのだ。

しかし、兵站《ロジスティクス》の概念に乏しい大本営のせいで、多くの兵士は、戦闘以前にマラリアや飢餓により命を失っていった。そして、戦況が悪化し、アメリカ軍が日本の本土を攻撃するために北上すると、ラバウルもニューギニア本島も取り残された格好となり、兵士たちは、終戦まで想像を絶する飢餓の中に放置されたのである。

当時、兵士たちの間では、「ジャワは極楽ビルマは地獄、生きて帰れぬニューギニア」と歌われたという。

兵士たちに下された命令が、どのくらい出鱈目《でたらめ》で過酷なものであったかは、アメリカ軍の航空基地がある、ポートモレスビーへの攻撃作戦にも表れていた。一人あたり五十キロもの荷物を背負った兵士らに、まともな地図も与えず、ジャングルの道なき道を三百五十キロも行軍させた挙げ句、最後は、最高峰が四千メートルというオーエンスタンレー山脈を越えて、敵を殲滅《せんめつ》せよというのである。どだい、最初から成功する見込みのないミッションだった。

さらには、兵士たちに、ジャングルを切り開いて滑走路を作れと命じながら、食糧も塩も補給しなかったため、敵と交戦する前に二千人以上の兵士が飢餓とマラリアで命を落とした。しかも、アメリカ軍がアイタペに上陸したと聞くや、食糧も弾薬も残っていない兵士たちに総攻撃を命じ、ぬかるむジャングルの中を五百キロも行軍させた上で、突撃させた。

待っていたのは圧倒的な火力の差であり、日本の兵士たちは死体の山を築いた。あわてて撤退を命じたものの、そこを追撃されたため、兵士たちは「白骨街道」に点々と屍《しかばね》をさらすこととなった……。

読めば読むほど、気が滅入《めい》ってくる。だが、ぼんやりとイメージはつかめてきた。自分の前世だったかもしれない兵士は、ポートモレスビーかアイタペへ向かう途中で部隊とははぐれ、何とか生き延びようと苦闘していたのだろう。襲ってきた兵士も、同じような境遇だったのかもしれない。

また、視点となる人物が長野出身で、しかもニューギニアで戦っていたということなら、どの部隊にいたのかは特定が可能だった。

安達二十三《あだちはたぞう》中将が率いる第十八軍「猛《もう》」集団に属する、第四十一師団歩兵第二三九連隊に違いない。同連隊は栃木と長野の出身者から成り、宇都宮で編成されたという。

だとすれば、第二三九連隊で生き残った人にインタビューすれば、ひょっとすると、名前まで特定できるかもしれなかった。

小さな焚き火で炙《あぶ》った食火鶏《ヒクイドリ》の肉は、固く筋張っているだけでなく、血抜きをしていないせいで生臭かった。

それなのに、今までに、こんなに美味いものを食べたことはないと思う。一口嚙みしめるごとに、体中に力がよみがえるような感覚があった。肉そのものもそうだったが、食火鶏の血液に含まれている塩分が、またたく間に全身を駆け巡り、消えかけていた生命の火を再び搔き立てるようだった。

しばらくの間は、二人とも無言で、夢中になって食べていた。

それから、ふと目を上げて、焚き火の向こう側に座っている男を見やった。日焼けと垢《あか》で真っ黒になった顔中を髭が覆っているために、もともとの顔は想像もできなかった。小柄な上に、哀れなくらい痩せこけている。目は落ち窪み、頬はこけ、腕は枯れ木のようだった。たとえ一瞬でも、あれほど恐ろしいと感じたのが嘘《うそ》のようである。そうはいっても、向こうから見れば、自分も似たり寄ったりだろうが。

男が、低い声で何か言った。自分も、それに対して何か答えている。依然として意識は食べ物に集中していたので、言葉の内容までは頭に入ってこなかった。男は小川某《おがわなにがし》という名前で一等兵だったと思う。こちらも、百瀬《ももせ》二等兵でありますと名乗り、所属を言ったような気がする。

茶畑は、まどろみの中で深い溜め息《たいき》をついて、かすかに身じろぎした。列車の規則正しい振動によって眠りの中へと引き込まれる一方で、半ば覚醒しかけている意識は、何とかして夢の内容を記憶しようと努めていた。

束の間《つかま》、平和が続いた。戦争の焦点は、すでにそのあたりからは遠く離れており、敵兵と遭遇する気遣いはなかった。島には、もともと危険な野生動物がほとんど棲息しておらず、最も警戒しなければならないのは同じ日本兵だが、食糧さえ充分にあれば、恐れる理由もなかった。

しかしながら、こんな状態が、いつまでも続く道理がなかった。食糧は、早晩なくなる。あきらかに、今が異常であり、それまでの飢餓地獄と殺し合いがここでの常態なのだ。

食火鶏の死体は、水溜《みずた》まりに浸けておくと、表面は酸っぱい臭いを放つようになるものの、腐敗はなかなか中までは進行しないので、表面を焼けば食べられる。これは、小川の知恵によるものだったが、彼がどこでそんなやり方を学んだのかは、見当も付かなかった。食事は一日一回と決めて、煙が目立たない日中に小さな焚き火を起こして、表面を炙って食べる。見つからないように気をつけるのも、米兵ではなく、別の日本兵を想定したものだった。

だが、さしも巨大な体軀《たいく》をしていた食火鶏も、食べられる部分はみるみる減っていった。前途に、ゆっくりと暗雲が垂れ込めていくのを予感していた。食べ物が底を突いたときに訪れる修羅場を予感していたのだ。もはや残り少なくなった食べ物を奪い合うのではなく、お互いを獲物と見なして殺し合う地獄絵図を。

それは、いよいよ食火鶏が残り僅《わず》かとなったときに、互いを見る目が変わり、おもむろに勃発《ぼっぱつ》するものと思われた。その予測すら甘すぎたことに気づいたのは、何の前触れもなしに攻撃を受けてからだった。

食火鶏の骨をしゃぶっていると、ふいに、胸に強い痛みを感じた。焚き火の向こうから、木の枝か何かで小川が突いたのだろう。そう思って目を上げると、自分の胸を突いたのは、真っ黒な『ゴボウ剣』——九九式短小銃に取り付けた三十年式銃剣であることがわかった。

銃剣が胸を刺し貫かなかったのは、小川の突きに威力が失われていたせいだけでなかった。たまたま小判形をした真鍮《しんちゅう》製の認識票に当たって切っ先を阻んだおかげだった。認識票は、上下の穴に紐《ひも》を通して右肩から左の脇腹に掛けて、たすき掛けにする。それが、ちょうど、心臓の上を守ってくれたらしい。

あわてて立ち上がって逃げようとしたが、この期に及んで、左手には後生大事に食火鶏の骨を持ったままだった。

小川は、第一撃が失敗に終わっても、慌てた様子もなかった。

銃剣を構えながら、のっそりと近づいてくる。真っ黒な顔の中で、双眸《そうぼう》だけがぎらぎらと光っていた。

後ろを見せたら、とたんに刺されるだろう。右手で鉈を構えて、相手を睨《にら》み付けながら、じりじりと後ずさりした。このまま戦えば、相討ちになる可能性が高い。向こうもそう考え、諦めてくれることを祈りながら。

だが、相手は、すでに正常な判断力も余裕も失っていた。こちらの顔を狙ってまっすぐに銃剣を突き出してくる。とっさには避《よ》けることができず、眉間《みけん》を刺されたことがわかった。しかし、同時に振り下ろしたこちらの鉈は、小川の頭部を深く断ち割った。

小川は、鮮血を水芸のように撒《ま》き散らしながら、ばったりと前のめりに倒れた。こちらも同時に、丸太のように硬直して仰向けに倒れる。

意識が消える寸前に去来したのは、奇妙なまでの安らぎの感覚だった。

左手には、まだ食火鶏の骨を握りしめながら……。

驚愕夢《きょうがくむ》のように、座席の上で身体が跳ね上がった。

茶畑は、そっと周囲を見回した。北陸新幹線『あさま』の中は、がらがらに空《す》いていた。通路を挟んで反対側の座席には、パソコンに向かって何か入力している背広姿の男がいたが、まったくこちらを気にした様子はない。

とうとう、わずかなまどろみでも、前世の記憶がよみがえるようになったのか。

原因はわからないが、心のありようが、以前とは様変わりしてしまったのかもしれないと思う。意識と無意識の間――前世の記憶を保管している場所との間を隔てる壁が、きわめて薄くなっているような気がする。

天眼院浄明も、こういうステップを踏んで、徐々に精神を病んでいったのかもしれない。あの男の二の舞にならないためには、完全に正気を失ってしまう前に前世の謎《なぞ》を解くしかないだろう。

もしかすると、前世について探求する行為そのものが、破滅を加速するのかもしれないが。茶畑は、ふと頭をよぎったそんな考えを、意識の底に押し込めた。

長野市内に在住の船山勝利《ふなやまかつとし》という老人は、大きな耳に補聴器を付けていたが、それ以外はいたって健康なようだった。すでに九十歳を超えているはずだが、こちらの質問をしっかり理解して、大きくはっきりした声で返答をしてくれる。

「ニューギニア戦線は地獄でした。むろん、爆撃でやられた者もおりましたが、それ以前に、病気や飢え、寒さで死んでいったんです」

「寒さですか？」

茶畑は、一瞬、聞き間違えたのかと思い、メモを取る手を止めた。

「ジャングルは猛烈に熱《いき》れて体力を消耗しますが、あの島には富士山より高い山がそびえておりました。我々は、無謀な命令で、ろくな装備も食糧もなく、凍《し》みる雪山を越えました。暖を取るためには、菊の御紋の付いた小銃の柄《つか》を燃やすよりなく、バレたら不敬罪で死刑でした」

船山老人の話には、特に目新しい内容こそ含まれていなかったが、直《じか》に聞く体験談には、異様な生々しさがあった。一連の夢で見た内容と空気感が通底しているような気がする。

茶畑は、思い切って、夢で見た光景とストーリーを話してみた。裏付けが得られることは期待していなかった。可能性があるとしたら、何らかの反証があるのではないかと思ったのである。その意味では、船山老人の反応は想定内のものだった。

「……その馬鹿げた話は、どなたから聞かれたんですか？」

すっかり白くなった眉《まゆ》を寄せ、鋭い目で、じろりとこちらを見る。

「それが、わからないんですよ。伝聞であることはまちがいないんですが、どういう経路で伝わってきたのかも不明でして。ただ、この話が真実である可能性があるか、ご教示いただければと思いまして」

作り話は十八番《おはこ》だが、今度ばかりは筋の通った話をでっち上げるのは至難の業だったため、何もわからないということにするよりなかった。

「しかし、なぜ、そんなあやふやな話の真偽を調べておられるんですか？」

鋭い突っ込みだった。茶畑は、内心たじたじとなる。

「ある方が、この話をお聞きになって、ひどく気にされてるんです。その方は、お兄さんを南方で亡くされているんですが、もしかすると……いや、そういう可能性はほとんどないとわかっていますが、この話のようなことが本当に起こりえたのかどうか」

苦しい返答だったが、船山老人はうなずいた。

「うむ。その話のようなことは、あの島では、常《じょう》や起こっておりました」

「先ほども、地獄だったとおっしゃっていましたね。……ですけど、どんな小さなことでも、ありえない点とか矛盾には気づかれませんでしたか？」

船山老人は、首を振った。

「特には」

「でも、今、『馬鹿げた話』とおっしゃいましたよね？　どこか変なところがあったんじゃないんですか？」

船山老人は、口元に笑みを浮かべた。

「話には、二人しか登場しません。百瀬と小川という兵士です。だが、最後には、二人とも相討ちになって死んでおる。だったら、いったい誰がこの話を伝えたんですか？」

それを言われると、反論のしようがなくなる。

「そうですね。小川という男が生き延びたとは考えにくいですし、誰かが物陰から見ていたわけでもないでしょうね。わかりました。本日は、お時間を割いていただき、貴重なお話をありがとうございました」

はるばる長野までやって来たが、結局無駄足だったようだ。茶畑は、話を切り上げようと正座に戻って頭を下げたが、なぜか、船山老人はますます難しい顔になって腕組みをした。

「ただ、馬鹿げた話でも、現実に、それに近い事件があったのやもしれません。そのことを知りえた人は多くはないし、誰かが悪《あく》されて噂《うわさ》話を流したとは、思いたくありませんが」

「それは、どういうことですか？」

茶畑は、浮かしかけた腰を下ろした。

「先途《せんど》――もう数年前に、ニューギニアへ遺骨の収集に行かれた方がいます」

船山老人は、うつむいて、冷めた茶をすすった。茶畑は、黙って続きを待つ。

「その方から、遺骨や遺品の写真を見せてもらいました。茶畑は、大半は朽ち果てており、頭蓋骨《ずがいこつ》も、完全な形で残っているものはわずかでした。うち一体を洗骨すると、頭を鉈で割られておったんです。さらに、眉間に穴が開いているものも見つかりました」

茶畑は、身を乗り出した。

「銃弾の穴には、小さすぎます。縦長で下が尖った形は、銃剣で刺された痕《あと》のようでした」

「たしかに、その点は符合しますね」

一人は鉈で頭を割られ、もう一人は眉間を銃剣で刺されている……。たまたまというには、できすぎているような気もするが。

「しかもです」

船山老人は、茶碗《ちゃわん》を座卓に置くと、じっと茶畑の目を見つめた。

「そのすぐそばに、陸軍の認識票も落ちていました。そこにも、銃剣の突き刺さったような傷があったんです」

茶畑は、内心、強い衝撃を受けていた。もはや、偶然の一致とは思えなかった。

「……ちょっと待ってください。認識票があったということなら、その人の名前もわかっているんでしょうか？」

船山老人は、首を振った。

「日本軍の認識票は、おぞいもんで、個人を識別でききんのです。欧米のものなら、認識票に名前やその他の情報が書き込まれております。だが、日本軍のものは、せいぜい部隊名までしか彫られておりません。部隊名簿と照らし合わせれば誰に何番を渡したかわかりますが、名簿が焼けてしまったら、用を為《な》さんのですよ」

だとすると、その当時ニューギニアにいた兵士全員を調べるしかない。百瀬と小川という名字はわかっているものの、身元の確認までは難しいかもしれないし、わかったところで、たいして得るものはないだろう。

それより、船山老人の話によって、あの夢が前世の記憶であるという可能性が、飛躍的に高まったことが大きい。年代からすると、おそらくは直近の前世だ。

俺は、そこで殺し合いをして、相討ちとなって果てたのだ。その悲惨な事実が、今生にも影響を与えていないとは、とても思えなかった。

10

帰りの新幹線の中では、ずっと混沌《こんとん》とした夢にうなされていた。

それらが、前世の記憶の断片なのか、それとも、前世を思い出したことにより触発された、現世におけるトラウマの類なのかは、判断ができない。

夢における一つの挿話では、防寒着を着て、氷の上で鋭いナイフを振るっていた。

目の前には何か大きな動物の死体が横たわっていた。毛皮と分厚い脂肪層を切り開いて、内臓を取り出そうとしているのだ。何日も続く耐えがたい飢餓によって突き動かされていた。これで、何とか命を長らえることができると思った。

だが、結末はハッピーエンドとはいかなかった。何か不可解な成り行きで、病気になって死んでしまう。生の内臓を食べたのが悪かったのだろうか。

次のエピソードでは、暗い穴の底で、ひたすら助けを待っているようだった。まわりには大勢の仲間がいた。自分たちはまだ生きているのだから、見捨てられるはずがないと信じ、最後まで希望を失わないよう懸命に励まし合っていた。

しかし、ここでも、悲劇的なエンディングが待っているようだった。どこからともなく、轟々《ごうごう》と地鳴りのような音が響いてくる。まるで、母親の子宮の中で聴いていた、血流の音のようだ。逆井川の水音にも似ているが、遥《はる》かに激しい。

その音の正体を悟ったとき、もう駄目だという絶望が、ひたひたと胸を浸していった。

遠くで、黄色っぽい煙のようなものが上がっているのが見える。

ああ。ダメだ。このままでは……。

すると、突然、亜未の姿が見えた。日焼けした顔。イルカの髪留めで縛ったポニーテイル。ダイビングショップのロゴ入りのトレーナーに、保育園のエプロンを着けている。

亜未は、こちらを向いて笑った。

白い綿のようなものが、あたりに舞っている。

そして、空を見上げたとき、白い雲が陽光を受けてキラキラと光った。

恐怖を感じた。

巨大な獣のようなものが、塀の向こうから、ゆっくりと頭をもたげた。それは、さらに、どんどん膨れ上がっていく。真っ黒な前足が塀を乗り越えた。激しい音とともに、赤と黒の球が落下してきた。それはまるで人の生首のように見えた。もつれた紐の塊や、破壊された家の残骸のような木の枠組みも。

そして、視界は暗転する。


すると、どこからかBGMのように童謡めいた曲が聞こえてくる。異次元で鳴っているような不思議な音色である。

それは、茶畑のよく知っているメロディだった。悪夢の底から、一気に意識の表層にまで浮上する。

『てんてんてんまり』の旋律。携帯電話が鳴っているのだ。

周囲に他の乗客の姿は見えなかったが、何となく白い目で見られているような気がして、茶畑は小声で電話に出た。

「もしもし。……どうした?」

「所長。今、どこにいるんですか?」

毬子の声音には、はっきりした非難が聞き取れた。

「新幹線の中だ。もうすぐ帰る」

「新幹線? どこへ行ってたんですか?」

「長野だ。詳しいことは、また後で話す」

そう言いながら、どう説明すべきかについて頭を悩ませていた。

「それより、何か急用か？」

毬子は、しばらく沈黙した。

「こんなことを言うと、変に思われそうですけど」

何となく深刻な口調だったので、日頃《ひごろ》から充分変だと思っていると軽口を叩くのはやめておいた。

「何だ？」

「わたしも、見たんです」

「何を？」

薄々察しは付いたが、とてつもなく血の巡りの悪い男のような質問しか返せない。

「夢です。……たぶん、ただの夢じゃないと思います。普通の夢とは全然違いますから」

続いて毬子の吐いた言葉に、茶畑は、心底ぞっとした。

「たぶんですけど、わたしも、前世の記憶がよみがえったみたいです」

茶畑は、頭が混乱するのを感じていた。

「前も、そんなこと言ってなかったか？」

「あのときは、まだ、確信がありませんでした」

茶畑は、思い出す。前回もたしか、電話での話だった。

毬子は、鎌《かま》を持って誰かに詰め寄っているシーンを、夢に見たと言ってきた。自分自身が、まったく同じシーンを（逆の視点で）見ており、それが天正年間に起きた逆井川の水争いの後日談であることは、すぐにわかった。

「報告したときは、夢で見たことを根拠に、清吉を殺した犯人は藤兵衛だと断定してしまいましたけど、後で思い直しました。断片的な夢を見ただけで前世の存在を信じてしまうのは、いくら何でも早計だろうと。……正木さんの夢って、まわりへの影響力がすごく強いんです。あのときの夢も、わたしの潜在意識が正木さんの夢の強烈な印象から物語をでっち上げたと考える方が、自然だと思います」

毬子は、一息にそう言って、言葉を切った。

「それなのに、今回見た夢は、本物の前世の記憶だと思うのか？」

「はい。聞いていただけますか？」

茶畑の返事を待たず、毬子は話し始めた。

「わたしは、小学生でした。場所は、はっきりとはわかりません。でも、関西近郊だろうと思います。わたしも友達も、アクセントが関西風でしたから。住んでいたのは、広い造成地みたいなところで、団地がたくさん建っていました。友達も、多くは団地っ子でした」

茶畑は、手帳を取り出すと、『関西』、『団地』、『ニュータウン？』と書き留める。

「地名とかは、覚えてないのか？」

「いいえ。時代は、昭和です。でも、わたし自身の少女時代と比べると、何もかもが微妙に古くさい感じでした」

「それはそうだろう。もしも同時期だったら、妙なことになる」

それから、茶畑は、正木氏の場合は、複数の前世がダブっているため、実際に妙なことになっているのを思い出した。

「あとは……そうですね。小学校の校庭に、大きな楠《くすのき》がありました。百葉箱も。それから、ニワトリとウサギを飼っていました。あと、学校には裏山があって、そのてっぺんには池がありました」

「ずいぶん、細かい部分まで覚えてるんだな」

茶畑は、不思議に思った。

「かなり長い夢でしたから、家の近所の景色や、学校が、ちらりと見えたんです。走馬燈《そうまとう》のようって言ったら、まるで死ぬときみたいですけど」

毬子は、咳払《せきばら》いをした。

「わたしは……友達に『かずちゃん』って呼ばれていました。たぶん、和子《かずこ》だと思います。それに、三人の友達が登場しました。『きょうこちゃん』、『あけみちゃん』、『れいちゃん』です」

一応、すべて書き留めておいた。子供とはいえ、みんな、愛称ではなくフルネームで呼び合ってくれていれば、手間が省けたのだが。

「ええと、わたし――『かずちゃん』は、身体が弱かったようです。どこが悪かったのかは、よくわかりませんでしたが、しょっちゅう体調を崩して、体育の授業を見学したりしていたようです」

「そのとき、いくつくらいだったんだ？」

生理だったんじゃないかという質問を呑み込んで、無難な訊き方をする。

「小学校の低学年ではないし、六年生でもないと思います。たぶん、三、四年でしょうか。手洗いに行ったとき、洗面所の鏡を見たんですが、だいたい、そのくらいの女の子でした。あまり外に出ないので色白で、左の目尻と鼻の右横に大きな黒子《ほくろ》があったのを覚えてます」

毬子は、いつになく真剣な声で続ける。

「その日、学校は、何となく落ち着かない雰囲気でした。先生たちが、殺気立った感じで。悪いことをした児童がいたみたいな……ああ、そうです。上級生の男の子たちが、2B弾《にービー》をどこかの家に投げ込んだとかいう話でした」

「2B弾？」

聞いたことはあるような気がするが、どんなものかまでは思い出せない。

「花火……っていうよりは、爆竹みたいなものだと思いますね。男の子が悪戯《いたずら》をするために作られたような玩具《おもちゃ》で、学校では禁止されていたみたいです」

手帳に、『2B弾――年代？』と書き込む。

「それで、その日は、放課後に、職員会議が開かれることになってました。外はまだ夕方になっていませんでしたから、たぶん土曜日だったと思います」

毬子の意識は、現在と過去を忙しく行き来しているようだった。

「学校の指導が、すごく厳しい時代で、体罰もごくふつうに行われていたみたいです。親も、子供が殴られたくらいでは、学校に文句を言ったりしなかったようでした。ひどい先生も、いっぱいいました。一年生のとき、知ってる花の名前を三つ書いてきなさいっていう宿題が出たんですけど、『みちこちゃん』は花が大好きだったので、二十くらい書いてきたんです。そうしたら、先生はどうしたと思いますか？」

「さあ。ふつうは、褒《ほ》められるだろうがな」

「三つ書いてきなさいって言ったのに、なぜ先生の言いつけに逆らって二十も書くんだって、『みちこちゃん』は、教壇に呼び出されて往復ビンタされたんです。子供心に、ひどいって思いました」

昔は無法な教師が横行していたらしい。たとえ一年生でも、殴られたのが俺か丹野だったとしたら、その教師は、無事では済まなかっただろうが。

「ちょっと待てよ。夢で見たのは、和子が三、四年生の頃のことなんだろう？　どうして、一年生のときのことを思い出せるんだ？」

「わたしたちが、おしゃべりをしていて、たまたま、そのときのことも話題に出たんです。そのひどい先生は、まだ学校にいましたから、家に２Ｂ弾を投げ込んだ上級生は、きっと、無茶苦茶に殴られるって」

毬子は、よどみなく答えた。

「その前に、プロレスごっこをしていて、教室のガラスを割った男の子たちも、鼻血が出るほど殴られていたみたいです。わたし——『かずちゃん』は、身体が弱かったせいなのか、被害には遭わなかったんですけど、ふつうは、女の子でも容赦はされませんでした」

「ふうん」

体罰の生々しい恐怖と痛みが前世である根拠かと思ったが、本人が受けていないのでは、そうではないだろう。

「で、何が起きたんだ？」

「放課後、教室に偶然四人が残ってたことがあったんです。わたしと、『きょうこちゃん』、『あけみちゃん』、『れいちゃん』の四人でした」

「仲良し四人組だったんだ」

「そういうわけでもありません。『きょうこちゃん』と『あけみちゃん』は、家が近くて、家族ぐるみの付き合いをしていたようです。『あけみちゃん』は、『きょうこちゃん』一家と一緒に新幹線に乗って東京へ行ったりもしていました。わたしは、ほかに友達がいなくて、何となく二人と一緒にいることが多かったんです。『れいちゃん』は、かなり変わった子でしたけど、席が近かったんで、話すようになりました」

毬子の話は、いつになく、まとまりに欠けていたが、俺は、辛抱強く耳を傾けた。

「それで、たしか『きょうこちゃん』が言い出したんです。この四人で『こっくりさん』

をやらないかって」

『狐狗狸《こっくり》さん』とは、一時期、子供たちの間で爆発的な流行を見せたオカルト占いである。大きな紙に、鳥居の絵と、『はい』と『いいえ』の選択肢、数字やひらがななどを書いておくと、参加者全員が指を添えている十円玉がひとりでに動き、霊のお告げを示すというわけである。

アメリカの玩具メーカーが作った『ウィジャボード』が元ネタらしいが、精神的に不安定な思春期の少女たちには、思いがけない悪影響をもたらすことも多い。

「『こっくりさん、こっくりさん、お尋ねします』と言って霊を呼び出すんですが、最初のうちは、たわいない質問をしていました。クラスで一番人気がある男子が、本当は誰が好きなのかとか、今度のテストでは、どんな問題が出るのとか」

「そのうち、だんだん調子に乗って、絶対にしてはいけない質問をしてしまったっていう、定番のあれか？」

訊き方が不真面目《ふまじめ》だったのが気に障ったらしく、毬子は、むっとした口調になる。

「別に、調子に乗ったわけじゃなくて、ちゃんと理由があったんです。その頃、わたしは、自分の身体が弱いせいで、長くは生きられないと思ってたんです。年代的に、自分を悲劇のヒロインになぞらえたい気持ちもあったのかもしれませんが」

『こっくりさん』と合わせると、ようやく話の先行きが見えてきた。

「昔は、少女マンガのヒロインと言えば薄幸の美少女と相場が決まってたもんな。主人公が不治の病に冒されているとか」

「それで、誰かが、『かずちゃんは、何歳まで生きられますか』っていう質問をしたんです。たぶん、わたしを安心させたかったんだと思いますけど」

それは違うなと、茶畑は思った。理由はわからないが、たぶん、その質問をした少女には、はっきりとした悪意があったのだ。

「で、こっくりさんの答えは？」

「十円玉は、即座に答えを示しました。なぜか、数字じゃなくて、三つのひらがなでした。……『は』、『た』、『ち』です」

これで、犯人は、三人のうちの誰かに決まった。『こっくりさん』では、残りの参加者が指の力を抜いていれば、一人の人間の意思で好きな言葉を指し示すことは可能だ。

しかも、数字ではなく、ひらがなで答えたというのも、霊ではなく人間の悪意を暗示している。『弐《に》』と『拾《じゅう》』の順だったら、最初の文字で見当が付くが、ひらがな三文字の方が、先が見えず怖いからだ。

「小学生にとっては、まだ先の話とはいえ、いくら何でも、二十歳《はたち》じゃ近すぎてドン引きだよな」

「わたしは、あまりのショックで過呼吸みたいな状態になり、意識を失ってしまいました。気がついたときは保健室のベッドの上で、そばに『れいちゃん』が付き添ってくれてました。日頃から身体が弱かったおかげで、わたしが貧血で倒れたという『れいちゃん』の説明で、わたしたち四人が『こっくりさん』をしていたことは、先生たちにバレずにすみました」

「で、その夢が前世の記憶だという根拠は、何なんだ？」

「一つは、夢全体に、現実の出来事としか思えないディテールとリアリティがあったこと。それから、正木さんの夢が呼び水になったのかもしれない水争いの夢とは違って、わたしにとって、まったく馴染《なじ》みのない内容だったということ。……それに、もう一つあります」

「何だ？」

「『れいちゃん』の存在です」

「ん？　どういうことなんだ？」

毬子の吐く息が早くなるのが聞こえた。

「わたしは、一度も会ったことがなかったので、最初は気づきませんでした。でも、所長の話を思い出して……」

「意味がわからないぞ。会ったことがないって、『かずちゃん』は、『れいちゃん』には会ってるじゃないか？」

それから、ようやく気がついた。

「前世ではなく、桑田が、今生では会ったことがないって意味なのか？　誰のことだ？」

「まちがいないと思います。聞いてください。『れいちゃん』は、こんな子でした」

続く毬子の言葉に、徐々に背筋が寒くなるのを感じる。

「今思い出すと、すごく奇妙な顔をしていました。それなのに、いじめられなかったのは、精神年齢がすごく高かったのと、馬鹿にされない独特の雰囲気、というより、すごく目力があったせいだと思います」

まさか。そんなことがあるだろうか。……年代的には、合わなくもないが。

「とにかく、目が大きいんです。細い顔とは不釣り合いに。それに、甘いものを食べすぎたみたいに歯が小さくて、三角形に尖っていて、小鬼みたいに見えました。所長は、たしか、ゴブリンそっくりだって表現してましたよね」

たしかに、毬子は、一度も彼女と会っていない。それに、彼女の顔の造作については、「ゴブリンそっくりだ」と言ったきりであり、それ以上の説明はしていない。したがって、毬子には、今言ったような表現ができるはずがないのだ。

「『れいちゃん』の名前は『れい子』です。画数の多い難しい字でしたが、『麗子像』の『麗』ではありませんでしたから、たぶん、示偏《しめすへん》に豊の『禮子』だろうと思います。名字が『賀茂』だったかどうかまでは、覚えてませんけど」

東京駅で毬子と待ち合わせ、西へとんぼ返りするように、今度は東海道新幹線で大阪へと向かう。

我ながら、何をやっているのか意味不明だった。いつまでも、ロス・エキセスに怯《おび》えて、アパートに閉じこもっているわけにはいかない。しかし、依頼主がいるわけでもないので、毬子の前世の記憶について検証したところで、一円にもならない。

それでも、調べずにはいられなかった。真相を知れば、自分もまた、天眼院浄明のように精神の平衡を失ってしまうかもしれない。だが、自分はすでに、前世という陥穽《かんせい》にどっぷり嵌《は》まっている。しかも、ロス・エキセスと丹野という狂人同士の抗争にも巻き込まれており、いつまで生きられるかもわからない状態だった。

どうせなら、自分の力で真相を暴いてやりたい。それに、もし輪廻転生《りんねてんしょう》についての確証が得られるのなら、死を恐れずにすむかもしれないという気持ちもあった。

「ネットで調べただけでも、かなりのことがわかりました。これなら、わざわざ大阪へ行く必要はなかったかもしれませんね」

ずっとノートパソコンをカタカタやっていた毬子が、茶畑の方を見る。

「おいおい。今さら、それはないだろう？」

「すみません。でも、まず、年代が、ほとんど特定できました」

毬子は、ノートパソコンの画面を茶畑に見せた。

「所長が言ってたように、鍵は2B弾でした。カエルの肛門《こうもん》に突っ込んで破裂させるような残虐な遊び方が横行し、生徒が火傷《やけど》したり、鼓膜が破れたりという事故が多発したせいで、ＰＴＡからは目の敵《かたき》にされ、一九六六年――昭和四十一年に製造中止になっています」

「ということは、『こっくりさん』事件は、それ以前ということだな」

「はい。しかも、それと同時に、一九六四年十月一日以降であることもわかってますから、一九六五年前後と見ていいと思います」

「その日付は、何だ？」

「これですよ」

毬子は、座席の肘掛《ひじか》けを叩いた。

「東海道新幹線が、開業した日なんです。『あけみちゃん』は、『きょうこちゃん』の家族と一緒に新幹線に乗って東京へ行っていますから、必然的に、それよりは後ということになります」

「なるほど」

「となると、場所も、ここしかないと思われます」

毬子は、別のウィンドウを見せる。広い範囲の土地が造成され、団地が建てられるまでの写真だった。

「千里《せんり》ニュータウンです。一九六二年に入居が始まった日本最初の大規模ニュータウンなんですが、どことなく、景色に見覚えがあるような気がします」

「ということは、小学校も限られるな」

「ええ。千里ニュータウン周辺には、豊中《とよなか》市に六、吹田《すいた》市に十の小学校がありましたが、『かずちゃん』がいたのは、景色や特徴から、吹田市側だったと思われます。さらに開校日などで絞り込むと、ほぼ一校に特定できました」

　吹田市立＊＊台小学校。

「本当に、ここだったのか？」

「ええ。校舎の様子は、こんな感じでした。それに、裏山など周辺の地理も符合します」

　だとすると、卒業名簿に当たって一九六五年前後に三、四年生だった児童を調べればいいだけだ。真相は、思ったより簡単にわかるかもしれない。

　そう思うと、急に、逃げ出したいような気持ちに駆られた。この世には、知らない方がいいことは、確実に存在する。

「『かずちゃん』が、本当に二十歳で亡くなっていたとすると、一九七五年頃か。桑田は、何年の生まれだっけ」

　毬子は、軽く茶畑を睨んだが、「一九八五年です」と答える。

「ということは、十年の間隔があるということか」

　今のところは、まだ矛盾はないようだ。さらに詳しく調べていくと、どうなるかわからないが。

「所長は、まだ、賀茂禮子が『こっくりさん』を操って、二十歳で死ぬというメッセージを出したと思ってるんですか？」

　茶畑は、うなずいた。

「ああ。インチキをするだけだったら他の子にもできただろうが、死期を予知するとなると、あのゴブリンしかいないと思うな。もちろん、予言が的中していればの話だが」

だとすると、賀茂禮子は、『かずちゃん』に対し、相当な悪意を抱いていたということになる。

前世の記憶で、登場人物がまだ存命であるというのは、初めてのケースだった。

本来なら、すぐに当たって話を聞きたいところだが、テレパスかもしれない相手だけに、まずは外堀を埋めて、証拠を集めておきたかった。

賀茂禮子は、ひょっとして『かずちゃん』を殺したのだろうか。そうではないことを願いたかったが。

「まちがいありません。ここでした」
＊＊台小学校の中をしばらく見て回った後、毬子は断言した。
「本当か？　新幹線の中で聞いた話とは、あんまり一致しない感じだが」

茶畑は、腕組みをして、周囲を見回した。

「校庭にあった楠は伐採されてしまったみたいですが、切り株が残っていました。百葉箱の位置が同じですし、何より、校舎のレイアウトがそのままなんです」

毬子が夢に見たシーンは、五十年以上昔の話だったが、鉄筋コンクリート造りの校舎は、そのくらいは保つのだろう。

「そうか。……で、どんな気分だ？　前世で知っていた景色を生で見るのは？」

「特別な感慨はありませんね。子供の頃いた場所に、戻ってきたみたいな感じでしょうか。

若干の懐かしさはありますけど」

毬子は、眉間に皺《しわ》を寄せ、目を細めていた。懐かしさよりは、むしろ戸惑いを感じているように見える。

「ふうん。その程度か」

どうやら、ただ前世で生活していた場所を訪れるだけでは、決定打にはならないらしい。五十年の間には、微妙に変わっている部分もあるだろうし。

やはり、誰か主要な登場人物を見つける必要がある。直接会って話したら、記憶の真贋《しんがん》がはっきりするだろう。

前世の存在が肯定されたとき、その先に何が待っているのかは想像も付かなかったが。

昨今では、きょろきょろしながら小学校の中を歩いているだけで、通報されてもしかたがないが、男女二人組であることがカモフラージュになるはずだという読みがあった。これが、自分一人であれば、たちまち不審者扱いだったはずだ。

「……もしもし。どちらさんですか？」

それでも、とうとう、声をかけられた。振り返ったら、セルフレームのメガネをかけた、五十代後半くらいの男が立っていた。ただの教諭ではなく、管理職の臭いがする。

「ああ、すみません。つい、懐かしくなって。わたし、卒業生なんです」

毬子が、笑顔で話した。シルバー・キラーぶりはここでも発揮されて、たちまち、相手は軟化する。

「はあ。二十二年前ですか。……まあ、校舎は、あまり変わってないでしょう」

男は、教頭の喜田《きだ》と名乗った。＊＊台小学校に来てからは五年ほどだという。

茶畑は、胸を撫《な》で下ろした。毬子は、自分の実年齢から二十二年前に卒業したことにしたのだろうが、その頃この教諭が在籍していたら、たちまち話に窮したはずである。この学校について毬子が知っているのは、二十二年前ではなく、五十数年前の情報だからだ。もっとも、教師には必ず異動があるから、そんなに長く一つの学校にいることはないのかもしれない。

「実は、昔のことを知りたくて、伺いました。六年生のとき、気分が悪くなって近所の方に助けていただいたんですが、連絡先がわからないんです。その方も、ここの卒業生なので、当時の住所でいいから教えてもらえないかと思いまして」

さっき、「つい、懐かしくなって」と言ったのに矛盾するじゃないか。茶畑は、ひやりとしたが、喜田は、気にした様子もなかった。

「いやあ、それは、駄目なんですよ。個人情報の保護がうるさいですからね」

喜田は、にべもなく断る。しばらく粘ってみたが、脈はなさそうだったので、そのまま、小学校を辞去した。

「しかたないな。……卒業生名簿を、データ屋から取り寄せるか」

知りたい人物を絞り込んだら、すぐにメールで送ってくれるはずだが、そのための費用を考えると、二の足を踏む。今やっているのは一銭にもならない調査で、かかった金はすべて持ち出しになるのだ。二人分の交通費だけでも、馬鹿にならない。

「その前に、ちょっと、この近所を歩いてみましょう。小学校の同級生たちは全員、徒歩で通える範囲に住んでたはずです」

毬子は、先に立って、どんどん歩き出した。どうやら探求心に火が着いたらしい。茶畑は、後を追う。

「通学路に、見覚えは？」

「何となくあります。学校と同じで、団地の棟の配置は、ほとんど変わってないですね」

毬子は、鷹《たか》のような目で周囲の景色を見ながら歩を進めた。もしかしたら、事務職より、調査員の方が向いていたのかもしれない。

「あ。あの家」

毬子が、息を呑んで立ち止まった。団地の間にある隙間《すきま》のような場所に、一戸建ての家もいくつかあった。そのうちの一つに、目が釘付《くぎづ》けになっている。

「……どう見ても、築五十年以上には見えないぞ。せいぜい、十年くらいだ」

「ええ。でも、まちがいなく、場所はあそこです。交差点から斜めに入ったところにある、島みたいな敷地でしょう？」

「『かずちゃん』の家だったのか？」

「いいえ。違うと思います。わたしは、あそこにあった家に、何度も遊びに行ってた記憶があるんです。そのときは平屋でした。たぶん、あれは、『あけみちゃん』の家だったんじゃないかと」

毬子は、ずんずん家の方に近づいた。

「名字は、『斉藤《さいとう》』ですね」

「斉藤あけみだった？」

「わかりません。名字までは思い出せないんです」

茶畑が、今後の調査の進め方について思案している間に、毬子がインターホンのボタンを押してしまった。

「おい！　どうする気だ？」

「だいじょうぶ。何とかなります」

毬子は、平然としていた。

「はい？」

インターホンから、応答があった。

「お忙しいところ、突然、申し訳ありません。実は、五十年前にここにお住まいだった、『あけみ』さんという方を捜しておりまして。ご存じないでしょうか？」

茶畑は、目を覆いたくなった。いくら何でも、ぶっちゃけすぎだろう。いきなり現れて、そんな変な質問をしても、取り合ってくれるはずがない。

「……ええと、うちは、引っ越してきて十五年くらいですから、そんな昔のことはわかりませんが」

「そうですか。十五年前に、こちらの土地をお買いになったときは、まだ前の家は建っていたんでしょうか？」

「はい、残ってましたね」

「平屋の？」

「そうです」

「青い瓦《かわら》屋根でしたね？」

「ええ」

心なしか、相手の声から、しだいに警戒心が薄れてきたような気がする。質問をつないでいれば、役に立つ情報が得られるかもしれない。

そう思っていたら、毬子は、「わかりました。どうも、お騒がせいたしました」と言って、話を打ち切ってしまった。

茶畑は、口の形で「馬鹿」と言ったが、毬子は、意味がわからないという顔をしている。しかたなく、そのままきびすを返そうとしたとき、意外にも、インターホンの声に呼び止められた。

「……あの。ちょっと待ってください」

すぐに出てくるのかと思ったら、それから二、三分は、まったく音沙汰《おとさた》がなかった。

それから、ようやく玄関のドアが開き、四十代くらいの主婦らしい女性が現れた。重心の低いがっちりした体格で、人のよさそうな目をしている。

「ええと、捜されてるのは、まつばらあけみさんですか?」

「……はい、そうです！　松原明美《まつばらあけみ》さん」

毬子が、はっとしたように答える。どうやら、名字まで思い出したらしい。

「前の家に、これが残ってたんです。何となく、処分しづらくて」

女性が差し出したのは、一冊の分厚いアルバムだった。

「これ、お借りしてもよろしいですか?」

「どうぞ、お持ちになってください。わたしのものじゃないんで、返していただかなくてもけっこうです。松原さんが見つかったら、渡してください」

女性は、こちらの素性も、なぜ松原明美を捜しているのかすら聞かなかった。アルバムを厄介払いできて、ほっとしているようにも見える。

毬子は、一応、女性に名刺を渡し、アルバムを預かった。

近くに喫茶店のようなものは見当たらなかったので、公園のベンチに座って、アルバムの中身を検分することにした。

アルバムの分厚い表紙の裏には『松原明美』と名前が書かれていた。最初のページには、小学生くらいの少女の写真が何枚か貼られている。どちらかというと可愛《かわい》らしい顔立ちだが、意地悪そうなところもある。

「これが、『あけみちゃん』です」

毬子が、興奮気味に言う。

次のページからは、家族と一緒に撮った写真が続いた。ケーキを前にした誕生日の写真。遊園地で撮ったらしいスナップ。明美という少女は、どの写真でも同じ角度に顔を向けて、年齢に似合わないしなを作っていた。

「ませた子だな」

「そうですね。当時、女の子は、みんなこうだったみたいですけど、『あけみちゃん』は、特に綺麗《きれい》に写りたいという意識が強かったんです」

毬子は、記憶を辿《たど》りながらつぶやく。

数枚目のページで、はっとさせられた。

「あっ、この子……！」

どういう機会に撮られた写真だろうか。場所は野外だが、遊園地や動物園のような明確な特徴がないため、はっきりしない。

そこには、三人の少女が写っていた。

「『あけみちゃん』と、『きょうこちゃん』、それに、わたしです」

『きょうこちゃん』は、三人の中では一番大人びていた。学級委員長のようなタイプで、まじめな顔をして正面を向いている。その左側では、『あけみちゃん』が、あいかわらずのポーズで収まっていた。そして、画面の一番右には、色白で、左の目尻と鼻の右横に大きな黒子がある、内気そうな少女がいた。

前世の自分の顔に対面した毬子は、すっかり目を奪われている様子だった。

ページをめくっていく。雑多な写真の中では、『あけみちゃん』と『きょうこちゃん』の2ショット写真がやたらに多く目に付いた。そこに、ときおり、『かずちゃん』が混じる。『れいちゃん』が入っている写真は一枚もなかった。おそらくは、この頻度が、グループの中での仲の良さを示しているのだろう。

「これ。名前が書いてある」

茶畑は、一枚の写真を指さした。三人がソフトクリームを舐《な》めながら写っているのだが、ここだけ、アルバムのシートに覚え書きが記されていたのだ。しかも、フルネームで。

1964・8・8　増田《ますだ》京子《きょうこ》ちゃん、粟田《あわた》和子ちゃんと。千里山《せんりやま》。

「……粟田和子」

毬子は、眉根を寄せて、考え込んでいるようだった。

「こっくりさんの事件があったのは、この頃だな」

茶畑は、次のページをめくる。すると、増田京子ちゃんの家が見つかった。かなり敷地は広そうだった。陸屋根《ろくやね》の建物は、この頃は個人の家には珍しかった、鉄筋コンクリート造りかもしれない。

さらに数枚、同じような写真が続いた。中に珍しく『あけみちゃん』と『かずちゃん』の2ショット写真が見つかった。しかも、『和子ちゃんの家』という説明書きがある。

「この家に、見覚えは？」

写っているのは、家の全景ではなく庭の一部だけで、紅葉したハナミズキの木があった。

京子ちゃんの家ほど大きくないが、こぎれいな家である。

そして、最後のページに来て、衝撃を受けることになった。

どうやって撮ったのか、『かずちゃん』が一人で写っている写真がある。青ざめた顔で、正面を向いていた。そこには、子供の顔にはめったに見られない魂の抜けたような表情――本物の絶望があった。

「うっ」

毬子が、喉《のど》が詰まったような声を上げた。このときの気持ちが、まざまざとよみがえってきたのだろう。この写真が、こっくりさん事件の直後に撮られたものであることは、容易に想像できた。

しかも、写真の横に書き付けてある文章には、悪意が籠《こ》もっている。


かずちゃん、大ショック！　ほんまに、こっくりさんのお告げのとおりになるんかな？ドキドキ。かずちゃん、早くハタチになったらええのに。結果発表、楽しみー♡

「……ひどい子だな」

「ええ」

毬子の目は、怒りに燃えている。

この写真とキャプションに不穏なものを感じたために、斉藤家の主婦も、早くアルバムを手放したかったのかもしれない。

「さて、どうする？」

「一応、『きょうこちゃん』の家と、わたし——粟田和子ちゃんの家を捜してみましょう。たぶん、この近くでしょうし」

たまたま、三人とも一戸建てに住んでいたおかげで、捜しやすいかもしれない。団地の一室ということになると、偶然に頼った探索はほとんど無意味だし、虱潰《しらみつぶ》しに聞き込みをするのもたいへんだっただろう。

一戸建ての家が並んだ区画を見て回ると、突然、それは目の前に現れた。

「これだ……！」

さっき写真で見たばかりなので、はっきりとわかる。粟田和子ちゃんの家だ。建て替えたらしく、建物の形は変わっていたが、庭にあるハナミズキの木には見覚えがあった。

茶畑と毬子は、興奮を抑えて、玄関に近づいた。

表札には、『竹村《たけむら》』とある。

たぶん、この家も売却されて、次の住人が住んでいるのだろう。

毬子を見ると、早くもインターホンのボタンを押そうとするところだった。あくまでも、正面突破で行くのだろう。

「どなたですか？」

インターホンではなく、直接、女性の肉声が聞こえた。庭仕事をしていたらしい。軍手を嵌めた小太りの女性が、こちらに近づいてくるのが見えた。

「ちょっと、お伺いしたいことがあるんですが……」

そう言いかけて、毬子は絶句する。

茶畑も目を見張っていた。商売柄、人の顔を見分ける自信はあった。たとえ数十年が経過していたとしても、人の顔には変わらないパーツというものがあるのだ。

すっかり肥ってはいたが、色白で、左の目尻と鼻の右横に大きな黒子がある。

彼女こそ粟田和子であると、見た瞬間に確信することができた。


「どうぞ」

和子が淹《い》れてくれた紅茶を前に、茶畑は、話の接《つ》ぎ穂《ほ》を見出《みいだ》せずにいた。

「竹村和子さん。旧姓、粟田和子さんで、まちがいないんですね？」

毬子が、まだ信じられないというように念を押した。

「ええ。そうです」

和子は、怪訝《けげん》な面持ちで答える。

「でも、れいちゃんが、わたしを捜してるって、本当ですか？　よくわからないんですけど、どうして今頃になって」

「何でも、虫の知らせを感じたとかで」

茶畑は、内心の動揺を悟られないように、重々しく言う。

「はあ？」

和子は、ますます狐《きつね》につままれたような顔になった。

「賀茂禮子さんが、現在、霊能力者として活動していることは、ご存じですか？」

「知りません。小学校を卒業して以来、一度も会ってませんし」

「そうですか。賀茂さんは、ずっと、和子さんのことを気にかけておられました」

「どういうことですか？」

「こっくりさんの一件からですよ。あなたたち四人がした。和子さんと賀茂さん、それに、増田京子さんと松原明美さんがいたはずです」

和子は、顔をしかめた。

「ああ、あのことですか」

「あなたは、二十歳までしか生きられないという託宣で、とてもショックを受けられたようですね」

「まあ、子供でしたからねえ。そりゃ、あんなこと言われたら、やっぱりショックですよ。だけど、あんなのは迷信だから気にするなって、みんなに言われましたし、しばらくすると忘れました。実際、二十歳になっても何も起きませんでしたから」

それから、急に猜疑心《さいぎしん》が湧《わ》いてきたように、茶畑と毬子を見た。

「本当に、れいちゃんが、わたしのことを心配してたんですか？」

「賀茂さんから聞かなければ、私たちが、こっくりさんのことを知っているはずがないじゃないですか？」

「それはまあ、そうですけど」

和子は、まだ納得できないような表情だった。

「だけど、さっき、れいちゃんは霊能力者だって言いましたよね？　それなのに、わたしがどうなったのか、わからなかったんですか？」

「もちろん、無事であることは感じ取っていたようです。……しかし、人が心に受けた傷は、たとえ本人が気づかなくても、癒《い》えていないこともあると」

茶畑は、内心たじたじとなったが、何とか言い抜けようとする。頼みの毬子はというと、和子を見た衝撃で、まだ茫然《ぼうぜん》自失している有様である。

「当時の友達、増田京子さんと松原明美さんとは、今もおつきあいはあるんですか？」

「二人とも遠くへ引っ越してしまったので、年賀状くらいですけど。……あ。ついこの間、あけみちゃんからは手紙をもらいました」

「どんな内容でしたか？」

「どうして、そんなことまで訊かれるんですか？」

また、疑《うたぐ》るような声音になる。

「賀茂禮子さんは、明美さんのことも、いろいろと心配していましたので」

この際、ややこしい話は、全部ゴブリンに被《かぶ》せるつもりだった。

「借金の保証人になってほしいという話でした。形式的なもので、絶対に迷惑はかけないと言ってるんですが、どうしようか迷ってます」

これで、オチが付いた。茶畑は、さっきのアルバムを出して、ローテーブルの上に置く。

「何ですか、これは？」

「松原明美さんのアルバムです」

茶畑は、最初からこれを渡すのが目的だったという口調で言った。

「中身は、私たちが帰ってからご覧ください。あなたが保証人になるべきかどうかの指針になると思いますよ」

ぽかんとしている和子を尻目に、そそくさと辞去する。茶畑には、これ以上、彼女に訊くべきことは残っていなかった。

おそらく、それは、生きた自分の前世に対面した毬子も、同じだっただろう。

11

東京へ戻る新幹線に乗っても、毬子は、まだ茫然としているようだった。

「驚いたな」

茶畑が声をかけても、答えない。

「まったく、予想外だったよ。まさか、『かずちゃん』が生きてたとはな。でも、これで、わざわざ大阪まで行った甲斐《かい》はあったんじゃないか？」

「どうしてですか？」

毬子は、ようやく口を開いた。

「俺たちは、いつのまにか、前世の存在を信じ込んでいた。しかし、問題の本質は、どこか別のところにあったことになる。それがわかっただけでも、収穫だろう？」

毬子は、かすかに首を振った。

「別のところって、どこなんですか？」

「それはまだ、わからないが……」

「わたしは、ずっと、自分が合理主義者だと思ってました。だけど、前世の記憶なんていう胡散臭《うさんくさ》い話に関《かか》わるようになってから、そうじゃないってことがわかったんです。わたしは、合理主義者じゃない。ただの現実主義者なんだって」

「その二つは、どう違うんだ？」

車内販売のワゴンが通りかかったので、茶畑はビールを二つ買い、一つを毬子に渡す。

「合理主義者は、理屈に合わないこととか、科学に反することは、絶対に認めないんです。オカルト的な現象は、どんな証拠を見せられても、トリックや錯覚で説明しようとします。

でも、現実主義者は、とにかく目の前で起こっていることを受け入れてみる」

茶畑は、ビール缶のタブを開けて、一口飲んだ。

「桑田にとっての現実とは、現金と実利のことだと思ってたよ」

毬子は、茶畑の茶々は聞き流す。

「前世や生まれ変わりが存在すると考えた場合は、いろいろと矛盾や説明の付かないことが出てきます。ですが、そんなことは、どんなに頭で考えても埒《らち》があかないとわかりました。最後は、自分の感性を信じるしかないと悟ったんです」

「感性ねえ」

意味不明なわりには、妙に崇《あが》め奉られている言葉だ。

「言い換えると、感覚と直感です。もちろん、それも絶対に間違わないとは言えませんが、少なくとも、あやふやな論理よりは、はるかに信頼できると思っていました」

「過去形だな」

「『こっくりさん』の夢を見たときに、わたしは、これはただの夢じゃない、現実にあったことだと確信しました。皮膚感覚と、本能に根ざした直感で、そう感じたからです」

茶畑は、窓際の席に座っている毬子から、窓の外を走る景色に目をやった。

「それは、間違っていたとは言えないだろう。少なくとも、桑田が夢に見た事件は、現実に起きていたことはたしかめられたんだ」

「ええ。だけど、わたしが経験したことじゃなかった」

「そうだな」

その事件を経験した人間は別にいて、今もぴんぴんしていたのだから。

「何が何だか、わからなくなりました」

「それは、俺も同じだよ」

「自分の感覚や直感を信じられないとしたら、いったい何を信じたらいいのか」

茶畑は、ビールを喉の奥に流し込みながら考える。

「しかし、今も言ったとおり、おそらく出発点は間違ってない。桑田が夢に見た出来事は、夢や妄想なんかじゃなく、すべて現実だった。ただ、それが前世の記憶ではなかったというだけのことだ」

「だけのことって……じゃあ、いったい何なんですか？」

「今ある仮説は、テレパシーだけだな」

「わたしが、テレパシーで、誰かの記憶を読み取ったっていうことですか？」

毬子は、茶畑に疑わしそうな目を向ける。

「ああ。あるいは、誰かがテレパシーによって、桑田の頭の中に他人の記憶を送り込んだのかもな」

「誰かって？」

「今のところ、容疑者は一人しかいない」

賀茂禮子。一連の事件に関係していて、しかもテレパシーがありそうなキャラクターは、あのゴブリンだけである。

「……それも、やっぱり、よくわからない話ですね」

毬子は、気落ちしたように黙り込み、ようやくビールのタブを開けて口を付けた。

茶畑は、シートに深くもたれて、外の景色を眺める。

やがて、ゆっくりと眠気が兆してきた。うとうとしながら、いつしか美しい光景が脳裏によみがえるのを感じていた。美しい海岸の風景。多くの生き物が生活する海底のたたずまい。真の暗黒に包まれた海中の神秘的な映像。

そして、可愛らしい少女からエレガントな大人の女性へと脱皮した、亜未の姿。

わけのわからない前世の夢などではない。すべて、自身の心の奥底にずっと秘めていた、大切な記憶の一シーンである。

南三陸町は、茶畑が生まれ育った故郷だったが、胸にぽっかりと穴が開くような喪失感を、二度も味わわされた場所でもあった。

父親である茶畑剛朗《たけろう》の浮気とギャンブル、それにDVのため両親が離婚したのは、茶畑が小学校二年生のときだった。姉と母親は南三陸町に残ったが、茶畑だけは剛朗に連れられて横浜に引っ越した。剛朗は、何とかタクシードライバーとして生計を立てることができたが、俺の人生はこんなはずじゃなかったという思いからか、酒浸りとなり、酔うと幼い茶畑にも暴力を振るうようになった。茶畑は、南三陸町にいた頃の幸せな思い出に浸っては、毎夜のように枕《まくら》を濡《ぬ》らした。

しかし、小学四年生になると、丹野と同級になった影響からか、やられっぱなしの状態が我慢できなくなり、剛朗の暴力に対し金属バットで応戦することにした。腕力ではまったく敵《かな》わなかったが、命がけで徹底抗戦する気勢を示したのである。タクシードライバーは月の半分以上が休日だが、剛朗が家にいる夜は、しばしばすさまじい大喧嘩《おおげんか》が起こり、家の中がメチャメチャになった。近所の人の通報で、警察官がやって来ることも一再ではなかった。

それでも剛朗は、しょせん子供の反抗と侮ったらしく、折檻《せっかん》を止《や》めようとはしなかったが、どんなに手ひどく殴られても、茶畑は抵抗を止めなかった。そして、あるとき死に物狂いで振り回した金属バットの一撃が顎に命中してから、剛朗が茶畑を見る目が変わった。

このとき、茶畑は殺されてもおかしくなかったかもしれない。しかし、DVの加害者には小心者が多く、暴力のエスカレートで殺されてしまうのは、たいてい無抵抗な弱者である。剛朗には、とことんやり合う根性も、息子を手にかけるほどの冷血さもなかった。そして、いつしか茶畑を敬遠し始め、会話を交わすことはおろか、顔を合わすことさえ避けるようになった。

茶畑は、アパートの一部屋だけを自分の領分として暮らした。日々の食料は台所を漁《あさ》れば得られたし、金が必要になると、家捜《やさが》ししたり、家のものを売ったりすることで調達した。そんな荒涼とした生活でも、あのまま虐待が続くよりはずっとマシだった。

暴力的なスイッチが入ってしまった茶畑は、中学生になると、悪い仲間とつるみ出して、生活は荒れる一方となった。殴り合いの喧嘩をしない日は稀《まれ》なくらいだったので、そのまま横浜にとどまっていたら、悪い先輩からスカウトされて、ヤクザか半グレになるくらいしか道はなかっただろう。

剛朗は、大酒が祟《たた》って身体を壊し、タクシードライバーもやめて生活保護を受けていたが、茶畑が高校一年生のときに肝硬変で亡くなった。茶畑は、南三陸町に戻り母親と姉と暮らすことになった。久しぶりに会った二人は、最初のうちは茶畑の変わりように愕然としていたようだが、中身は昔と変わっていないとわかり、ゆっくりと家族の絆《きずな》を回復していった。

絶妙なタイミングで悪い仲間と縁が切れ、荒《すさ》んでいた心が美しい自然に癒やされたことで、茶畑は生まれ変わったような変貌《へんぼう》を遂げた。とはいえ、今さら勉強しようにも何一つわからないため、ついぞ高校の成績が上向くことはなかったが、たまたま浜を通りかかったとき、漁船の水揚げの手伝いをしたところ、漁労長の早坂弘に気に入られて、ときおり漁に連れて行ってもらうまでになった。

そのときに出会ったのが、早坂弘の一人娘の亜未だった。

亜未は、当時はまだ小学生だったが、六歳も年上であり、ひどく尖った目つきをしていた茶畑に対しても、まったく物怖《ものお》じすることなく接してきた。

もちろん、そのときは女性として意識することはなかったが、いつも笑顔で、カワウソのようにしなやかに走ったり泳いだりする少女は、まるで爽《さわ》やかな一陣の風のような印象で、気がつくと、すっかり可愛い妹のような存在になっていた。

茶畑は、ほどなく高校を中退した。退屈極まりない授業に我慢して出席を続けたところで、何かが得られるとは思えなかったからである。早坂弘には、漁師になるよう奨《すす》められたが、なぜかこのときは都会の喧噪《けんそう》が恋しくなっており、仕事を求めて仙台に出て、肉体労働から水商売まで雑多な職業を転々とした。きつい仕事が多かったが、暇な時間も長く、喫茶店で時間つぶしをしているうちに、よくBGMで流される過去の名曲には自然と詳しくなった。また、図書館から様々な本を借りてきては、読み耽《ふけ》った。ハードボイルド小説を読んでから、探偵業にも就いたが、まさか後年、それが天職になるとは想像すらできなかった。

茶畑が、再び南三陸町に戻ったのは、二十三歳のときだった。仙台で食い詰めたわけではなかった。キャバクラのボーイとして入った店では、厄介な客のトラブルも臆《おく》せずに捌《さば》き、キャバ嬢たちからは全幅の信頼を寄せられるようになっていたが、店長に抜擢《ばってき》されてから、かえって自分の居場所はここじゃないという感覚が頭をもたげてきたのである。

もう一度、南三陸の海に出て、身も心も浄化されたかった。そう思って、早坂弘に手紙を書いたところ、すぐに戻って来いと言われ、走り書きした辞表をキャバクラのポストに入れ、バッグ一つを持って再び帰郷したのだった。

気仙沼線の志津川駅に降り立つと、若くすらりとした女性が迎えに来てくれていた。

それが、亜未との再会だった。

十七歳になった亜未は、美しい女性に成長していた。かつては茶畑が在籍していた高校の二年生だが、活躍の舞台は地元のダイビングショップであり、観光客のシュノーケリングやスクーバダイビングの手伝いをしているのだという。

そして、茶畑は、一瞬で恋に落ちた。

メイクで大きな目だけを強調した、か細く生白い女性たちに食傷していたこともあるが、カリッと健康に日焼けして引き締まった肢体と、生き生きと動く口元から覗く真っ白な歯、そして何より、いつも未来を見つめているかのようにキラキラ輝いている意志的な双眸に、すっかり心臓を射貫《いぬ》かれてしまったのだ。

ロリコン親父《おやじ》じゃあるまいし、田舎の女子高生に、何をドキドキしているんだ。茶畑は、自嘲《じちょう》した。それに、亜未は、俺にとっては妹みたいなもんじゃないか。

そう思ってはみたが、口が乾いて舌がもつれ、意識過剰のせいか笑顔も強張ってしまう。それで、ひどく無愛想で苛立《いらだ》ったような態度を取ってしまったが、亜未は頓着《とんちゃく》しなかった。道すがらずっと南三陸の海とそこに住む生き物の素晴らしさを熱っぽく語り、ダイビングに茶畑を誘ったのである。

別れ際、茶畑は黙ってうなずいたが、そのときには、もう強い確信を抱いていた。これから、今までの糞《くそ》のような人生は、何もかも、忘れ去られるべき黒歴史でしかない。ようやく、俺の本当の人生が始まるのだと。

そうして、ふだんは早坂弘の漁船に乗り込んでせっせと魚を獲《と》り、休日には亜未と一緒に海に潜る生活が始まった。それは、茶畑の人生において、最初で最後の黄金の時間だった。

亜未への思いは、けっして一過性のものではなく、二人で同じ時間を共有することにより強まっていく一方だった。

かつてカワウソのようにしなやかに海を泳いでいた少女は、しばらく見ない間に、力強く優美なイルカへと成長を遂げていた。

亜未がフィンをしならせて海中を泳ぐ姿は、茶畑のみならず、見る者すべてを魅了した。彼女にスクーバダイビングの指導を受けた生徒からは、毎日のように、熱烈なラブレターが届いた。

しかし、亜未は、どんな手紙にも、心を動かされた様子はなかった。

ときには、茶畑に文面を見せて、どうしようかなと訊ねるようなこともあった。茶畑は、冷静に相手をいなす文案を口述してやる。亜未は、膝から下を立てながら畳に寝そべって、左手に変な握り方をしたサインペンで、言われたとおりに返事を書くのだった。

ある晩、亜未は、茶畑が家族とともに暮らしているアパートに現れた。また恋文の返事を書くのかと思ったら、ナイトダイビングに行こうという誘いだった。

茶畑は、早朝からの漁で疲れていたため、寝転がってテレビを眺めていたが、むっくりと身を起こした。

亜未の手ほどきで数え切れないほど志津川湾に潜っていたものの、ナイトダイビングは、このときが初めてだった。一生忘れられないような経験になるという予感があり、そして、その予感は的中した。

真っ暗な海の中を泳いでいる間、聞こえるのは、自らの呼吸音の反響と水流だけだった。光に照らし出される海底は眠りに就いているようだが、中には、活発に動く生き物もいる。光に集まるプランクトンを食べようとして、銀鱗《ぎんりん》を翻す小魚たち。

志津川湾は寒い海に生育するマコンブと、暖かい海に生育するアラメが共存する日本でも珍しい藻場で、棲息している魚の種類も群を抜いている。ダンゴウオやクチバシカジカは、眠そうな感じだったが、コイチョウガニや、スナエビ、ヨコエビの仲間は、むしろ昼間より活発になっていた。

茶畑は、時のたつのを忘れて、夢中で海中を逍遥《しょうよう》した。亜未とアイコンタクトをしては、くねくねと泳いでいるアキギンポやリュウグウハゼを指さし合って笑う。二人は、南三陸の夜の海底を満喫していた。

そして、茶畑に、唐突にあの感覚が訪れた。

真っ暗な海中。水中ライトの光が球形に灯っている。身体を水平にして、ゆっくりと泳ぐ。

ふと、まるで宇宙にいるようだと思った。

照らし出される小魚は、さながら暗黒空間を横切る流星群だった。

そして、孤独を感じた。

これまでに味わったことのないような、真の孤独である。それは恐怖へと変わっていき、無限の圧力で身体を締め付けて、呼吸を妨げた。

茶畑は、ゆっくりと周囲を見渡した。そこにあるのは、ただ暗黒と虚無だけだった。意識が遠くなっていくのを感じる。俺は、このままここで死ぬのだと思った。

そのとき、揺れながら、光が近づいてきた。

亜未の持つ水中ライトの光だった。

茶畑は、彼女に抱きかかえられるようにして、海面に浮上した。

そして、満天の星の輝く空を見たとき、完全に意識を失ってしまった。

意識が戻ったのは、人気《ひとけ》のない海岸でだった。茶畑が目を開けたのを見たとき、亜未は、心底ほっとしたような表情を浮かべ、涙をこぼした。

茶畑は、亜未を抱き寄せると、狂おしく唇を合わせた。

亜未は、抵抗しようとはしなかった。茶畑が知るかぎり、ほとんど経験はないはずだが、貪欲《どんよく》に茶畑を迎え入れる。もはや、二人を押しとどめるものは、何一つなかった。

二人は、ダイビングスーツを脱ぐと、星空の下で結ばれた。あちこち砂だらけで塩辛く、とても快適とは言えない環境だったが、それでも、それは素晴らしい体験だった。

終わってから、亜未は恥ずかしそうに笑った。初めて会ったときから、ずっと茶畑が好きだったのだと言う。それで、茶畑もようやく告白したが、内心では、どうして自分から先に言わなかったのだろうと後悔していた。

亜未は、海中で何があったのかについて、茶畑に何一つ訊こうとはしなかった。茶畑も、自分から説明しようとはしなかった。そもそも、あれが何だったのかは、自分でもわからないのだから。

それからも、以前と同じような毎日が続いた。残念ながら、ナイトダイビングに誘われることはなくなったが、休日には二人で海に潜り、人気のないところで愛を交わした。二人の関係の変化は、周囲の人々には薄々わかっていただろう。だが、誰も何一つ余計なことは言わなかった。何もせかす必要はない。潮さえ満ちれば、すべては落ち着くところに落ち着くのだ。

それから、時は流れた。亜未は、高校を卒業すると、プロダイバーを目指すと思いきや、専門学校に通って保育士の資格を取り、地元の保育園に採用された。

その頃、茶畑は、生き物を扱う才能を開花させ、頼まれてダンゴウオやクチバシカジカを県内の水族館へ納めるようになっていたが、たまたま町内の潮干狩り場でアルバイトをしていたことがあった。そこへ、亜未たちが大勢の園児を連れてきたのである。

それは、愉《たの》しいひとときだった。大勢の幼児が醸し出す独特の雰囲気は、茶畑にとって、長く忘れていたものだった。ポニーテイルをイルカの髪留めで縛り、ダイビングショップのロゴ入りトレーナーに保育園のエプロンを着けた亜未の姿も新鮮で、かいがいしく園児らの世話をしている様子には、今まで感じたことがなかった母性を発見して、見とれてしまったものだ。

すると、別の保育士が園児の一人の姿が急に見えなくなったことに気づき、ちょっとしたパニック状態が出来《しゅったい》した。茶畑は、海に沈んでいないことを確認してから冷静に周囲を捜し、トイレの中で眠り込んでいた園児を無事発見することができた。

保育園は、茶畑に園児たちの作った感謝状を贈呈した。茶畑は、さらにその返礼として、トロ箱いっぱいに入れた色とりどりの魚を届けた。保育園が歓声に包まれたときのことは、今でも昨日のことのように、まざまざと思い出せる。

そのまま、幸福な時間が続いていくものとばかり思っていた。

二〇一一年の三月十一日までは。


茶畑は、目を開けた。

隣には、缶ビールを飲みながら、物思いに耽っている毬子の姿があった。

彼女の横顔を見ているうちに、今まで感じたことのない種類の衝動が込み上げてくるのを感じた。

茶畑は、毬子の方に顔を近づけた。

「何ですか？」

毬子は、缶ビールを口から離すと、びっくりしたように茶畑を見る。

茶畑は、黙って唇にキスをした。

毬子は無反応だった。茶畑が顔を離すと、呆気《あっけ》にとられた表情が目に入った。少なくとも、怒りは見せていないようだ。

もう一度、キスをする。今度は、さっきより大胆に。

「ちょっと、やめてください」

毬子は、茶畑の胸を押した。

「所長。これって、立派なセクハラですよ」

「立派というのは、褒め言葉だよな」

「いいかげんにしてください……！」

毬子が振り上げた手をつかみ、口づけで黙らせる。毬子は、くぐもった唸《うな》り声を上げて、しばらく抵抗していたが、やがて力を抜いた。

固く閉ざされていた唇が緩んだので、舌を侵入させた。毬子は、諦めたように、されるがままになっている。驚いているのか呆《あき》れているのか、しばらくは硬直していたが、とうとう根負けしたようだった。

誰かが横の通路を通ったが、気にしない。新幹線の座席は、公共の場所とプライベートな空間の、ちょうど中間くらいにある。ＪＲ東海も、この程度の親密さの表現は許容しているはずだ。

茶畑は、毬子の右手をつかんだ左手を下げ、彼女の背中に回した。自由になった右手で、胸に触れる。

毬子は、詰まった声を漏らすと、また茶畑を押し返そうとした。

「やめて。……こんなところで」

毬子は、押し殺した声を出した。周囲の座席はがら空きだったが、同じ車両にいる乗客に聞こえるのを気にしているようだ。

茶畑は、またキスで毬子の口を塞《ふさ》いだ。

自分でも、どこまでやるつもりなのかわからなかったが、突然の衝動に突き動かされて、どうしても止まらない。

そのとき、脳裏に暗い景色が明滅したようだった。

亜未と結ばれた晩の記憶だろうか。茶畑は目を閉じ、すぐにそうでないことがわかった。

何なんだ、これは……。


見たこともない、納屋のような場所。壁は粗末な木で、床には藁《わら》が敷き詰められている。

襤褸布《ぼろぬの》のような着物の前をはだけ、立ったまま、腰の上に抱え上げて女を犯している。

女は、自分の人差し指を噛みながら、声を上げるのを我慢していた。

そのとき、ようやく気がついた。この女は、トヨだ。

そして、自分は、藤兵衛だった。

足下には、鎌が落ちている。ほんの一、二分前までは、修羅場だった。清吉を殺したのはおまえではないのかと、トヨは、まなじりを決して藤兵衛を詰《なじ》っていたはずだ。

だが、今はもう、せっせと媾合《こうごう》に励んでいる。強い雄へと雌がなびく、まるで獣のような見境のなさで。

その背徳感が、よりいっそう昂揚《こうよう》を高めていた。

盗んだ女どころじゃない。恋敵を殺して奪った女とは、こんなにいいものなのか。

征服の悦楽は、やがて、目も眩《くら》むような絶頂へと導く。


茶畑は、はっと我に返った。

「すまない」

小声でそう言って、席を立つ。

俺は、いったい何をやっているんだと思う。洗面台のところへ行って、顔を洗った。

今のは、セクハラなんてものじゃない。れっきとした性犯罪だ。

毬子は亜未じゃない。身代わりにするのは、亜未との大切な思い出を汚す行為ではないか。それ以上に、毬子の心をひどく傷つけてしまった。

俺の行為の低劣さが、あの最低最悪の前世の記憶を呼び覚ましたに違いない。

だとすると、やはり、俺は藤兵衛だったということになるが。

新幹線の席に戻ったとき、毬子は、拒絶するように身体全体を窓の方に向けていた。

話しかけようかどうしようか迷ったとき、胸ポケットに入れていた携帯電話が鳴る。

発信者を見て怖気《おぞけ》をふるう。丹野美智夫である。出たくはなかったが、そういうわけにもいかないので、デッキに引き返した。

「もしもし」

この世で最も聞きたくない声が答える。

「チャバ？　無事か？」

「あたりまえだ」

そう言ってから気がつく。

「どういうことだ？　何かあったのか？」

「何かあったのじゃないよ。おまえ、ニュースは見ないの？」

「今、新幹線の中だ。目が悪くなるから、携帯電話は見ないようにしている」

「馬鹿。死にたくなかったら、ちゃんとチェックしとけ」

「おい、まさか」

「うちの事務所が、あっちこっちで、ぼんぼん爆破されてる。インカ人たちの仕業だ」

メキシコ人ならアステカだろうという突っ込みは、やめておいた。

「それに、うちだけじゃない。ちょっとでも関係のあったところは、無差別にやられてる。探偵事務所――大日向だっけ？　あそこも吹っ飛ばされた」

茶畑は、目をつぶった。

「どうするつもりだ？」

「どうするもこうするも、ないよ。抗争だもの。報復するしかないでしょ？」

丹野は、あたりまえだという声音だった。

「それより、チャバ。おまえは、東京には帰らない方がいいよ」

いよいよ、最悪の事態になりつつあるようだった。

「どうしてだ？」

「どうしてって？　殺されるからだよ。ロス・エキセスは、たっぷり金をばらまいたらしい。やつらの手先が鵜《う》の目鷹の目で狙ってる。おまえのことも、全部知られていると思った方がいい」

「わかった。……恩に着るよ」

そう言ってしまってから、そもそも、こんなとんでもないトラブルに巻き込まれたのは、丹野のせいであることを思い出す。

「うん。いずれ、恩返ししてもらうから」

電話は、ぷつりと切れた。

座席に戻りながら、電光掲示板に目をやる。

ちょうど、そのニュースが流れているところだった。


東京都港区、渋谷区など十数カ所で、同時多発的爆弾テロ。ビルが倒壊するほどの威力。現場で不審な外国人らが目撃される。暴力団の抗争か。

茶畑は、座席に深くもたれて、じっと目を閉じていた。傍目《はため》には眠っているように見えるかもしれないが、頭の中はかつてないほどフル回転している。

これから、いったい、どうしたらいいのか。

新幹線は、もうすぐ新横浜駅に着くはずだ。途中下車した方がいいだろうか。横浜なら、まんざら土地鑑がないわけでもない。当座、潜伏するのには苦労はないだろう。とはいえ、東京に近すぎて、あんまり逃げた意味がないかもしれない。だとすると、もう一度逆方向の新幹線に乗って、中部か関西、あるいは九州か沖縄にでも落ちた方が賢明か。

だが、それは、生活の基盤を完全に失うことを意味していた。指名手配犯のように名前を隠しつつ、一から人生をやり直さなければならないし、探偵を続けることも難しいだろう。偽名でできる仕事となると裏社会からの依頼くらいだったが、そっちの方面には、やつらの代理人がアンテナを張っている可能性が大である。だとしたら肉体労働で凌ぐしかないが、そんな生活が、この先どのくらいの期間続くのか予想ができないし、もしかしたら、永遠に終わらないかもしれない。いつまでも仮の人生から抜け出せないのなら、生きている意味がないと言ってもいい。

ここは、危険を冒しても東京に戻るべきではないか。

茶畑の勝負勘は、そう告げていた。今ここで逃げ出すことを選んでしまったら、逃げ回る以外の選択肢は持てなくなる。その場合、結末は二つだけだ。やつらに捕まって嬲り殺しにされるか、影を恐れて、びくびくとみじめな余生を送るか。

もっとも、東京へ戻ったところで、事態を打開できるどんな勝負手があるのかは、見当も付かなかったが。

冷静に考えてみよう。ロス・エキセスは復讐《ふくしゅう》に血眼《ちまなこ》になり、麻薬取引で得た金を大盤振る舞いしているのだろう。だが、東京のような大都会でひっそり息を殺している一人の人間を見つけるのは至難の業である。捜す側の手法については知り尽くしているだけに、茶畑には、そう簡単に見つからない自信はあった。

丹野の警告にしても、とうてい厚意や友情からとは思えない。想像するに、俺が敵の手に落ちると、余計な情報が敵の手に渡って望ましくないと考えたのだろう。

茶畑は、ちらりと毬子を見やった。

しかたがない。このまま東京駅まで行き、そこで毬子と別れよう。彼女が巻き添えを食うようなことがあってはならない。

自分は……もはや、なるようになれという気持ちだった。

どうせ、人間、いつかは死ぬのである。多少早いか遅いかくらいの違いであり、それほど悲観しなくてはならない状況ではない。哀れな小動物のように、ひたすら逃げ回ってまで、生にしがみつきたいという気持ちはなかった。

ふと、こんな心境になれるのは、前世や生まれ変わりといった不思議な事象に触れたせいではないかという気がした。

もしも、現在の人生が唯一無二のものではなく、たとえ最悪の終わり方をしたとしても、次のチャンスが待っているのなら。本当にそうなら、我々が死を恐れる理由はなくなるかもしれない。

いや、待てよ。

茶畑は、眉をひそめた。

毬子の夢の話はどうなる。彼女の前世であったと思われた粟田和子という女性は、何と、まだ存命だった。つまり、和子が毬子に生まれ変わったというシナリオは否定されたことになる。

正木栄之介の依頼を受けて以来、いくつかの前世と思われる夢について調査してきたが、数々の矛盾点が浮き彫りになってきている。正木栄之介の二つの前世である、皆川清吉と、山崎の戦いに参加していた孫という足軽の人生は、あきらかに時期がダブっていたし、一方、正木栄之介と小塚原鋭一は、ともに皆川清吉が自分の前世であると信じている。

つまり、一度はほとんど信じかけたものの、前世の存在には、今や、大きな疑問符が付けられているのだ。

にもかかわらず、自分が、今も生まれ変わりを前提にしたような考え方をしているのは、なぜだろう。

自分の心の中を探ってみて、愕然とさせられた。

自分は、まだ、前世の存在を信じている。明白な矛盾を突きつけられながら、それでも、前世や生まれ変わりがあるという直感は、揺らいではいないのだ。

それがなぜなのかは、いくら考えてもわからなかったが。

ふと、毬子が、こちらを見ているのに気がついた。

手には、スマートフォンが握られている。ニュースをチェックしたに違いない。

「どうするんですか？」

毬子の声は、かすれていた。事態の急変に緊張しているらしい。

「さっき、丹野から電話があった。東京へは戻るなと言っていた」

「じゃあ、次で降りますか？」

「いや」

茶畑は、首を振る。

「俺は、東京へ戻る。逃げ出したところで、未来はないからな」

くだくだしい説明はなくても、毬子は茶畑の考えていることを理解したようだった。

「でも、ヤサは？　やっぱり横浜で降りて、寿町《ことぶきちょう》あたりに隠れた方がいいんじゃ？」

「いや、だいじょうぶだ。心当たりはある」

ドヤ街は、一見安全なようだが、裏社会の住人からは一番最初に目を付けられる場所だ。ホームレスのテントも同じである。それよりも、現在、東京には、はるかに安全な隠れ家が数多く存在している。ほとんど管理もされずに放置されている空き家群だ。

茶畑は、何カ所か目を付けておいた場所を、順番に思い浮かべてみた。どこもおざなりな施錠しかされていないので、プロの探偵や泥棒なら容易に侵入できる。二、三日で移動するようにすれば、近所の人間にも気づかれないだろう。万が一警察に捕まったとしても、住居侵入罪は微罪である。窃盗目的でも政治目的でもなければ、罰金だけで釈放されるだろう。勾留《こうりゅう》が多少長引いても、食事付きの国営シェルターで匿《かくま》ってもらえるわけだし。

「それより、桑田は、どうするんだ？」

毬子は、じろりと茶畑を見た。

「どうもしません」

「……というと？」

茶畑は、遠慮がちに訊き返した。

「まさか、東京駅に着いたらお払い箱にしようってわけじゃありませんよね？　ついさっき、あんなことをしたのに」

ぐっと詰まる。

「さっきのことは悪かったと思ってる」

「悪かった？」

毬子は、身を乗り出して、真正面から茶畑の目を見つめた。

「つまり、あれは、純粋なセクハラだったということですか？　面白半分にわたしを弄《もてあそ》んだだけの？」

純粋というのは褒め言葉だな、という応答が浮かんだが、口にする勇気はなかった。

「もちろん、そうじゃないさ……」

「そうじゃない？　だったら、何です？」

茶畑は、袋小路に追い詰められたことを悟った。

「いや、ほら、桑田のことは、前から、いいなと思ってたから」

「……好意を抱いていた、と。で、その表現が、あれですか？」

「すまない。いろいろあって、頭がテンパってて、つい、あんな真似《まね》をしてしまった」

「わかりました」

毬子は、溜め息をついた。

「とうてい許すことはできませんが、今は、とりあえず棚上げにしておきましょう。でも、もし、わたしを玩具にしたんだったら、所長を訴えますよ」

「そんなわけないじゃないか？」

茶畑は、笑みを浮かべた。顔の筋肉が、ひどく強張っているのを感じる。

「それより、東京駅に着いたら、ちょっと買い物を頼むよ」

茶畑は、トイレの個室に入ると、毬子が買ってきたハサミと電動バリカンを紙袋から取り出した。財政が逼迫《ひっぱく》している折、痛い出費だったが、やむをえない。

上半身裸になって、毬子に借りた手鏡を見ながら、髪の毛を切っていく。かなりの時間を使って何とか虎刈り状態にすると、電動バリカンで五分刈りにする。まるで芝を刈っているようだった。電動バリカンの音は個室の外にも響いているから、トイレに入ってきた人間には不審に思われていることだろう。

坊主になった顔を見たが、期待したほどは印象が変わっていない。後で、毬子に頼んで、完全なスキンヘッドにするしかないだろう。

トイレを出ると、毬子が、噴き出した。

「犠牲を払ったわりには、効果は微妙でしたね」

「束の間の休息を楽しむ、修行僧みたいか？」

「いいえ、ついさっきまで服役してたようにしか見えません」

茶畑は、安物のサングラスをかけた。

「今日の宿は、どこですか？」

「もう決めてある」

丸ノ内線で新宿へ向かった。高層ビルが建ち並ぶビジネス街からはほど近く、大通りから一本折れただけの場所に、小さな家屋が密集して建ち並ぶ一角があった。

目星を付けていた空き家は、すぐに見つかった。二十坪ほどの敷地に、ひっそりと佇《たたず》んでいる。亀裂《きれつ》の入った外壁の漆喰《しっくい》は朽ち葉色で、日没前の強い西日の陰になっているために、いっそう黄昏《たそが》れて見える。築五、六十年以上、経過しているような感じだった。

日中はほとんど人通りがない場所だったが、夕方になっても、それはほとんど変わらないようだった。かりに誰かの目にとまったとしても、男女の二人組は、まず泥棒と思われない。茶畑は、住人のような顔をして、家の前に立った。玄関ドアに付いているのは防犯性皆無のディスクシリンダー錠であり、ピッキングすれば一、二分で開けられるのがわかっていたが、さすがに道路に立って鍵穴をごちゃごちゃやるわけにもいかない。

茶畑は、家の脇の狭いスペースをすり抜けると、奥へ回った。毬子も、黙って後に続く。強弁すれば庭と言えないこともないスペースに面して、窓と勝手口があった。

背後には別の家が迫っていたが、そちらも空き家であることは確認してある。

窓を破れば侵入できるが、愛用の方法を採用する。茶畑は、靴を片方脱ぐと、踵《かかと》の部分で勝手口の古びたアルミのドアノブを叩いた。内側に押しボタンが付いているノブは、衝撃を与えただけで、あっさりと侵入者を受け入れる。

「まあ、汚いところだけど、入って」

茶畑は、毬子を請《しょう》じ入れた。毬子は、中を見回して、鼻の頭に皺を寄せた。

「そういうセリフって、ふつうは謙遜《けんそん》で言うもんじゃないですか？」

「タダで泊めてもらうんだ。謙遜ということにしておこうじゃないか」

そう言う茶畑も、部屋の中を見て、顔をしかめた。家具類は、ここで生活が行われていたときのまま残されていたが、すべてが緩慢に朽ちていく過程にあるようだった。

「空気が籠もってますね。窓を開けていいですか？」

「道路側は、だめだ。奥の方の窓は、二、三センチならいい」

毬子は、大げさに溜め息をついた。

「やっぱり、わたしだけシティホテルに泊まってきていいですか？」

「こんな際だ。金はできるだけ節約しよう」

「いいい、わたしのお金なんですけど」

「そう言うなって。もはや、我々は、同じ泥舟に乗ってるんだから」

「泥舟だと認めるんですか」

毬子は、呆れたように言う。

「それよりも、さっき、庭に一斗缶が放置してあったのに気がついたか？　中に、たっぷり雨水が溜まってただろう？」

「ええ。あれじゃあボウフラが湧きますね。水を捨ててきます」

「馬鹿。捨てるんじゃない。あのまま中に持ってくるんだ」

「馬鹿？」

毬子は、また茶畑を睨む。

「いや……言葉の綾《あや》だ」

「あんな水、どうするんですか？　煮沸したって、飲めませんよ」

「水道は止められてても、水さえ流せば、トイレは使えるからな」

毬子は、絶句した。

「飲用水は、後で、コンビニで買ってくるよ」

茶畑が勝手口から出ようとすると、毬子に呼び止められる。

「お使いだったら、わたしが行ってきます。こんなところでじっと待ってるよりも、ずっとましですから」

「悪いが、ここで待っててくれ」

茶畑は、丁重に頼む。

「俺は、もう一度、賀茂禮子に会ってくる」


新宿七丁目の、賀茂禮子の家。

ここを訪れるのは、三度目だった。『R．KAMO』という金属製の表札も、お馴染みになっている。

しかし、薄気味悪い感覚は、最初に来たときと変わらなかった。

インターホンを押す。

「どうぞ。お入りください」

茶畑は、黙って無施錠のドアを開け、中に入った。

廊下の突き当たりにある、書斎のような部屋のドアを開ける。焚きしめられている香が、ぷんと鼻を突いた。

「賀茂先生。どうしても、お訊きしたいことがあるんです」

「あなたは、いつもそうじゃない？　それに、ここへ来る人は、みんなそうよ」

賀茂禮子は、顔を上げて、茶畑を一瞥《いちべつ》した。

「それで？　何を訊きたいの？」

茶畑は、自分からソファに座った。

「あなたの昔のお友達、粟田和子さんと、増田京子さん、松原明美さんのことです」

「和子ちゃんは、とってもいい子だったわ。元気にしてた？」

「ええ。今は結婚されてます。こっくりさんから、二十歳で死ぬと予言されてたようですが、残念ながら、外れたようですね」

「わたしが予言したわけじゃないわ」

「じゃあ、誰がしたんですか？」

賀茂禮子は、かすかに首をかしげた。

「あなたが訊きたいっていうのは、こっくりさん事件の真相？」

「違います。しかし、もし賀茂先生があれを仕組んだんだとすれば、どうしてあんなことをしたのかは、伺っておきたいですね」

賀茂禮子は、うっすらと笑った。薄い唇の間から尖った歯が覗く。

「今も言ったでしょう。わたしじゃないわ」

「じゃあ、誰なんですか？」

「あなたも探偵なら、簡単な消去法でわかるでしょう？　あの場にいたのは、四人だけよ。当然ながら、狐の霊ではない。和子ちゃん本人は除外できる。わたしではないと仮定する。

それから、明美ちゃんではない」

「明美さんは、どうして除外できるんですか？」

「あの子は、こっくりさんの予言が当たるかどうか、興味津々だった。ひどい子だとは思うけど、あれを仕組んだわけじゃない。……あなたは、その証拠を見たはずよ」

茶畑は、はっとした。彼女が残したアルバムだ。『かずちゃん』の写真に添えられていた、悪意の籠もった言葉を思い出したのだ。


かずちゃん、大ショック！　ほんまに、こっくりさんのお告げのとおりになるんかな？

ドキドキ。かずちゃん、早くハタチになったらええのに。結果発表、楽しみー♡

「だったら、残るのは……」

「京子ちゃんしかいないでしょう？」

茶畑は、うなずいた。

「なるほど、賀茂先生がシロだと仮定すると、必然的に増田京子さんが犯人になりますね。しかし、彼女は、どうして、そんなことをしたんですか？」

「あなたは、本心から、その理由を知りたいのかしら？　仲良しの幼い女の子たちの胸に、どういうきっかけから、悪意が宿るようになったのか？　もしかしたら、そんなことには、全然興味がないんじゃない？」

またもや図星を指されて、茶畑は言葉に詰まる。

「あなたの質問の方法は、いつもそうね。本当に知りたいことは、訊ねている内容ではない。あえて肝心要《かなめ》の質問をしないことで、相手の警戒心が緩んでボロを出すのを待っているの。でも、初対面ならともかく、三度目になると、さすがにパターンが見えてくるものよ」

「賀茂先生には、初対面でも通用しませんでしたけどね」

茶畑は、自嘲するように溜め息をついた。

「ほら、それもそうよ。白旗を上げたように装って、相手が口を滑らすのを待ってる」

「いや、降参です。わかりました」

やはり、この相手には、小手先のテクニックなど通用しないようだ。

「今日は、この前の話の続きを伺いに来たんです」

「何の話だったかしら？」

賀茂禮子は、人形劇のキャラクターを思わせる才槌頭《さいづち》をかしげる。とぼけているような様子ではなかった。

「あなたが、テレパスだという話ですよ」

「そういえば、あなたは、たしか、そんなことを言ってたわね」

「認めるんですね？」

「わたしは、一度も否定した覚えはないわよ」

賀茂禮子の表情には、面白がっているような色が浮かんだ。

「この前言ったのは、テレパシーで生まれ変わりの現象をすべて説明しようという試みは、無理だということ。それに、わたしがテレパシーを利用して詐欺を働いているというのも、言いがかりだということよ。……浄明には会ったんでしょう？」

茶畑は、精神科病棟で会った天眼院浄明のことを思い出す。一応の受け答えはできたが、あきらかに精神の平衡を失っていた。

その姿は、深海の斜面にからくも引っかかった沈没船を連想させた。船体は錆《さ》びておらず、今からでも海上に引き上げれば、航行は可能かもしれないと思わせる。しかし、沈没船は、今も、目には見えないくらいゆっくりと滑り落ちつつある。その行く手には、巨大な海溝が暗黒の口を開けて待っている。

「天眼院氏があぁなったのは、深淵を覗き込んだからだとおっしゃってましたよね？」

「ええ。その通りよ」

「そこにあるものを見てしまうと、誰一人、正気を保つことはできないんですか？」

「誰一人とは言わない。真理を悟っても、すべてを胸に納めることのできる人間もいます。仏陀《ブッダ》やキリストなど、解脱したと言われている人たちのうち幾人かはそうだったんでしょう。聖人たちと同列視するつもりはないけど、わたしもその一人よ」

賀茂禮子は、ガラス玉のような目を、まっすぐに茶畑に向ける。

「実を言うと、深淵を見る、あるいは気がつくというのは、別に珍しいことじゃないのよ。ただ、ほとんどの場合、精神に異常を来してしまうため、周囲の人たちには真相がわからずじまいになっているんでしょうね。……おそらく、重度の統合失調症と診断されている人の三割から七割くらいは、ぼんやりと気がついてしまった人なんでしょう」

大きく出たなと思う。検証不可能なら、言いたい放題か。

賀茂禮子の目の中には、何の感情も存在しないようだった。美女の目を、吸い込まれそうな瞳《ひとみ》と形容することがあるが、美とは対極にある賀茂禮子の真っ黒な瞳は、まるでブラックホールのようだった。すべてを呑み込み、感情も、夢も、人間的な属性はすべて剝ぎ取って、無に帰してしまう。

「私も今、深淵を覗き込みかけています」

茶畑は、頭を振って妄想を振り払った。

「私は、発狂する部類ですか？　それとも、あなたのように、正気を保つことができるんでしょうか？」

「それは、わたしにはわからない。あなた次第よ」

賀茂禮子は、微笑《ほほえ》むが、やはり何の感情も伝わっては来ない。

「だけど、真理を知ってしまい、それを受け入れることができる人は、ほとんどいません。聖人か、悪魔か、あるいは、何か心によほど強いよすがのある人くらいでしょう。わたしにアドバイスできるのは、やめておいた方が無難だということだけ」

「今さら、そういうわけにはいきません」

茶畑は、引き下がるつもりはなかった。

「ご存じと思いますが、現在、東京都内ではテロのような犯罪組織同士の抗争が吹き荒れています。私は、その真《ま》っ只中《ただなか》に巻き込まれてしまっています。もはや、明日をも知れぬ命と言ってもいいでしょう。しかし、死ぬ前に何としても知っておきたい。ここしばらくの間に私の身に起きたことは、いったい何だったのかを。私が調査していた、前世の記憶のような幻影の正体は、何なのか。そもそも、前世というものは、本当に存在するのかを」

賀茂禮子は、しばらくの間は無言だったが、深い溜め息をついた。百五十年生きた海亀《うみがめ》が、いまわの際に吐き出すような溜め息だった。

「好奇心は人間の宿痾《しゅくあ》ね。それがあったから、文明はここまで発達した。でも、世の中には、知らない方がいいことも数多くある。それがわかっていながら、どうしても知りたいという衝動を抑えることができない。あなたが、すでに、そこまで深淵に近づいているのであれば、見てはいけないと言うのは、酷な話よね」

賀茂禮子は、机の後ろから立ち上がると、窓際に行き、外を眺める。

「でも、本当にいいの？　問題は、正気を保てるかどうかだけじゃないの。真理を悟れば、たしかに死の恐怖からは解放されるかもしれない。だけど、その代わりに、もっと恐ろしいものに取り憑《つ》かれるのよ」

「死よりも恐ろしいものとは、何ですか？」

賀茂禮子は、振り返る。逆光にもかかわらず、双眸は発光しているかのように輝いている。茶畑は、うなじの毛が逆立つような感覚に襲われた。

「孤独よ」

答えを聞いて、拍子抜けする。

「それなら、今でも、多くの人が味わっていますよ。私も、日々大勢の人間と接しながら、誰一人心の底からは信頼できないという孤独に苛《さいな》まれています」

「そんなものじゃない。……もっと本質的、絶対的な、宇宙的と言ってもいい孤独なのよ」

賀茂禮子は、歌うように言う。

「あなたがたまに感じる孤独めいた感情は、本物の孤独の記憶から発せられる名残のようなものにすぎないの。あなたがふだん覚える寂しさが夏の日差しに灼かれる暑さなら、本物の孤独は、灼熱の太陽そのものよ。最初から、とうてい比較にはならない」

賀茂禮子の言葉は、適当なフカシだとは思えなかった。茶畑は、口を開きかけたが、何を言っていいのかわからなかった。正面から核心を追及しようとしても、怯えのようなものが先に立ってしまう。

「……しかし、同じ暑さだったら、延長線上のものとして理解できるはずです。もちろん、太陽の温度を体感——実感することはできないが、想像することなら」

「なるほど、そうね。だったら、ちょっと想像してみて。あなたが強い孤独を感じるのは、一人になったとき？　それとも、群衆の中にいるときかしら？」

茶畑は、少し思いを巡らせた。

「後者ですね。大勢の中にいるときの方が、深い孤独を感じることが多いようです」

茶畑は、唇を舐めた。なぜか、足下から震えが這《は》い上がってくる。

「たぶん、それだけ多くの人間が周囲にいるにもかかわらず、誰とも心がつながっていない虚《むな》しさを覚えているからじゃないでしょうか」

賀茂禮子は、薄く笑った。

「誰もが、そうやって適当な理由を付けて、真実をごまかしながら生きてるのよ。だけど、大勢の中にいるときの方が寂しく感じるというのは、そんなありきたりの理由からじゃない。そもそも、一言も話していない相手とは心がつながっていないというのは、真実じゃないわ。すべての人間の心は、常に、Wi-Fiのようなテレパシーで結ばれているのだから」

テレパシー。そうだ。そのことも、ここで確かめておかなくてはならない。だが、茶畑は、議論が核心からずれたことで、少しだけほっとしていた。

「最初の話に戻りますが、テレパシーは、存在するんですね？」

賀茂禮子は、うなずく。

「意思や記憶がＤＮＡを伝えるウィルスのように行き来するのなら、前世の存在を仮定する必要はなくなると思うんですが？」

「吝嗇《りんしょく》の原理——いわゆる、オッカムの剃刀《かみそり》ね」

賀茂禮子は、いかにもつまらなそうに言う。

「何か未知の現象を説明しようとするときは、仮定は単純なら単純なほどいい。作業仮説としては、そうでしょう。だけど、現実は、一番単純な説明が真実であるとは限らないのよ。テレパシーによって前世の記憶が説明可能だとしても、前世がないことにはならない」

茶畑は、ここへ来た本当の理由を思い出した。

「『こっくりさん事件』に話は戻りますが、私のアシスタントをしている桑田毬子が、あの事件の夢を見たことで、私はあなたのことを思い出したんです」

表情を観察していたが、賀茂禮子は、何の反応も見せない。

「あの夢は、あなたが、桑田に見せたんですか？」

賀茂禮子は、首を振った。

「では、桑田毬子の前世は、本当に、粟田和子だったんですか？」

訊きながら、それはありえないことだと思う。なぜなら、粟田和子はまだ存命だからだ。だとすると、やはり、当事者の誰かの記憶が、テレパシーなどによって毬子の夢に侵入したということになるが……。

だが、賀茂禮子の答えは、予想外のものだった。

「答えは、イエス・アンド・ノーよ。そうであるとも、違うとも言える」

茶畑は、むっとした。

「そんな馬鹿な。いったい、どういうことなんですか？　どちらでもあるというのは？」

「そうね。たしかに、納得しづらいかもしれない。……では、強いて言えば、イエスということになるわね」

賀茂禮子は、愉快そうに歯を見せた。ゴブリンのように三角形に尖った前歯を。

「答えがイエスだと言うなら、粟田和子がまだ生きていることを、どう説明するんですか？　桑田毬子と粟田和子は、同時に生きている。一人の人物が、二つに分裂したとでも言うんですか？」

はっとした。もし、そんな馬鹿げた仮定が許されるのなら、正木栄之介の複数の前世が、時間的にダブっていることも、不思議ではなくなるのだが。

「その答えの先には、底知れぬ深淵がある。ここですべてを知る覚悟はある？」

茶畑は、一瞬たじろいだが、座り直す。

「そのために、ここへ来たんです」

「わかりました。じゃあ、すべてをお話しします」

賀茂禮子は、ひょこひょこと短軀を運んで、茶畑の正面のソファに腰掛けた。

「これからする話が真実なのかどうかは、すべて、あなたが決めることです。証拠もないし、たしかめる術《すべ》もない。すべては、私が幻視したことと、そのときに感じた感覚にすぎないのだから」

「はい」

茶畑は、先を促す。

「あなたに起こる変化は、私の話を聞いた瞬間に訪れるわけじゃないのよ。聞いてすぐに、それこそが真理だと悟る人はいないでしょう。というより、百人が百人、単なるホラ話か、わたしの妄想にすぎないと思うはずです。……でも、真実は、徐々に心の奥底に侵入して、ゆっくりと、すべてを浸食していく」

賀茂禮子の声は、さっきまでと変わりがないはずだが、あたかも地獄の底から響いてくるような不気味さがあった。

「そして、一度聞いてしまえば、けっして忘れることはできない。もう逃れる術はないの。あなたは、浄明と同じになる」

再び、海底の斜面をゆっくりと滑り落ちつつある船のイメージが浮かんだ。

「しつこいようだけど、老婆心から、もう一度だけ念を押させてくれる？　あなたは本当に、それでも聞きたいの？　止めるんなら、今が最後のチャンスよ」

茶畑は、深い息を吐きだしてから、答える。

「話してください」

賀茂禮子の家を辞去したときには、あたりはすっかり暗くなっていた。

ずいぶん遅くなってしまった。毬子は、待ちくたびれていることだろう。

茶畑は、新宿の雑踏を歩いた。

逃亡犯にとって人混みの中の方が安全だというのは、今は昔だ。警察の見当たり捜査官も目を光らせているし、顔認証システムの入っている監視カメラに当たれば、それまでである。現在、自分が警察に追われているかどうかはわからないが、ロス・エキセスの息のかかった人間に見つかれば、拉致《らち》されるか殺されるかの二択だろう。

それでも、茶畑は、ほとんど恐怖を感じなかった。

賀茂禮子から聞かされた話は、何だそりゃという類でしかなかった。危険を冒してまで、わざわざ会いに行った意味があったとは、とても思えない。

宇宙の歴史より遥かに長く、ほとんど永遠に続く人生とは何か。

しかし、賀茂禮子が予言したように、その愚にも付かない話は、心の中に居場所を定め、徐々に大きくなりつつあるようだった。

それは、成長する錨《いかり》のようなものかもしれないと、茶畑は思った。船から海中に垂らした鎖の先端に、奇妙な錨がぶら下がっている。最初のうち、それは、水の抵抗を増やすことで航行の邪魔になるだけだが、錨の重さが際限なく重くなってくるうちに、いつかは水の中に引き込まれてしまうのだ。そして、天眼院浄明のように海底の斜面に引っかかったとしても、ゆっくりと滑り落ち続ける。海淵のはるか最深部——奈落《ならく》の底まで。

馬鹿馬鹿しい。俺は、何を考えているんだ。

茶畑は、苦笑した。

あの女はやはり、ただならない妖気《ようき》のようなものを発している。だから、精神の不安定な人間が接すると、妄想の中に取り込まれてしまうこともあるのだろう。

俺は、違う。

茶畑は、強いて笑顔を作った。

俺は、違う。

現に、今も孤独は感じない。

逆に、雑踏を行き交う人々を、こんなに近しく感じたことはないくらいだ。

新宿西口のビジネス街を抜けて、隠れ家のある通りに向かう。

そのとき、ふいに、うしろから肩をつかまれた。

12

茶畑は、すばやく身を沈めて相手の手を外すと、短距離走のスタートのように飛び出して、電柱の後ろに回り込んでから振り返った。

長身の男が、胃痛に耐えているような表情で佇んでいた。

「大日向」

茶畑は、一瞬気をゆるめかけた。事務所が爆破されたと聞いて、てっきりこいつも死んだとばかり思っていたが。

「こんなところで、何をしてる？　状況がわかってるのか？」

大日向は暗い声でつぶやいた。

「ああ。新幹線の中でニュースを見た」

大日向は、かすかに首を振った。

「やっぱり、おまえは大馬鹿野郎だな」

茶畑は、嫌な予感に襲われた。大日向とは長い付き合いだ。顔を見れば、事態がどの程度深刻なのか見当が付くが、これほど絶望しきった表情は見たことがなかった。

「聞きたいことがある。ロス・エキセスは、おまえにも接触してきたのか？」

茶畑は、周囲の様子を見ながら、大日向に近づいた。

「ああ」

当然だろうという口調だった。

「それで？　何を訊かれた？」

「何もかもだ」

「どこまで話した？」

「どこまでもだ」

怒りが込み上げてくる。

「知らぬ存ぜぬを通せと言っただろう？」

大日向は、唇を歪《ゆが》めた。

「ちょっと脅したら、俺が怯えて口を閉ざしてると思ったのか？　どっちが怖いと思う？　おまえの報復と、両手両足を失うことじゃ？」

丹野の恫喝《どうかつ》だったらいい勝負だったかもしれないが、大甘の探偵の脅しなど、何の効果もなかったということらしい。

「……なるほど。じゃあ、やつらは今、血眼で俺を追っているわけか？」

「いいや」

大日向は、首を振る。

「どういうことだ？」

かすかな希望が湧いた。もしかしたら、ロス・エキセスのターゲットは丹野だけであり、北川を雇っていただけの探偵になど、興味はないのかもしれない。だが、大日向の言葉で、甘い期待は打ち砕かれた。

「ついさっきまでは、たしかにおまえを追っていた。しかし、もう違う」

大日向の言葉が終わらないうちに、茶畑は走り出した。

逃げろ。ここで捕まったら、一巻の終わりだ。どんなことをしても、逃げ切るんだ。

いくらロス・エキセスでも、繁華街の人混みの中で、しかも、警察が警戒している中で、無茶はできないはずだ。

正面に、数人の男たちが立ち塞がった。一見サラリーマンと変わらない出《い》で立《た》ちだったが、鋭い目つきと筋肉の付き方が違う。

茶畑は、ライオンに追われたスプリングボックのように方向転換すると、路地に入った。

しかし、ものの十メートルも行かないうちに、待ち構えていた男たちが前方に現れる。

振り返ると、さっきの男たちが、早足で近づいてくるところだった。

茶畑は、諦めて脱力した。アクション映画とは違って、これだけの人数を相手にしては、プロの格闘家でもなす術がない。

「黙って来るんだ。できるだけの協力をしたら、褒美がもらえるかもしれない」

男たちの後ろから来た、大日向が言う。

「褒美って何だ？」

「四肢切断を免れること。それに、家族や親戚《しんせき》を皆殺しにされないですむことだ。なかなか、こんないい話はないぞ」

スジ者の臭いをぷんぷんさせた男たちが、茶畑を両脇から挟んで手錠をかけた。

「メキシカンには見えないな」

誰も答えない。

「下請けか。どこの組だ？」

鳩尾《みぞおち》を殴られて、息が詰まった。

男たちは、茶畑を引き摺《ず》って行き、ワンボックスカーに押し込んだ。猿轡《さるぐつわ》をされ、頭から黒い袋を被せられると、車は発進した。

東京が非常事態にある現在、窓に黒いフィルムを貼ったワンボックスカーは、怪しすぎるはずだ。茶畑は、どこかで警察の検問に引っかからないかと淡い期待を抱いたが、男たちも回避する術は充分に心得ているらしい。

車は、三十分ほど走ると、静かな場所で停《と》まった。

ドアが開くと、茶畑は、両側から腕を極《き》めるようにして吊《つ》り上げられた。後ろ手に手錠をかけられているので、ひどく痛い。

連れ込まれたのは、古いビルの地下室のようなところらしかった。

今度こそ、これで終わりだ。

茶畑は、深い溜め息をついた。

今となっては、賀茂禮子から聞いた話が、唯一の救いである。

この馬鹿ども――ロス・エキセスや丹野のような血に飢えたサディストたちに、あの話を聞かせて、納得させることができればと思う。

想像力を持たない人間には、何を言っているのか理解することすらできないだろうが。

尋問は、想像したほど過酷なものではなかった。ロス・エキセスから派遣された人間ではなく、金で雇われた日本のヤクザだったことは、ラッキーだったのだろう。

とはいえ、一通り話を終えた後では、顔は十二ラウンドを戦い終えた激闘型のボクサーのように腫《は》れ上がっていた。

いっさい抗《あらが》おうとはせず、（毬子の居所は除いて）知っていることは全部話したのだから、これでも被害は最小限に抑えたのだろう。

「無駄な抵抗はせずに、素直に喋《しゃべ》ったことは賢明な判断でした」

尋問をした男が、保険会社のセールスマンのように滑らかな口調で言う。ウェリントンのメガネといい、七三に分けた髪型といい、セールスマンにしか見えない風貌だった。

「しかし、肝心なことがわからないんじゃ、意味がないです。私も、報告を上げられない。何を言ってるかは、わかりますよね？」

茶畑は、殊勝にうなずいた。

「知りたいのは、丹野の居所です。今日、丹野からケータイに着信があったんですよね？何を話したんですか？」

「だから、それは、さっきも説明したように……」

ボクシンググローブを嵌めた男の拳《こぶし》が、茶畑の頰骨にヒットした。脳震盪《のうしんとう》を起こすほどの衝撃だった。ナックルパートの薄い、メキシコのレイジェス製八オンスだろうか。

「東京へは戻ってこないように、警告を受けたと。その話は、もういいです。同じ答えは、何度も聞きたくない。痛い目に遭いたくなければ、何か価値のある話をしてください」

茶畑は、うなずいた。

「丹野は、どこにいると言っていましたか？」

そんなことを言うわけがないだろう。そう思ったことは、男にも伝わったらしかった。

「もちろん、居所がどこかとは言わなかったでしょう。しかし、何かヒントがあったんじゃないですか？」

「そんな話は、何も」

「言葉でなくてもいいんです。バックグラウンドのノイズみたいなものでも」

無茶を言うな。茶畑は、首を振る。

「あなたは、探偵ですよね？　しかも、人捜しを得意としている。丹野はどこにいると思いますか？」

「全然、見当が……」

男は、左ジャブを二発、茶畑の鼻っ柱に当てた。ひどく痛かった。せっかく止まっていた鼻血が再び流れ落ちる。

「必死に考えた方がいいですよ。どうせ、話すことになるんだから」

「待ってくれ。俺には丹野を庇《かば》う理由はない。本当に、知っていることは全部話している。でも、何もわからないんだ」

男は、がっかりしたようだった。

「……しかし、妙ですね。そんなに希薄な関係だったら、なぜ、丹野は、あなたを心配して警告の電話をよこしたりするんですか？」

こっちが聞きたい。

「小学校の同級生だし、やつは俺から金を取る気だった。その前に死んだら困ると思ったんだろう」

顔面を右ストレートが襲うかと思われたが、それはフェイントで、左フックが脇腹に突き刺さった。レバー打ちに悶絶《もんぜつ》しかけ、茶畑は、縛り付けられているサンドバッグの上で身をよじった。

「大日向さん。どうでしょう？　茶畑さんは、もう有効な情報は持っていないそうですよ。だとすると、あなたの貢献ポイントも減らさなければなりませんね。あなたの命をつないでいる、大事な大事なポイントなのに」

大日向が、顔をしかめ、胃の上を押さえながら近づいてきた。

尋問が始まってからは、地下室に残っているのはこの二人だけで、屈強な男たちは、別の仕事があるらしく、姿を消していた。

この縛《いまし》めさえ解くことができたら、何とかなるかもしれない。大日向は軽くKOできるし、説得することも可能だろう。問題はこのボクシングマニアだけだったが、パンチはそこそこ切れているものの、打たれ強いタイプには見えない。

それに、たとえ、ここから逃げ出すことはかなわなくても、これだけ殴られたのだから、一発くらいはお返しをしておきたかった。

「……こいつはさっき、新幹線で帰ってくるとき、丹野の電話があったと言っていました。

どこへ何をしに行ってたのかがわかれば、手がかりが得られるかもしれません」

　苦し紛れだろうが、大日向の放った余計な一言に、茶畑は目をつぶった。

　勘弁してくれ。その話を、ここで持ち出すのか。かりに、本当のことを言ったとしても、前世について調べていたという説明で、こいつが納得するわけがないだろう。

「なるほど。たしかに、それは訊いておくべきでした。茶畑さん。あなたは、どこへ行ってたんですか？」

「大阪に」

「何のために？」

「調査だ。……その、昔の同級生を捜してくれという依頼があって。吹田市の小学校で、『かずちゃん』という愛称しか覚えていないという話だった」

　今度はどこを殴られるかと身構えていたが、男は、首を捻《ひね》っていた。

「その話は、少し変ですね」

「どこが変だと言うんだ？」

「探偵事務所なら、大阪にもたくさんあるでしょう？　どうして、高い交通費を負担して、あなたを呼び寄せなければならなかったんですか？」

「依頼人は、以前、東京に住んでいて、俺に仕事を頼んだことがあった。それだけ信頼してくれてたんだ」

「それは、どんな仕事ですか？」

「夫の浮気調査」

「で、実際に浮気をしてたんですか？」

「クロだったよ。相手は直属の部下だったが、まだ深入りはしてなかったんで、説得して、止めさせた」

「なぜ、そんなことを？」

「そうすれば、両方から金が取れるからだ」

すべてとっさの捏造だったが、茶畑は、一瞬も間を置かずに答える。

「なるほど。……どうやら、この線も外れですか」

男は、うなずいて、ちらりと大日向を見やった。

「待ってくれ！　こいつは、北川の雇い主だったんだ。何も知らなかったとは思えない！　丹野じゃなくても、せめて北川の居所がわかれば、メキシコ人は満足するはずだ」

男は、ボクシンググローブの端で、ウェリントンのメガネを直した。

「じゃあ、あなたが訊いてみてください」

「いや、今さら俺が訊いても……そうだ、やつがいい。小口だ！」

「あの闇金ですか？　サンドバッグ以外の役には立ちませんでしたが」

「二人をぶつけて、対質させてみよう。どちらかが、ボロを出すはずだ」

男は、浮かない顔だったが、他に良い方法がないと思ったらしく、部屋を出て行った。

ドアが閉まるのを待ってから、茶畑は、大日向に声をかける。

「小口も捕まっているのか？」

エステバン・ドゥアルテに捕まっていたときに、小口が黒幕だと出鱈目を吹き込んだのを思い出す。しかし、その直後にドゥアルテと通訳は丹野に殺されたから、ロス・エキセスに知られることはなかったはずだが。

「ああ。俺がチクった。苦し紛れに、やつが何か知ってるはずだと言ったんだ」

そういえば、大日向に、そう言えと指示したっけと思い出した。大日向が、忠実に指示を守ったのは、小口が老若男女から愛されるキャラクターではないことと、何か関係があるのかもしれない。

「で？　俺と小口をぶつけて、何か収穫があると思うのか？」

大日向は、答えなかった。

「やっぱりそうか。単なる時間つなぎってわけだ。で？　俺たちの世間話のネタが尽きたら、どうするんだ？」

「どうしようもない」

大日向は、喉の奥で嘔吐《えず》くような音を立てた。

「おまえが、何か時間稼ぎになるようなネタを考えてくれ。嘘八百は得意だろう？」

茶畑は、あえて冷たく首を振って見せた。

「無理だ。もう、ネタ切れだよ。これから、俺と小口が醜く罵《のの》り合って、最後には二人とも処刑されるだけだ。わかってるだろうな？　その後は、おまえの番だ」

大日向は、無言のままうなだれていた。今言ったことが正鵠《せいこく》を射ているとわかっているのだろう。

「助かるには、一か八《ばち》か逃げ出すしかない」

「逃げる場所なんてない。どこへ行っても、やつらには見つかる」

「隠れられるところはある。大阪だ。あそこなら、一、二年は身を隠せる。俺は、人捜しのプロだ。どうやれば見つからないかも知り尽くしている」

茶畑の懸命の説得は、効き目があったようだった。大日向の表情に、かすかに生気がよみがえる。

「しかし、そこでしばらくは凌げたとしても、その後はどうするんだ?」

「ノーアイデアだ」

いくらでも適当なことは言えたが、あえて茶畑は突き放す。こいつは疑い深い深海魚だ。美味すぎる撒《ま》き餌《え》はかえってリアリティを損ねる。真っ暗闇に射し込んできた一筋の光明。これしかないだろう。

「しかし、ここで死ぬよりはいいだろう? 生きてさえいれば、その後の展望も開けるかもしれない。……それとも、もう疲れたか? せめて、あまり苦痛なく死なせてもらえるよう、さっきの男に口添えを頼んでみるか?」

大日向は、決心したようだった。

「どうすればいい? ここから逃げ出せると思うのか?」

「やつらは、何人いる？」

「愛川《あいかわ》――さっきのメガネの男だが――と、あと、もう一人、シャブ中の薄ノロだけだ」

舐められたものだと思う。今も、大日向と二人きりにしてくれたのは、大日向にはもはや逆らう気力がないと決め込んでいたからだろう。

「わかった。とにかく、俺を自由にしてくれ」

大日向は、サンドバッグの後ろに回って、ロープをほどこうとし始めた。

「まだか？」

「結び目が、めちゃくちゃ固いんだ。くそ！　何か道具がないと、これは……」

そのとき、廊下を歩いてくる足音が聞こえた。

「間に合わない。元の位置に戻れ！　チャンスを待とう」

茶畑の言葉に、大日向はロープをほどくのを断念して、茶畑から離れた。

間一髪だった。予想よりも早くドアが開けられる。風船のようにぱんぱんに腫れ上がった顔を覗かせた男は、おそらく小口だろう。確信は持てないが。

「ご対面だ」

愛川が、後ろから小口を乱暴に突き入れる。後ろ手に手錠をかけられている小口は、つんのめって倒れそうになったが、なんとか踏ん張った。

あらためて、小口の顔の惨状があきらかになった。左の眉の上は庇《ひさし》のように突き出ており、知らなければ特殊メイクかと思うほどだ。自分の顔も、大差ないかもしれないが。

しかし、小口の顔には、開いている傷口は見当たらなかった。愛川はわざとやったなと、茶畑は思う。皮膚の薄い箇所を避け、肉叩きのような鈍いパンチをまんべんなく当てたのだ。こっちは鼻血を出しているので、愛川が出血を嫌ったというわけではないだろう。ひょっとすると、このサディストは、小口の顔が思った以上に膨らんできたので面白くなったのかもしれない。

「あ。てめえ……！」

茶畑を認めて、小口が唸った。

「やっぱ、てめえがチクリやがったのか？」

否定することもできた。チクったことは事実だが、小口が捕まったのは大日向のせいだ。しかし、ここは、何となく小口をもっと怒らせた方がいいような気がした。

「チクったとしたら、何だ？」

「ぜってえ、ぶっ殺してやるからな」

小口は、顔を近づけて精一杯の凄《すご》みを利かした。たしかに、瞼《まぶた》が腫れ上がり塞がりかけた目はお岩さんのように恨みがましく、その意味では迫力があった。

「ははは。その顔で言うセリフか？」

「てめえだって、似たようなもんじゃねえか？」

すぐにかんかんになるかと思いきや、小口は、意外にしたたかに切り返す。

「程度が違う。鏡を見てないだろう？　おまえの頭のシルエットは、ア●●●マンそっく

「そういうのをな、目糞鼻糞って言うんだよ。心配すんなって。てめえの顔は、後で俺が、ゆっくり切り刻んでやっからよ」

小口は、血の混じった唾《つば》を飛ばして前歯を剝《む》き出した。上の門歯が二本なくなっており、気の毒という感じしかしなかった。

またもや、天眼院浄明の言葉が脳裏に浮かぶ。

『人が人に対してふるう暴力や残虐行為は、宇宙で最悪の愚行です』

たしかに、その通りだろう。賀茂禮子から『真実』を聞いた後では――もちろん、完全に信じたわけではなかったが――天眼院浄明という詐欺師の言葉は、真理を衝《つ》いていたという気がしていた。

「そうか。なるほどな……」

今思えば、初対面から虫の好かないやつだった。どんなに努力して見ても、いいところが一つも見つからないのだ。ボクサー愛川がやらなかったら、自分がこんなふうにぼこぼこにしてやりたいとさえ思っていた。

しかし、今は違う。お互い、どうせもうすぐ死ぬ身であれば、優しい言葉の一つもかけてやりたいと感じていた。

「てめえ！　その目はいったい何だ？」

なぜか、小口は、見たことがないほど激昂《げきこう》していた。

ああそうかと、茶畑は気がついた。俺の目の中に憐《あわ》れみの色を見て取ったため、こいつは我慢できなくなったに違いない。

茶畑の心中は、相変わらず小口への慈愛で満ちていたものの、期せずしてうまく怒らせる流れになったのだから、この機は逃すべきではないと判断する。

「おまえにも、きっと、可愛らしい子供時代はあったんだろうな」

「何だあ……？」

小口は目を剝いた。あれだけ瞼が腫れていたはずなのに、虹彩《こうさい》が全部見えるほどだった。普通の状態だったら、目玉がピンポン球のように飛び出していたかもしれない。

「いや、もちろん客観的に見れば、ハイエナの子供のようなもので、可愛くはなかったかもしれない。しかし、それでも、無邪気な子供ではあったはずだ。きっと鼻糞を喰いながら、一日中へらへらと笑っていたんだろう？」

小口は、喉の奥で蛙《かえる》の鳴き声のような音を立てたが、言葉にはならなかった。

「しかし、その無邪気だった子供は、知恵が足りないばかりに、下水のフィルターのように世の中のヘドロに染まり続け、その結果、正真正銘の糞の塊である現在のおまえになった。おまえは今日ここで死ぬが、本当に虚しい無意味な一生だったな。鼻つまみ者として生き、唾を吐きかけられて死ぬんだ。とはいえ、おまえの哀れな母親が、今の惨めな姿を見なくてすんだのが、せめてもの」

小口の怒りの形相が、目の前に大写しになった。

茶畑はとっさに顔を背けたが、頰骨の上に衝撃を受け、意識が飛びかける。

「何してる？　やめろ！」

愛川が、あわてて小口を引き離そうとする。小口の渾身《こんしん》の頭突きは茶畑の顔をかすめたが、そのまま後ろのサンドバッグに顔から激突してしまったようだ。だらだら鼻血を流しながら、小口は足下をふらつかせる。

「この馬鹿が！　誰がそんなことをしろと」

愛川が、小口の背後から肩をつかんだ。

次の瞬間、小口は、身体を大きく反らせて、後ろ向きに頭を振った。

小口の後頭部が鼻を直撃し、愛川は、あっと叫んで後ずさる。

その首に、背後から大日向の腕が巻き付いた。どうなるかと思っていると、十秒もしないうちに愛川は落ちた。どうやら大日向の実力を過小評価していたらしい。柔術の心得があるとは知らなかった。

「よし、よくやった！　ロープをほどいてくれ」

茶畑は声をかけたが、大日向より前に、小口が顔を近づけてくる。

「はあ？　いったい何で、てめえを助けなきゃならねえんだ？　納得のいく理由を聞かせてもらおうか？」

「ここから脱出するには、三人が協力するしかないだろう？」

「そうかよ。それにしても、さっきは、ずいぶん好き勝手言ってくれたな」

「何を言ってるんだ？　全部芝居に決まってるじゃないか。あのくだりがあったからこそ、そこのボクサーもどきも隙を見せたんだ。それにしても、おまえが、とっさにあんな真似ができるとは驚いたよ」

「あのままじゃ、殺されるしかねえだろうが」

「さすがは、闇の金融業界で修羅場をくぐってるだけのことはある。見直したよ」

「この糞野郎は、さんざん痛めつけてくれたしな」

小口は、気を失っている愛川の脇腹に蹴りを入れた。愛川は、苦しげに身をよじったが、意識は戻らない。

「さあ、時間がない。早くほどいてくれ」

「だから、てめえを助ける理由が、俺にあんのかって？」

大日向が、小口を押しのけた。冷たい目で茶畑を一瞥し、サンドバッグの後ろに回って、ロープをほどき始める。

「おい、そいつを助けるんだったら、俺の手錠も外してくれ」

「そいつが鍵を持ってるはずだ。自分で捜せ」

大日向の言葉に、小口はぶつぶつ言いながら、屈《かが》み込んだ。後ろ手で器用に愛川の背広の内ポケットを探る。

「くそっ。いったい、どこにあんだよ？」

鍵が容易に見つからないらしい。

ようやく縛めから自由になると、茶畑は、そばに寄って愛川の様子を確かめた。やはり、気を失っているだけで、まだ息はあるようだ。ポケットに手錠の鍵らしきものがあったので、小口に投げてやる。

ここは、手足を折っておいた方が安全かもしれない。足を上げて踏みつけようとしたとき、大日向が茶畑の腕をつかんで引き戻した。

「何をするつもりだ？　殺す気か？」

怪物を見る目だった。たぶん、首を踏み折るつもりだと思ったのだろう。今さら、誤解を解こうという意欲はわいてこなかった。

「……殺すのが嫌だったら、縛り上げておけ」

茶畑がそう言うと、大日向は、小口から受け取った手錠を愛川に掛け、茶畑を縛っていた荷造り用の紐で足を縛る。

「よし、行くぞ」

ドアの方へ向かったとき、大日向が「待て」と言った。

「見張りがいる。呂律《ろれつ》も回らないシャブ中の薄ノロだが、銃を持っている」

どうすればいい。茶畑は、愛川を人質に取ろうかと一計を案じる。いや、そうなっても、シャブ中が人命を尊重する保証はない。だったら、愛川を殺さなかったことを奇貨として、こいつに呼ばせるのがベストだ。

そのとき、ドアにノックの音がした。

「兄貴？　邪魔するなって言われてたけど、頭《かしら》から電話なんだ」

茶畑は、とっさにドアが内開きであることを見て取り、こちらから見てノブのある右側の壁に張り付いた。同時に、大日向は、反対側に隠れる。

「ドアを開けろ」

茶畑は、小声で小口に指示した。

「俺が？」

小口は、ひどく心細そうな顔になり、ドアに近づこうとはしない。

「いいから、さっさと開けろ」

茶畑は、顎をしゃくった。

「兄貴ー。どうしたんだ？　開けてもいいかな？」

さっと、ドアが内側に開けられた。真正面では、小口が立ち竦《すく》んでいる。

小口は、早く飛びかかれというように、茶畑と大日向を交互に見たが、シャブ中が部屋に入ろうとしないので、二人とも行動を起こすことができなかった。

シャブ中は、小口の背後に倒れている愛川の姿を認めたらしい。

「きさま。兄貴に何をした？」

小口が後ずさり、シャブ中が部屋に入ってきた。百九十センチ近い坊主頭の大男である。

飛びかかる姿勢でいた茶畑は、気勢を削《そ》がれた。大日向も同様だったようだ。

「待て……待ってくれ！」

さいわい、小口の必死の形相のおかげで、男の注意は前方に向いている。

パン、という乾いた音がした。

続いて、パン、パン、パンともう二発。

小口は、フィギュアスケートの選手のように、その場に回転して倒れた。

茶畑は、大男の耳の後ろに渾身の右ストレートを叩き込む。

大男は、よろめいたが、倒れずにこちらに向き直った。

まずい。撃たれると思った瞬間、大日向の腕が背後から大男の首に巻き付いた。大男は、拳銃《けんじゅう》を握ったままの手で大日向の手を外し、壁に向かって突き飛ばした。

今が、ラストチャンスだ。

茶畑は、大男の両脚の間に右脚を突っ込み、思いっきり金的を蹴り上げる。

大男は、じろりと茶畑を見た。効かなかったのか？　まさか。

しかし、一拍遅れて、大男の表情は苦痛に歪んだ。股間を押さえて、うずくまる。

茶畑は、大男の手にしている拳銃の銃身をつかんだ。手が焼けそうなくらい熱かったが、力いっぱい握りしめ、銃口を大男の頭に向けた。元々のパワーに相当な差があったとしても、銃把を握っているのと銃身を持っているのとでは、てこの原理によって、銃身側が圧倒的に有利になる。

銃口を右の眼球に押し当てられて、男の表情に恐怖が走った。

「撃てば死ぬぞ！　引き金から指を離せ」

茶畑の言葉で、男は用心金の中から中指を抜こうとしたが、太すぎる指が途中で引き金に引っかかってしまう。

再び、発射音が轟《とどろ》いた。まるでバットで殴られたように、大男の首ががくんと揺れた。まるでスプレーガンを発射したように、反対側の壁に真っ赤な染《し》みが広がる。

「……殺したな」

起き上がってきた大日向が、信じられないという目をして言った。

茶畑は、溜め息をつくと、大男の手から銃をもぎ取り、火傷した手に息を吹きかけた。

小口は、三発の銃弾を脊椎《せきつい》と胸部、腹部に受けて即死していた。

文字通り、糞のような人生だったに違いない。以前ならば一顧だにしなかったはずだが、今はそんな気にはなれなかった。茶畑は合掌する。

大日向は、その姿を奇異の目で見ていた。平然と人を殺しておいて死者を悼むというのは、どういう心境なのかと訝《いぶか》っているのだろう。今さら、俺は殺していないと弁解するつもりもなかった。

ヤクザたちに連れ込まれたのは、赤羽にある廃ビルだった。

大日向は、これ以上行動を共にすることを頑《かたく》なに拒んだので、建物を出たところで別れる。おそらく今生の別れだろうが、大日向は、振り返る気配すらなく足早に歩き去った。

携帯電話は無事だったので、毬子にかけた。

「所長！　どうしたんですか？　全然連絡が付かなかったんで、心配したんですよ？」

腕時計を見ると、ちょうど日付が変わるところだった。

「つい今し方まで、拉致されてたんだ。ロス・エキセスは、金で日本のヤクザたちを買っているらしい」

「そんなこと」

毬子は、そう言いかけて、冗談ではないことに気がついたようだった。

「……どうやって、助かったんですか？」

「身を挺《てい》して、俺を助けてくれた人がいた」

「誰なんですか？」

「昭和の金貸しだ」

毬子は、沈黙する。どうやら、彼女は、冗談とそうでない発言を、正確に聞き分けられるらしい。

「小口さんは、どうなったんですか？」

「惜しい人物だったが、撃たれて死んだ」

再び、沈黙。

「いいか。そこに明け方までいて、それから東京駅へ行き、始発の新幹線に乗れ」

「どこへ行くんですか？」

「どこでもいい。どこか土地鑑のある場所だ。ここにいたら、殺される可能性が高い」

「所長は？」

「わからない」

毬子は、深い溜め息をついた。

「信州に友達がいます。そこなら、しばらく泊めてくれると思います」

「そうか」

「所長も、一緒に行きましょう」

「いや、だめだ」

茶畑は、にべもなく断る。

「どうしてですか？　どこか、行く当てがあるんですか？」

「ない」

「所長！」

「それより、栄ウォーターテックの有本という総務課長に、連絡してくれ。うまくいけば、桑田の退職金くらいはもらえるだろう」

「何と言うんですか？」

「情報漏洩の黒幕は、天眼院浄明という霊能者と組んだ、小口繁という金融業者だったと。さらに黒幕がいたらしく、天眼院は薬を飲まされて精神に異常を来し、小口は射殺された。正木さんにも、そう報告しますからと」

「それは、本当なんですか？」

毬子の正当な疑問は、無視する。

「それから、正木さんに報告しておいてくれ。殺人犯だった藤兵衛が生まれ変わったのは、弟の正木武史さんではなく、小口繁という金融業者だったと。小口は、身代わりとして処刑された浪人の生まれ変わりによって、射殺された」

「……命の恩人じゃなかったんですか？」

毬子は、呆れたように言った。

「この際だ。厚意に甘えて、とことん役に立ってもらおう」

茶畑は、咳払いした。

「そういうことなんだ。元気でな」

「待ってください。本当に、所長は、どうするつもりなんですか？　一人より、二人の方がいろいろと便利でしょう？」

「俺のことはいい。縁があったら、また会おう」

「そんなの、勝手すぎます！」

毬子は、珍しく感情を高ぶらせていた。

「わたしは、いったい所長の何だったんですか？」

「雇い主と従業員。それだけのことだ」

「だったら……どうして？　どうして、新幹線の中で、あんなことをしたんですか？」

茶畑は、絶句した。

「所長！　答えてください！」

「すまない。一言もない」

「……わかりました」

毬子は、ややあって、低い声で言った。

「じゃあ、最後にせめて、一つだけ教えてください」

「何だ？」

「所長が研修させた、新人二人組——ハードボイルドマニアと、ハイテク好きの出歯亀です。二人を一緒にしたときに、いったい何が起こったんですか？」

茶畑は、ふっと笑った。

「人生とは、予想もしないミステリーの連続だ。残念ながら、その大半はけっして解決することはない」

「あの話も、デタラメだったんですね？」

「そうじゃない。……二人とも、桑田より年下だったはずだ。いつの日か、わかるよ」

茶畑は、電話を切った。

今生ではこれまでだとしても、いずれまた会える。

すべての人間の生は、つながっているのだから。

赤羽駅のトイレで顔を鏡に映して見る。両瞼と頬骨の上は腫れ上がっていたが、もともと腫れぼったい顔だったら、このくらいのやつは、いてもおかしくないだろう。鼻血はすでに止まっていたが、ワイシャツに血飛沫《ちしぶき》が飛んでいるのが気になった。顔を水で冷やしてから、ワイシャツを脱いで、石鹸《せっけん》と流水で洗った。どうにか目立たなくなる。濡れたワイシャツは気持ちが悪かったが、そのうち乾くだろう。

まだ電車があったので、みすみす死にに行くようなものだと思ったが、新宿へ戻ることにした。

今さら逃げ出したところで、展望は開けない。それならば、渦中に飛び込むのが、むしろ自分のやり方だ。それに、一度拉致されたことで腹が据わったらしく、死に対する恐怖心がきれいさっぱり消え失《う》せている。

零時台の電車は、大勢の乗客が乗っていた。その大半がサラリーマンのようだ。

茶畑が立っているのはドアのすぐ横だったが、近くには誰もいなかった。注意して見ると、こちらに視線を向けている人間も見当たらない。

それも当然だろうと思う。頭は自分でやった変な角刈りだし、顔を腫らしているのだから、どう見ても不審人物に違いない。

右手で鼻の頭を掻いたとき、袖口《そでぐち》から硝煙臭がするのに気がつく。

坊主頭の大男が発射した拳銃によるものらしい。これまで暴力沙汰に無縁だったわけではないが、目の前で人が死ぬのは衝撃的な体験のはずだった。にもかかわらず、ほとんど何の感慨も湧かないのはなぜだろう。

電車の単調な揺れに身をまかせながら、考えに耽る。

自らの死への恐怖が消え失せたこと。他人の死に対する関心もなくなっていること。この二つは、もしかしたら、同じ原因によるものではないだろうか。

賀茂禮子から聞かされた、あの与太話だ。

もはや、荒唐無稽《こうとうむけい》というのを通り越して、反駁《はんばく》する気にもなれない。

たしかに、そんな滅茶苦茶《めちゃくちゃ》な仮定をすれば、前世に関する様々な矛盾に説明が付くのも、事実だろう。なぜ正木老人の思い出した二つの前世が時間的にダブっていたのか。どうして、毬子の前世だったはずの人物が、まだ生きていたのか。さらに、人類の数は増え続けてきたのだから、輪廻転生する魂が不足するはずだという突っ込みにも。

しかし、だからといって、あんな話を信じ込む馬鹿はいないだろう。茶畑は苦笑した。

唐突に、丹野の言葉がよみがえる。

「あれは、小学六年生のときだった。ビジョンが見えたんだよ」

「過去の俺——今の俺じゃない別の俺が、いろんなシチュエーションで、同じように得物《えもの》を頭上に振り上げてるところだった」

「合わせ鏡に映ってるみたいに、いっぺんに百人以上は見えた」

「首を斬《き》り落としたり、頭を叩き潰したり」

「モンゴル軍の指揮官か、ヨーロッパの騎士団長みたいなやつもいたな。それが見えたとき、俺は、完全に吹っ切れたんだよ」


やつが見たビジョンというのは、もしかして真実だったのだろうか。

そんなはずはないと、茶畑は首を振る。よりによって、解脱とは最も縁遠いであろう男が、残虐行為の真っ最中に、宇宙の真理を悟るなんてことがあるはずはない。

とはいえ、丹野の見たビジョンと、賀茂禮子の話の間には、奇妙な符合があることもまた事実だった。

茶畑は、車両のドアのガラス窓越しに、けっして灯《あか》りが絶えることのない東京の街に目をやった。

もし、本当に、それが真実だったら。

たしかに、本当にそうだったとしたら、真実を知ってしまった人間は衝撃に耐えきれず、ゆっくりと精神の平衡を失っていくに違いない。天眼院浄明のように。

もちろん、そんなわけはない。絶対にありえない。

だが、もしそうだったとしたら、人生とは、いったい何なのだろう。

幼い頃から感じていた、根源的な疑問があった。

俺は、いったいなぜ、俺なのだろうか。

世界には何十億人もの人間が生活しており、それぞれに自意識を持って、思考している。

そのほぼ全員が、おそらく一瞬は、同じような違和感にとらわれたことがあるはずだ。

どうして僕は、茶畑徹朗なの？　幼稚園児の頃、母親に一度、そう訊いたことがあった。母親の答えは、佐藤晋くんも、鈴木恵さんも、きっと、みんな同じように思っているはずよというものだった。だが、果たしてそれは、答えになっているのか。単なるはぐらかしではないのか。どうしても、不思議に思う感覚はなくならなかった。

そして、今も、その思いは基本的に変わっていない。なぜ、俺は、無数の人々の中から、茶畑徹朗という一個人となるように定められたのだろう。自分だけが特別だと考えるのは、理屈に合わないと思う。しかし、自分の意識は、感覚的には、この宇宙で唯一無二であり、絶対的な存在であるとしか思えないのだ。

フレドリック・ブラウンの短編小説を読んだとき、唯我論《ソリプシズム》について知った。「我思う故に我あり」で有名なデカルトから発した説で、思考している自分以外の存在はすべて不確かな幻影だということらしい。幼児の全能感を大人に持ち越したような考え方だが、感覚的には、妙にしっくりくる。

……もしかしたら、この宇宙には、本当に、ただ一つの意識しか存在しないのではないか。

ふいに、目眩《めくるめ》くような啓示が現れ、茶畑は瞑目した。

宇宙の歴史より遥かに長く、ほとんど永遠に続く人生とは何か。

その瞬間、心の中で真実を覆い隠していた衝立《ついたて》が、カタンと音を立てて倒れた。

茶畑は、周囲にあったすべての存在が雲散霧消して、自分が暗黒の空間に漂っているのを感じた。そこには、自らの肉体すら存在せず、あるのは、ただ思いだけだった。

孤独だった。

どこまでも続く暗闇の中では、時間の存在すらあやふやだった。

無限と永劫《えいごう》の間に広がる無明《むみよう》。

『意識』は、ひたすら孤独であり続けた。そもそもの初めから唯一の存在だったために、孤独という概念さえ知らなかったが。

いつしか、時間が生まれ落ちて、ゆっくりと流れ始める。他に比べるもののない歩みは、速やかとも遅々としているともつかなかった。しかし、今や確実に時間は存在し、全宇宙を支配していた。

恒星が輝き、やがて寿命が尽きる。あるものは大爆発し、あるものは静かに消えていく。あるものは、ひたすら縮んでいき、空間をひずませる真っ黒な存在と化した。

輝いている恒星の周囲を巡る惑星の上では、安定した環境下で様々な化学物質が生まれ、それらの中には、自己を複製するものが出現した。

自己複製子のうち、不安定なものは消えていき、比較的安定したものだけが残っていく。

やがて、自己複製子は殻をまとうようになった。殻は乗り物へと進化して、ついに生物が誕生する。生物は、うたかたのように生まれては消え、消えてはまた生まれた。その過程で、優れたもの——残りやすいものが残ることで、洗練されていった。

しばらくすると、その一部は、神経系統が複雑化し、知能の萌芽《ほうが》を見せるようになった。

そのちっぽけな蛋白質《たんぱくしつ》の器官——脳は、みるみる進化していく。

そして、全宇宙でただ一カ所、太陽系の第三惑星に、ヒトが生まれた。

ヒトの脳は、しだいに内宇宙と呼ぶにふさわしい複雑さを備えていった。まさに理想的な宿主の誕生である。

『意識』は、まるで吸い寄せられるように、そこに宿った。

そうして、素晴らしい共生関係が始まった。

『意識』の、宇宙的な孤独は、とうとう終わりを迎えた。

その一方で、人間には特別な魂が宿ったのだ。他の動物は持ち得ない、本物の自意識——輪廻転生する魂が。

人間は、生まれては死に、世代交代を繰り返す。

宇宙で唯一無二の存在である真の『意識』は、そのすべてに宿っては、それぞれの人生を生きるのだ。

『意識』は、時空を超越した存在だった。人が誕生すると、発生のごく初期に憑依《ひょうい》して、個体が死を迎えるたびに時間を遡《さかのぼ》り、また次の人間に憑依した。

『意識』が数珠つなぎに経験する人生は、人が生まれてから死ぬまでの期間を千億回以上も繰り返すため、累計では宇宙そのものの長さより遥かに長くなった。

茶畑は戦慄《せんりつ》していた。

馬鹿な。こんなのはデタラメだ。あり得ない。

彼は、穴居生活を送る狩人《かりゅうど》だった。石器で大地を耕す農夫だった。

馬に乗って村を襲い略奪する盗賊だった。略奪され、レイプされ、殺される村人だった。

彼は、仏陀であり、キリストであり、マホメットだった。あるときはチンギスハンであり、虐殺されたサマルカンドの住民らだった。ヒトラーであり、ホロコーストに遭った数百万のユダヤ人だった。切り裂きジャックであり、切り裂かれた娼婦《しょうふ》たちだった。

彼は、竹井《たけい》藤兵衛であり、浄智坊であり、皆川弥吉であり、皆川清吉であり、トヨであり、小川一等兵であり、百瀬二等兵であり、船山勝利であり、正木栄之介であり、正木世津子であり、正木栄進であり、茶畑剛朗であり、茶畑悦子《えつこ》であり、茶畑みどりであり、賀茂禮子であり、粟田和子であり、増田京子であり、松原明美であり、早坂弘であり、土橋充であり、エステバン・ドゥアルテであり、天眼院浄明であり、小塚原鋭一であり、小口繁であり、大日向直人であり、丹野美智夫であり……。

そして、茶畑徹朗だった。

ビジョンの中を、無数の生涯が飛ぶように流れ去っていく。

茶畑は、耐え難い恐怖を感じた。自分のアイデンティティなどは、大海の中の一滴の水のように微小な存在でしかないのだ。

無数の人生の中のほんの一瞬。宇宙よりずっと長い時間の中の数十年。

正気は、台風の中の一本の蠟燭《ろうそく》のように、消し飛ぶ寸前だった。

はっと目を開ける。

そこは、依然として電車の中だった。

規則正しい振動が、床と握りしめている鉄棒を通して伝わってくる。

ゆっくりと車内を見回す。誰も、茶畑と目を合わせようとはしなかった。

俺は、いつまで正気を保っていられるのだろうか。そんな思いが走る。

ビジョンを垣間見《かいまみ》たのは、ほんの一瞬だったようだ。だが、全身に嫌な脂汗をかいていることに気づく。

一つのメロディが、脳裏に流れ出した。

ウィ・アー・オール・アローン。

我々は、みな孤独なのだ。

深夜になっても、新宿駅はけっして眠らない。しかし、いつもと比べると人通りは少ないようだった。ロス・エキセスによるテロの影響だろう。対照的に、やたらと制服警官の姿が目に付く。厳戒態勢を通り越し、まるで戒厳令下にあるかのようだった。

警察官はみな、顔を腫らした茶畑に目をやるが、すぐ注意をそらした。今は、喧嘩をした酔っ払いにかまっている時間はないのだろう。職務質問をされたら厄介なことになるので、この状況はむしろさいわいだった。

茶畑は、駅の構内で立ち止まり、携帯電話を取りだした。

着信履歴から、一つの名前を選び出す。

呼び出し音が三回鳴ると、相手が出た。あれほど聞きたくないと思っていた声が。

「チャバか？　今どこだ？」

「新宿駅にいる」

呆れたような沈黙があった。

「おまえ、やっぱり馬鹿だろう？　せっかく逃げろって忠告してやったのに」

「逃げ回るだけの人生は、嫌なんだ。渦中に飛び込んで、どうなるか見届けたい」

「わかってんの？　おまえも、インカ人たちに見つかったら、手足をちょん切られて芋虫にされるよ？」

「さっき大日向に見つかって、拉致られたよ」

「ほう。で、どうしたの？」

「一人射殺して、逃げてきた」

あえて殺したとはったりを言う。警察官の一人が、ちらりと視線を向けたようだったが、たぶん、射殺という言葉までは聞き取れなかっただろう。

「はっはっは……！　チャバ、やるじゃない」

丹野は、嬉《うれ》しそうに笑った。

「わかった。おまえ、今すぐこっちへ来い。ご褒美に、いいもの見せてあげるよ」

丹野は、住所を告げると、電話を切った。

茶畑は、溜め息をついた。

自分がやろうとしていることは、もはや支離滅裂を超えて狂気の域に入っていると思う。

しかし、思い出してしまった以上は、選択の余地はなかった。

この状況ではタクシーが捕まるか心配だったが、乗り場には客待ちの車が溢《あふ》れていた。

夜遊びする人間が減った分、車が余っているらしい。

行く先を告げると、初老の運転手は、ちらりと茶畑の顔を見て発車させる。

「今日みたいな日が続いたら、商売あがったりだね」

そう話しかけてみる。声音から、見かけよりまともな客だと思ったのだろう。運転手は、ほっとしたように答えた。

「いやあ、参りますわ。繁華街も、人通りがすっかり減っちゃってね」

「まったく、迷惑な話だよね。何もメキシコのマフィアが日本まで来てテロをやらなくてもいいのに」

「メキシコ人ですか?」

バックミラーに映る運転手が、ぽかんとした顔をした。しまった。まだ、そこまで報道されていないのかもしれない。

「いや、警察の人に聞いたんだけどね」

茶畑は、いつになく人恋しい気分であるのを感じていた。ふだんなら、タクシーの中で、自分から会話を始めることなどないのだが。

「テロの犯人は、ロス・エキセスっていうメキシコでも一番危険な連中らしいよ」

「はあ、そうなんですか。だけど、そいつらが、何だからって、日本でこんなことをするんですかね？」

「日本に麻薬を密輸しようとしてて、何でも、そのもつれらしいけどね」

「はあ……。そりゃ、とんでもない連中ですなあ」

運転手は、顔をしかめた。

彼は、ふだん、どんな思いで仕事をしているのだろうか。茶畑は、運転手を見つめながら思った。不況で売り上げは上がらず、酔っ払いの客には絡まれて、それでも、家族の生活のために毎日ハンドルを握り続けているのだろう。

そう考えただけで同情を禁じ得なくなり、人類愛に似た感情が胸の中に溢れるのを感じる。何と言っても、自分は、かつてはこの男だったのだから。

永劫に近い人生の中では、太古の昔の出来事だろうが。

「ありがとう。釣はいいよ」

タクシーが目的地の近くに着くと、茶畑は一万円札を出しながら言う。これまでの人生で、一度も吐いたことのない言葉だった。

「はあ。ありがとうございます」

運転手の表情に喜色が走った。ぱっとしない一日の仕事終わりに、見かけによらず気前のいい客を拾えて、少しは明るい気分になれただろうか。

妻と二人の娘を残して前立腺《ぜんりつせん》ガンで死ぬ前は、辛い時期を過ごさなければならなかったが、それまでの短い平穏な日々の中で、今日のような日も。

茶畑は、ぎょっとして立ち止まった。

自分は、なぜ、そんなことを知っているのか。

答えは、言うまでもなかった。

思い出したのだ。

ほんのひとときの触れ合いの中で、まともに正面から顔も見ていないというのに、俺は、彼であったことと、その最期の様子を思い出した……。

海底の斜面に引っかかっている沈没船のイメージがよみがえった。

今は、ほんの束の間の安定を保っているが、やがて、ゆっくりと滑り落ちていく。海淵の一番深い場所——奈落の底まで。

死への恐怖は、すでに、かなり希薄になっていた。だが、自分が正気を失うこと、自分が自分でなくなってしまうことに対する恐怖は、耐えがたいほど強くなっていた。

茶畑は、震える足を踏みしめて、歩き出した。

目指すマンションは、すぐに見つかった。

エントランスに入ると、インターホンで最上階の部屋番号を押す。

返答はなく、いきなりオートロックのガラスドアが開いた。

中に入ると、すぐに気がついた。そこが普通の仕様のマンションではないことに。まず目に付いたのは、監視カメラの数の多さである。ぱっと見ただけでも、四台の視界に捉《とら》えられているようだ。また、たいして広くないホールにソファがいくつも置いてあった。こんなところで来客を迎えて、歓談しようとする住人がいるのだろうか。ソファそのものも、粗大ゴミになっていても不思議ではないほどくたびれた代物だ。茶畑は、ソファの背に手をかけて動かそうとしてみたが、異様に重くてびくともしなかった。どうやら、大勢の人間が殺到してきたとき、足止めするために置いてあるらしい。

エレベーターに乗ったが、最上階である11階のボタンはなかった。困惑しているうちに、勝手にカゴ室のドアが閉まり、上昇を始める。上から呼ばれたらしい。

エレベーターのドアが開いた。茶畑の体温を感知したのか、センサーライトが点灯する。人の姿はなく、目の前がすぐ住居のドアになっていた。だとすると、カゴ室は室内から呼ぶことができるのだろうか。あるいは、誰かがボタンを押してから、部屋に引っ込んだのかもしれない。

ドア自体も通常のしつらえではなかった。外側には刑務所を思わせる鉄格子《グリル》の扉がある。香港《ホンコン》などでは標準仕様だろうが日本では珍しい。わざわざ、後付けしたものだろう。さらに、表面をよく見ると、二、三ミリはありそうな鉄板を全面に貼って補強してあった。

ドアが内側に開いた。玄関の内側は真っ暗だが、長身の男が立っているのがわかった。ついで、鉄格子の扉が開けられる。

「ははははは……！　おまえ、何て顔してんの？」

丹野美智夫が呵々大笑《かかたいしよう》する声が響く。

「もしかして、人を殺したのは初めてか？」

「……あたりまえだろう」

「まあ、気にすんな。あと二、三人も殺《や》ったら、慣れるよ」

丹野が、ようやく玄関の照明を点《つ》ける。光は、来客の目潰しをするようにセッティングされているらしい。茶畑は、眩《まぶ》しさに目を背けた。

そのとき、奇妙な映像が脳裏に浮かんだ。

目が落ち窪んで、すっかり憔悴《しようすい》した男。額に脂汗が浮き、埃《ほこり》が貼り付いている。見覚えのある顔だ。誰よりも、よく知っている。自分自身。

だが、どうして自分の顔が見えるのだろう。茶畑は混乱したが、幻視はものの数秒で消えていった。

「入れ。鍵は全部閉めてな」

茶畑は、丹野に命じられるまま、鉄格子の扉と鉄板で補強された重いドアを閉めると、六つもある鍵を順番に施錠した。

丹野が手に持っている小型の自動拳銃に、ちらりと目をやった。現状では、これも当然の用心なのだろう。

細い廊下を通って広い部屋に出ると、異様な光景が茶畑を出迎えた。

スタンディング式と言いたいところだが、富裕層に人気のあるおしゃれな浴槽ではない。ホーロー製らしい。解体現場から拾ってきたような普及品だったが、内のりは百六十センチはある。

バスタブの中には、縛り上げられ猿轡を咬《か》まされて、ミノムシのようになった男が入れられていた。鋭い眼光と鷲鼻《わしばな》は、あきらかに日本人のものではない。

「誰だ?」

「ロス・エキセスの幹部らしいんだよ。なかなか口の堅い男で、名前は言わない」

茶畑は、バスタブに近づき中を覗き込んだ。男の下半身は血溜まりの中に浸かっていた。どうやら太腿《ふともも》のあたりに丹野の得意技である皮切りを施したらしい。男は、茶畑を見ても、無表情なままだった。

「どう? チャバもやってみる?」

丹野は、嬉しそうに刺身包丁をかざす。

「遠慮しとく」

そのとき、丹野の姿が二重写しになった。

今から三十年近く前、小学四年生で初めて丹野と同じクラスになったときの姿と。

最初に顔を見たときは、それほど恐ろしい相手には見えなかった。身長こそクラスで一番高かったものの、ほとんど眉がなくて、のっぺりした色白の顔には、相手を威圧するような要素は皆無だったからだ。

だが、茶畑は、慎重に距離を置くことにした。まだ相手の力量はわからないし、すでに「タンノ」という名前は、あちこちでこっそりと囁《ささや》かれていた。数人の中学生と乱闘して、全員を病院送りにしたとか、トラブルのあった近隣住人の家に拳大の石を投げて、窓を全部割ったとか、真偽のほども怪しい噂ばかりだが、茶畑の第六感は、こいつにはかかわらない方がいいと告げていた。

それが正しかったことは、初日が終わる前に明白になった。

後から考えると、学校が何かの意図を持って集めたのではないかと勘ぐりたくなるくらい、そのクラスには問題児が集まっていた。丹野も、茶畑自身も、そうだったかもしれないが、もう一人、秦《はた》という札付きの乱暴者がいた。身長は丹野に次いで高く、体重も六十キロ以上あっただろう。膂力《りょりょく》も規格外で、大人と相撲を取っても負けないという話だった。

秦少年の性根を少しでも正しい方向に向けるためか、幼い頃から柔道の道場に通わされていたが、技術は上達しても、人間性は全然向上しなかったらしい。秦は相手を投げ飛ばして押さえ込み、絞め落とすのを得意技にしていた。いつも目を怒らせた顔も迫力たっぷりで、小学四年生とは思えないほど厳《いか》つい顔が並んだ教室でも、他を圧していた。

秦は、最初が肝心だと考えていたらしく、ライバルになりそうなやつはシメてやろうと、手ぐすね引いていた。授業中も、黒板には見向きもせず、ずっとクラスの中を見渡していた。そのため、秦に睨まれると、誰もが視線をそらせたが、丹野だけは例外だった。何を考えているかわからない小さな目で、じっと秦を見つめ返す。

秦は、ほくそ笑むような顔になった。休み時間になったら、速攻で丹野を絞め落とそうと思ったのだろう。

教師がいなくなると、秦は一直線に丹野の方へ向かった。前の席にいた児童は、あわてて逃げ出した。

「おまえ、さっきから、何ガン付けてんだよ！　ああ？」

机を叩いて怒鳴る。まだ声変わりもしていなかったが、体格のせいか野太い声だった。

丹野は、座ったままちらりと秦を見上げて、にやりと笑ったようだった。筆箱から何かを取り出して、机に突いた秦の右手の甲を押さえるような動作をした。

茶畑は、すぐ後ろから見ていたが、一瞬、何が起こったのかよくわからなかった。

それから、丹野が取り出したのが特大のコンパスであり、長い針で秦の手を突き刺して、机に縫い留めてしまったことに気がつくと、血の気が引くのを感じた。

秦は、蒼白《そうはく》な顔になると、大声で悲鳴を上げかけた。

丹野はすばやく立ち上がり、秦の喉を殴りつけた。それで、秦はヒキガエルのような声を漏らしただけで、助けを呼ぶことができなくなってしまった。

丹野は、左手でコンパスを押さえたまま、右手のパンチで正確に秦の顔面を打ち続けた。たちまち鼻血が流れ、秦の顔面は腫れ上がる。

そのときだった。丹野は、なぜか茶畑を見て、嬉しそうに笑ったのだ。

「おまえもやってみる？」

丹野がかざして見せたのは、コンパスとセットになったディバイダーだった。

茶畑は、無言のまま首を振った。

このときに感じた恐怖心は、圧倒的なものだった。

一方、丹野からすれば、自分に逆らいそうな相手のうち一人を粉砕して、もう一人も心を折ったわけだから、上々の滑り出しだっただろう。

苦痛に呻《うめ》くデブと、青ざめた顔で首を振る少年は、愉快な見物だった。

茶畑は、はっとした。

まただ。脳裏に浮かんでいたのは、またもや自分自身の姿だった。自分ではけっして見ることができなかったはずの。

それから、今思い出したのが、丹野の記憶であることに気づく。

丹野もまた、自分の前世の一つなのだ。

「チャバ。何またトリップしちゃってるの？」

呆れたような丹野の声で、我に返った。

「いや、ちょっと昔のことを思い出してた」

「おまえって、テンパってるようで、意外に大物なのかもな」

丹野は、バスタブに近づくと、包丁を男の顔に当てた。男は身《み》じろぎもしない。

「おまえも、なかなかのもんだよ。顔は鈍感だから、あまり効かないかな？」

そう言いながら、男の頬に一ミリ刻みで細い線を引いていく。男は身を震わせていたが、何も言わなかった。

ああ、やっぱりこいつだ。茶畑は、苦い思いで丹野の姿を見守った。

小学校でこんなサイコパスと出会ったばっかりに、俺は破壊的な精神に強い影響を受け、人生を狂わされたのだ。

それから、丹野と自分が同じ誕生日だったことを思い出す。十一月十五日。おそらくは、時刻も近かったのだろう。丹野は、自分にとって直近に近い前世だったのかもしれない。

この化け物を死ぬほど厭悪《えんお》しながらも、どこか魅了されていた。それは、こいつのやっていたことを自分の過去世として思い出していたからに違いない。

丹野は、板前のように男の顔に丁寧に包丁を入れていく。

茶畑の脳裏に、別の映像が浮かんだ。

「可哀想《かわいそう》だけどね、ガキだからって、大目に見るわけにはいかんのよ」

丹野の声が、非情に響く。

「せっかくのハーブの客をごっそり持ってかれたんじゃ、こっちも商売あがったりだからね」

「勘弁してください。もう、二度とやりませんから」

後ろ手に拘束されて震えていたのは、北川遼太だった。

「コークは、富裕層を中心に売るつもりだったんです。覚醒剤《シャブ》とは客層がカブらないんで、いいかと思って」

「最初はそうでも、いずれは覚醒剤《シャブ》とバッティングするよ。やるんならやるで、ちゃんと、うちと代理店契約を結んでやってもらわないと」

「はい。よくわかりました。これからは、きちんと丹野さんに上納金を納めるようにしますんで」

「もう遅い」

丹野は、ゆっくりと首を振った。遼太は泣き出した。

「そんな……金を持ってきたじゃないですか。お願いします。命だけは助けてください」

「うん、金はもらっとくよ。で、君は、東京海底谷《かいていこく》の奥深く、竜宮城行きに決まったから」


茶畑は、吐き気を感じていた。こんな悪魔の言うことを信じていた自分を呪《のろ》いたくなる。こいつは、自分の未来であるとも知らず、遼太を殺した。

最初から、こいつが、すべての元凶だったのだ。

丹野が、こちらにもの問いたげな視線を向ける。背筋がひやりとした。何か気づかれたのだろうか。

だが、丹野が口を開く前に、インターホンが鳴った。

丹野は、モニターを見ると、黙って玄関のオートロックを開くボタンを押した。

「誰か来たのか？」

茶畑の問いに、笑みを漏らす。

「うん。うちの若いのだけど、いいタイミングで、ゲストを連れて来てくれた」

「ゲスト？」

丹野は、男の猿轡を外してやる。

「可愛らしい子供たちだよ。ええと、ソフィアに、ディエゴって言うらしい」

その名前を聞いたとたん、男は大声で叫び始めた。

「うん、そうか。やっと囀《さえず》る気になったみたいだな」

丹野は、上機嫌で男に向かう。

「だが、あいにく俺は、スペイン語はわからねえんだ。申し訳ないんだが、日本語で話してくんねえかな？」

何を言われたのかわからないらしく、男はわめき続ける。

「なあ、この男は、本当に日本語はわからないんじゃないのか？」

茶畑が言うと、丹野は苦笑した。

「それは、俺の責任じゃないな。日本でビジネスをするつもりなら、最低限、言葉くらいは勉強しておくべきだったと思うよ」

「そんな……。おまえは、いったい何がしたいんだ？」

茶畑は、絶句した。

玄関のドアが開く音がして、二人の男たちが入ってきた。二人の子供を連れている。どちらもラテン系の風貌で、女の子は十歳くらい、男の子は七、八歳くらいだろうか。

男が、大きな声で子供たちの名前を呼ぶ。子供たちもそれに応えて、バスタブの方に駆け寄ろうとしたのだが、男たちに制止された。しばらくの間、リビングはスペイン語の呪《じゅ》詛《そ》と哀訴らしきセリフが飛び交い、収拾が付かない状態になった。

だが、丹野は、特にあわてた様子もなく、放置している。

「ええと、こいつら黙らせますか？」

丹野の舎弟らしい、あごひげを蓄えた若い男が言った。

「親子の感動の対面だ。泣けるだろう？　話くらい好きにさせてやれ」

丹野は、にやにやしていた。

「だいじょうぶ。この部屋は完全防音だから、どこからも苦情は来ないよ」

「はあ」

愁嘆場が一段落すると、男は、丹野に向かって何事かをまくし立て始めた。ただの一言も理解できないが、たぶん、子供たちを解放しろと言っているのだろう。

「うーん。たくさん喋ってくれたことは評価するけどねえ、郷に入らば郷に従えって言うでしょう？　日本語で言ってくれなきゃわからない」

丹野は、噛んで含めるように言った。男は、一瞬呆気にとられた顔をしたが、また早口のスペイン語で喋り始めた。

「だめだめ。何言ってるのかわからないって。日本語で言ってくんなきゃ」

さすがに見かねたのか、あごひげの男が助け船を出す。

「兄貴。こいつ、本当に日本語が喋れねえんじゃ？」

「うん。そうだろうね。でも、それは、こいつの責任だ」

「え？　しかし……」

「何だったら、おまえが通訳する？　全責任を持って」

「いや、俺も、スペイン語はちょっと」

「だったら、黙ってろ」

丹野は包丁を手にしたが、つまらなそうに投げ捨てる。その代わりに、白木の鞘《さや》に入った日本刀を取り上げて、抜刀した。ほかの人間は皆、固唾《かたず》を呑んで見守っていた。

「その子たちを、こっちに」

「兄貴。いくら何でも」

あごひげの男は、泣き笑いのような表情を浮かべていた。

「うん。いいから」

「まさか、子供は殺さないっすよね？」

「その、まさかだよ」

「あの、兄貴」

日本刀が一閃《いっせん》した。あごひげの男は、首の半分を斬られて、大量の血飛沫を噴出しながら倒れた。両目は驚愕に見開かれ、手足をぴくぴくと痙攣させている。

「ごちゃごちゃうるさいんだよ。……おまえ、その子たちを、こっちに連れてこい」

丹野に命じられた長髪の男は、震え上がった。子供たちの襟首をつかんで前に押し出す。子供たちも、あまりの恐怖に化石してしまったようだった。

「可愛い子供たちじゃないの。二人とも、おまえの子供か？」

丹野は、二人の子供たちの肩に親しげに手を回して、バスタブの中の男に語りかける。男は、蒼白な顔色で喋り続けていた。まるで、言葉が途切れたとたんに、子供たちの命が奪われると確信しているかのように。荷造り用のビニール紐とガムテープでぐるぐる巻きにされているので、身振り手振りを入れることはできないが、首の動きと表情だけで、懸命に何かを訴えかけようとしている。

「これも国民性か？　役者顔負けだな。たいした表現力だ。残念ながら、何を言ってるのか皆目わからんが」

丹野は、上機嫌にうそぶくと、子供たちの顔を覗き込む。

「ああ……たしか、お姉ちゃんがソフィアで、弟くんがディエゴだったかな？」

女の子の方が、硬い表情で「Sí」と答える。

「そうか、いい子だ。日本は好きか？」

女の子は、わからないというように首を振る。男の子は、ずっと丹野を睨みつけていた。

「なんだ、日本は嫌いなのか。じゃあ、どうして来たんだ?」

こいつは子供をいたぶるつもりなのか。茶畑は、黙っていられなくなった。

「……そういう意味じゃないだろう。その子は、質問の意味がわかってないんだ」

「黙ってろって」

丹野は、世にも恐ろしい目で茶畑を一瞥する。錯覚だろうが、白目がちの眼球の真ん中にある小さな瞳は、まるでマムシのように縦長に見えた。

「さあて、どうするんだ? 素直に俺の質問に答えるか、それとも、この子たちと永遠に、アディオスするか?」

丹野は、バスタブの中の男にウィンクした。おぼろげに言っている意味がわかったのか、男は身を震わせ、さらに早口に喋り続ける。

「誤解しないでくれよ。俺も子供を切り刻むのは好きじゃない。そういうのが好きな変態もいるがな。しかし、元はと言えば、戦場に子供連れでやって来るおまえが悪いんだろう? 何考えてたんだ? 観光旅行のつもりか?」

茶畑は、はっとした。そういえば、たしかに話が妙だ。

「おい。そいつは、本当にロス・エキセスの幹部なのか?」

丹野は、にやりとした。

「もちろんだ」

「しかし、おまえが言ったように、子供たちを連れてくるっていうのは変だろう？　何かの間違いってことはないのか？」

「家族連れで来日したのは、こいつの表の顔が駐日大使館員だからだよ」

茶畑は仰天した。

「大使館員？　それがロス・エキセスと、どういうつながりがあるんだ？」

「そいつを、さっきから訊いてるんだがな」

「そもそも、つながりがあるという確証はあるのか？」

「おまえも、ごちゃごちゃとうるせえやつだな」

丹野は、日本刀の切っ先を茶畑に突きつけた。

「ロス・エキセスの野郎とこいつが、ホテルのロビーで接触してたっていう情報があるんだ。そうだな？」

丹野から話を振られた長髪の男は、「はい、そうです」と言って何度もうなずいた。

馬鹿な。そんな不確かな話で、子供まで殺すつもりなのか。茶畑は首を振る。

こいつが正真正銘の狂人であることは、昔から知っていた。自分は、いったい丹野に何を求めて、ここへやって来たのだろう。

「何だあ、そのしけた面は？」

丹野は、冷笑する。

「メキシコ人より、おまえの方が弱ってるってのは、どういうわけだ？」

たしかに、その通りだ。

茶畑は、さっき幻視したばかりの自分の顔を思い出す。目が落ち窪み、すっかり憔悴している。額に脂汗が浮き、埃が貼り付いて……。

「そうか」

我知らず、そうつぶやいていた。

あれは、丹野から見た自分の顔だ。

思い出しても、不思議はない。丹野もまた、自分の前世の一つなのだから。

そんな忌まわしい記憶を取り戻したくはなかったが、こうなれば毒皿だ。もっと思い出せ。丹野は、この後どうする。

すると、ぼんやりと景色が浮かんだ。

まちがいない、やっぱり、この部屋だ。

俺は日本刀を持って、罪があるかどうかも怪しいメキシコ人と、幼い子供たちを殺そうとしていた。

どうして、そこまで理不尽に、凶暴になれるのかと思う。一つたしかなことは、俺は常に殺戮《さつりく》を楽しんでいたということだ。動機は、怒りでも憎悪でも恐怖でもなかった。純粋に、ただ殺したかったのだ。肉食獣が獲物を捕えて引き裂く瞬間、迸《ほとばし》る血潮の臭いに酔っ払い、脳内麻薬がどっと分泌されるように。

それぞれの意思を持ち、生きて活動している人間たち。自分の命令に必ずしも服従しないやつらから、スパークする生命の火花を奪い取り、物言わぬ肉塊に変えてしまう。まるで神になった気分だった。それこそが、生き物としての最高の愉悦だと感じていた。とても同じ人間とは思えないくらい異常な感性だった。吐き気すら感じるほどだ。だが、それはまぎれもなく、過去世における俺を支配していた思考回路なのだ。

続いて思い出した内容に、茶畑は落雷に撃たれたようなショックを感じた。

そうだったのか……。

それは、あまりにも思いがけない記憶だった。

まさか、唐突にここで終わるとは、予想もしていなかった。

待てよ。では、これからその通りの出来事が起きるのか。

思考が激しく混乱する。

それは、かつて、俺が丹野だったときに起きたことだ。

そのときと同じ事件を、今、茶畑としての視点で体験することになるのか。

そうだとすれば、この世には一通りの過去、一通りの未来しかないことになる。そこには、自由意思の介在する余地などまったくない。

我々は、ただ、決められたレールの上を進むだけの存在なのか。

今、そんな哲学的な感慨に耽っている暇はないが。

「さあ、もう一度質問するぞ。本当に、これが最後だからな。ロス・エキセスのやつらは、今どこにいる?」

丹野は、日本刀を大きく頭上で旋回させてから、ぴたりとバスタブの中の男の喉元に突きつけた。

「どうした？　喋れないの？　日本語が話せないっての？　でも、子供の命がかかってるんだから、喋れない言葉で喋るくらいの根性見せてもいいんじゃない？」

丹野は、ソフィアの腕をつかんで手元に引き寄せ、喉元に日本刀の刃をあてがった。

「やつらは、どこだよ？　どうしても言わない気なわけ？　じゃあ、しょうがねえな」

丹野が向こうを向いている間に、茶畑は、ゆっくりと歩を進めた。

あわてるな。絶対に音を立てるな。チャンスは一度きりしかない。たとえ、それが一度は実現した未来であったとしても、今回も本当に成功するかどうかは、確信できない。

さいわい、部屋にいる人間は誰一人、こちらの不穏な動きには気づいていないようだ。

茶畑は、足下を見た。

さっき丹野に首の半分を斬られて絶命したあごひげの男が、絨毯《じゅうたん》の上に横たわっていた。大きく見開かれた双眸は、すでに光を失っている。

そっと屈み込み、懐を探った。指に硬いものが触れた。

拳銃を抜き出すと、立ち上がって丹野に狙いを定める。

丹野は、バスタブの中の男に向かい、寂びた声で香具師《やし》風の口上を述べ立てていた。

「さて、こいつを見逃せば大損だ。一生に一度の見物だよ。娘の首が宙を飛び、哀れ身体は泣き別れ、きりきり舞いのピルエット。見事一回転しましたら、何とぞ拍手ご喝采《かっさい》」

優雅に一揖《いちゆう》すると、左手でソフィアを部屋の中央に向かって押し飛ばす。

そして、頭上高く日本刀を振りかぶった。

茶畑は、拳銃の安全装置を外して、発砲した。

耳をつんざく銃声が轟く。

丹野は、後ろから突き飛ばされたかのように、たたらを踏んだ。それからゆっくりと首を曲げて、こちらを振り向いた。

「チャバ……やっぱり、てめえか」

恐ろしい嗄《しゃが》れ声だった。

茶畑は、ためらうことなく、二発目、三発目を発射する。

丹野美智夫は、化け物だ。ひょっとしたら、こいつは撃たれても死なないのではないかと思っていた。何発の銃弾を喰らわせても、あっという間に傷口が塞がってしまい、にやにや笑いながら近づいてくるんじゃないかと。いや、もしかしたら、身体に空いた穴から丹野の顔がいくつも出てきて、けたたましい声で笑い出すんじゃないか……。

しかし、現実には、丹野は、ばったりと倒れたきり、二度と動くことはなかった。

その様子を見ていた長髪の男は、ぽかんと口を開けてこちらを見た。

茶畑は、急に自分が自由になったのを感じていた。ここまでの行動には、台本があった。前世における丹野の記憶である。ここで、それが途切れた。後はアドリブで行動しなくてはならない。

「どうする？　おまえも死ぬか？」

思ったより、ハードボイルドな声が出た。

長髪の男は、ぶるぶると小刻みに首を振る。顔の筋肉が統制を失って、薄笑いを浮かべているように見えるが、たぶん、挑発しているわけではないだろう。

「そうか。しかし、丹野はおまえの兄貴分だったんだろう？　俺を殺《と》って、仇《かたき》を討ちたいんじゃないのか？」

「いや、あのう……別に、だいじょうぶっす」

長髪の男は、気の抜けたような声で言う。

「俺、もうだいぶ前から付いていけなくなって。だけど、逆らうと殺されるんで。だから、あんたが丹野さんを射殺してくれて、ぎゃく――逆に助かったって言うか」

「その男を自由にしてやれ」

茶畑が命じると、長髪の男は弾《はじ》かれたようにメキシコ人のそばに行った。ぐるぐる巻きになったビニール紐とガムテープを、いそいそと外し始める。

ようやく縛めが解けて自由になったメキシコ人は、半裸のまま茫然と佇んでいた。

何と言えばわかるだろう。茶畑は考え、そして、思い出した。

「Escapar con los niños.（子供たちを連れて逃げろ）」

メキシコ人は、大きく目を見開き、そしてうなずいた。二人の子供たちを抱き寄せると、足を引きずりながら精一杯の速度で出て行く。

長髪の男は、またぽかんと口を開けた。おそらく、俺がロス・エキセスに内通していたと思っているのだろう。

「おまえは、今から十分はここにいろ。その前に出てきたら撃ち殺すぞ。わかったな」

茶畑がそう言うと、長髪の男は、せわしない水飲み鳥のように何度もうなずいた。

たった一言とはいえスペイン語を話せたのは、自分があのメキシコ人——カンポスという男だった前世を思い出したからだった。

夜の町を歩きながら、茶畑は思う。

……カンポスは、ロス・エキセスの幹部などではなかった。ただ、いくばくかの袖の下をもらって日本に入国する際の便宜を図っていただけだった。

カンポスは、ヤクザの狂人に捕まり、危うく二人の子供ともども殺されるところだったが、なぜか流暢《りゅうちょう》なスペイン語を話す謎の東洋人に助けられる。カンポスが尋問を受けている間、男はずっと苦悩の表情を浮かべていた。ひょっとすると、組織に雇われた人間だったのかもしれない。

カンポスは、この事件の直後に職を辞すとメキシコに帰国して、九十歳の天寿を全《まっと》うした。二人の子供も立派に成人し、多くの孫に囲まれた幸福な余生だった。ソフィアはＩＴ関係の実業家と結婚し、夫の度重なる浮気に悩まされながらも、まずは幸せな人生を送ったようだ。ディエゴは判事になって、マフィアとの不屈の戦いで幾多の輝かしい実績を上げた。その後州知事にまで上り詰めるが、最後は、自宅に侵入した暴漢によって射殺される。

息子の葬儀に出席したカンポスは、悲嘆のあまり心臓発作を起こしかけたが……。だめだ。これ以上思い出すな。

茶畑は、頭を空白にしようと努めた。無数の人生の無数の記憶が一気に意識に流入して、正気を失いそうになる。

この流れは、もう止められないだろう。堤の穴からちょろちょろ漏れ出し始めた水流は、しだいに勢いを増し、最後は決壊を招く。

俺は、おそらく、すべてを思い出し、精神が崩壊したまま、残りの人生を過ごさなくてはならないはずだ。

いつのまにか、繁華街に来ていた。夜も更けており、しかも物騒な事件が頻発しているというのに、その一角にはかなりの人通りがあった。

これが全部、俺の前世か、未来の姿だというのか。

互いに愛し合い、憎み合い、あるいは無関心で。

助け合い、殺し合い、騙し合い、奪い合って。

若い男と、肩がぶつかりそうになった。男は、ちっという声を発して、茶畑を睨みつける。こいつは、誰なんだ。……いや、思い出せない。なぜなら、こいつは俺の未来世だからだ。

後生畏《こうせいおそ》るべしとは、よく言ったものだ。過去については思い出せても、未来の自分に何が起きるかは、別の過去世の人間の記憶の助けを借りない限りは、見当も付かない。

茶畑の顔に何を読み取ったのだろう。男の表情に奇妙なさざなみのようなものが走った。そのまま、きびすを返して立ち去ろうとする。

「待てよ」

茶畑が呼び止めると、すばやく振り返った。表情には、虚勢と恐怖がせめぎ合っている。

「おまえ、覚えてないか？　俺だったときのことを」

一瞬だけ男の顎のあたりが緊張したようだったが、怯えたように二、三歩後ずさりすると、夜の闇の中に消えていった。

茶畑は、あてどなく歩き続ける。行き合う通行人は、誰もが、ぎょっとした表情になり、大きく道を空けた。

何が起きているのかは、見なくてもわかった。たぶん、俺の表情は今、アニメーションのように高速で変化しているのだろう。

たくさんの過去の記憶が浮かび上がるたび、面貌が一変してしまうのだ。

しだいに意識が遠くなってきたようだ。無数の記憶が奔流となって押し寄せてくる中で、茶畑徹朗としての自分は、限りなく希薄になっていく。

もしかすると、これが、まともな筋道を保った最後の思考になるかもしれない。

俺は、今、生まれて初めて人を殺した。およそ人とも思えない外道だったが、それでも、人は人だ。そして、おぞましいことに、やつは俺だ。俺は、過去の俺自身を射殺したのだ。

考えられるかぎり、最悪の愚行だろう。

……だが、それでもいい。それでも、まだずっとよかった。

また、あの孤独に囚《とら》われるよりは。

するとまた、広大無辺な宇宙で、独りぼっちになるよりは。

すると、まるでパチリと電灯のスイッチを切ったかのように、周囲が暗黒に閉ざされた。

ああ。また、あそこに戻ってしまった。

冷たく、音もなく、光もない。真の、永遠の孤独の中に。

13

すべてが終わる。

意識は、暗黒と虚無の中に回帰する。

新しく幕が上がるのは、きっと来世、まったく別の人生だろう。

そのまま、何もかもが、溶暗していった。

だが、そのとき、何かが見えた。

前方から、うっすらと光が差してくる。

まただ。光……？

それは、遠い恒星のように球形をした灯《あか》りだった。

灯りは、揺れながら近づいてくる。

ああ、これは。

茶畑は、思い出す。

最初で最後のナイトダイビング。

あのとき、亜未が持っていた水中ライトの光だ。


どういうことだろう。

俺《おれ》は、まだ俺。茶畑徹朗だ。

だが、なぜ、あのまま意識は闇《やみ》に呑《の》み込まれてしまわなかったのか。

そのとき、また別の情景が浮かび上がってきた。だが今度は、茶畑徹朗としての記憶ではなかった。

誰《だれ》かの過去世における、一シーンだ。

轟々《ごうごう》という音。逆井川の水音を思わせるが、もっと激しい。それはまるで、母親の子宮の中で聴く、血流の音のようだった。地鳴りのような重低音が鳴り響いている。

通りに立っている。どこか見覚えのある場所である。ここは……南三陸町だ。たった今、家から出て来たところらしい。

恐ろしい気配を感じる。遠くから、何かがやって来るのだ。

音のする方角に目をやった。すると、高さが二、三十メートル以上ありそうな黄色っぽい煙のようなものが見えた。

津波だ。次々に建物を破壊しながら、もう数百メートル先にまで迫っている。

顔からすっと血の気が引いた。脚ががくがくと震える。一秒でも早く、逃げなければ。きびすを返して、走り始めたが、我ながら嫌になるくらいのろのろとしている。

ああ、ダメだ。このままでは、すぐに呑み込まれてしまう……。

突然、カメラが切り替わるように別の映像が現れた。

亜未だ。一人だった。日焼けした顔。イルカの髪留めで縛ったポニーテイル。ダイビングショップのロゴ入りのトレーナーに、保育園のエプロンを着けている。

　これは、東日本大震災のときの映像だ。いったい、誰の記憶なのだろうか。

　それから、強烈な後悔のような思いが、胸を締め付けた。

　なぜ、この場に俺はいなかったんだろう。どうして、このときそばにいて、亜未を護《まも》ってやれなかったのか。


　亜未は、防潮堤の手前で、こちらを向いて佇《たたず》んでいる。

「おーい、逃げろ!」

　誰かは、大声で呼びかけたのに、亜未はいっこうに動こうとはしなかった。ただ、じっとこちらを見ている。

　それから、なぜか、うっすらと微笑《ほほえ》んだ。

　亜未は、いったい、誰に向かって笑ったのか。しかも、あの状況で。

　茶畑は、ひどく混乱していた。

それがまるで、今の自分に向けられた微笑みのように映ったからだった。

あたり一面に、何か、細かい白いものが舞っている。どうやら、雪らしい。三月になってからの遅い降雪だろうか。それとも、どこかに降り積もっていた雪が風に吹き上げられて、風花《かざはな》になったのか。

亜未の背後――遥《はる》か頭上に目をやったとき、思わず息を呑む。

空に白い雲のようなものが浮かんでおり、陽光を受けてキラキラと光ったのだ。

すぐにそれが、波頭であることがわかった。想像を絶するような巨大な津波が、今まさに襲来しようとするところなのだ。

もう一度、「逃げろ！」と叫んだが、亜未は動かなかった。

亜未の背後の海面が大きく持ち上がって、防潮堤の高さを上回った。そして、滝のように防潮堤の手前に流れ落ちて来る。まだ天空にある波頭は透明で美しいのに、その先触れは、墨汁のように真っ黒で禍々《まがまが》しかった。

すると、赤や黒の養殖用の浮き球が、激しい波飛沫《なみしぶき》とともに、次々に防潮堤を乗り越えて落下してきた。さらに波が勢いを増すと、漁網や牡蠣《かき》の養殖筏《いかだ》まで飛び込んでくる。

津波はさらに高さを増していき、ついに、防潮堤を完全に呑み込んでしまった。

どす黒い奔流は、たちまち背後から亜未に迫っていく。

唐突に、映像は終わった。視点である男が、くるりと身を翻したのだ。

涙が頬《ほお》を伝うのを感じる。

茶畑は、子供のように泣いていた。

ここは、どこだろう。

いつのまにか、遠くまで歩いてきたらしかった。周囲の様子もわからず、まるで夢遊病のような状態で。

そこは、見知らぬ街の歩道の上だった。黙って涙を流す男の横を、通行人が気味悪そうに避《よ》けて通って行った。

亜未は、なぜ、安全な高台から、わざわざ危険な海岸へ戻ったのか。

映像を見ても、その理由は判然とはしなかった。

いくら考えても、今はまだ、その答えはわからないだろう。

しかし、必ずわかる日が来る。

茶畑は、また、ゆっくりと歩き出していた。

なぜなら、俺は、いずれ亜未に転生するからだ。そう、気が遠くなるほど遠い未来に。

意識は、意外にはっきりしていた。簡単な暗算くらいならできるだろう。

世界の人間の平均寿命は、たしか、七十二歳くらいだった。

世界人口も七十二億人だとすれば、大雑把に言えば、一歳あたり一億人の人間が存在する。俺と亜未は、六歳違いだから、間にいるのは六億人。それぞれ七十二年の生涯を送るなら、トータル四百三十二億年になる。

つまり、これから六億人の生涯を順繰りに経験して、今から四百三十二億年が経過すると、俺はようやく亜未へと到達するのだ。

宇宙の年齢と比較しても、遥かに長い長い時間が経過した、超遠未来に。

もちろん、そのときは、茶畑だったときのことなど、覚えていられるはずもないが。

いや、本当に、そうだろうか。もしかしたら思い出せるのかも。俺が、これまでに様々な過去世について思い出したように。

だとすれば、そのときが来れば、すべての謎は解けるのだろうか。

茶畑は、はっとした。

亜未は実際に、思い出していたんじゃないのか。早坂弘が聞いたという夢の話は、亜未が思い出した前世――俺であったときの記憶ということはないだろうか。

だから、亜未は、安全な高台を捨てて、あえて海岸へと戻った。

今の俺に、未来への希望を抱かせて、発狂してしまうのを防ぐために。そう考えるのは、俺の自分勝手な妄想なのかもしれないが。

そのとき、携帯電話の着信音が鳴った。

反射的に引っ張り出して画面を見ると、『ゴブリン』と表示されていた。

「驚いたわ。あなたは、真実を知ってもなお、持ちこたえたようね」

賀茂禮子には、すべてが見えていたらしい。

「亜未のおかげですよ」

「あなたには、とてつもなく強い、よすががあったから」

亜未を喪《うしな》った代償としての、よすがだが。

「……しかし、全人類が同一人物という考え方には、いまだに慣れることはできませんね。この会話だって、時空を超えた一人芝居みたいなもんでしょう？」

茶畑は、込み上げてくる悲しみを払拭《ふっしょく》しようと、冗談めかして言う。

俺は、つまるところ、出番を待つ俳優のようなものだ。無数の舞台で、主役から端役まで、あらゆる役を演じなくてはならない。大半の舞台は退屈極まりないにしても、楽屋で孤独をかこつよりはずっといい。

「別に、そう考えても、考えなくてもかまわないのよ」

賀茂禮子は、妙なことを言い出す。

「人は、記憶と身体《からだ》によって、同一性を保っている。転生して別の身体を得たら、しかも、記憶もリセットされてしまったのなら、それはもう別人という考え方もできるはずよ」

茶畑は、当惑した。今さら、そんなことを言われても。

「しかし、現実には同じ意識がぐるぐる輪廻転生《りんねてんしょう》しているわけじゃないですか？　それに、過去世の記憶を思い出すこともあるわけだし」

「そう。やはり、生まれ変わりは厳然として存在する」

賀茂禮子は、含み笑いを漏らした。

「だけど、かりにそうじゃなかったとしても、わたしたちは一度思いを馳《は》せるべきなのよ。ゆうに七十億人を超える人々の意識の集積は、宇宙の長さなど遥かに超えるということを。喜びや悲しみ、怒りや愛といった感情を持っている意識の総体は、それほどまでに膨大だという事実に」

宇宙は冷たく無機質なものと見られがちだが、意識が宿った人間の存在により、まったく違う場所へと変わったということなのか。しかし、その言葉をどう受け止めればいいのか、茶畑にはわからなかった。

電話を切った後、茶畑は、立ち止まって空を見上げた。

東京の上空には、厚く雲が垂れ込めている。湿った風に続き、ひとしずくの先触れ。

雨が降りそうだった。

亜未との間には、無限とも思える遥かな道のりが横たわっている。

でもそれまでに、俺は、たくさんの人の目を通して、おまえの姿を垣間見《かいまみ》る。

知ってるかな。ダイビングのレッスンで一目惚《ひとめぼ》れし、熱いラブレターを書いてはあえなく撃沈されたのも、みんな俺だったんだよ。まさか、隣にいる悪知恵の働く男が断りの文面を口述していたなんて、思いもしなかった。

あのメロディが、再び、茶畑の脳裏に流れていた。

我々は、みな孤独である。
でも、その孤独が二人きりに変わるまで。

待っててくれ。亜未。
たったの四百三十二億年だから。

巻末付録　貴志祐介インタビュー（『ランティエ　2020年11月号』）

インタビュー：池上冬樹《いけがみふゆき》

――貴志《きし》さんは『黒い家』で日本ホラー小説大賞（一九九七年）、『硝子《ガラス》のハンマー』で日本推理作家協会賞（二〇〇五年）、『新世界より』で日本SF大賞（〇八年）、圧倒的な犯罪小説である『悪の教典』で山田風太郎賞（一〇年）を受賞するなど様々なジャンルに挑戦している。ジャンルへの挑戦というよりも、ジャンルを熟知した上での新たな方向というか、誰もなしえなかったところに向かおうとしているのが、貴志文学の凄《すご》さかと思うのですが、最新作『我々は、みな孤独である』には驚きました。私立探偵茶畑徹朗《ちゃばたけてつろう》が主人公なので、今度は私立探偵小説かなと思ったら、全く違っていた。一代で優良企業を作り上げた会社の会長から、「前世で自分を殺した犯人を捜してほしい」という不可思議な依頼を受ける。この発想はどこから生まれたのでしょう？

貴志祐介《ゆうすけ》（以下、貴志）　角川春樹事務所の新作、ということでオカルト風味というのを入れたいなと思っていました。ただプロットを作るにつれて、どんどん複雑化していった感じですね。前世を発展させようというのはありましたので、色々な前世のシーンをちりばめたくなったんです。

——前世の記憶がかなり古いものだから、時代小説の作家に依頼して、前世の記憶とおぼしきものを小説仕立てに作り上げて、事件や方言から推理をしていく。小説内小説というか、様々なテキストが出てくる。とくに時代小説ですね。

貴志　時代小説も書いてみたいと思っていたことがあったんです。ただ余りにもハードルが高いというか、一本丸々時代小説というのは無理かなと。やるからにはスーパーリアルにやりたいなというのがありまして、ですから昔の言葉や方言を厳密に使ったんです。そういうものを多用して書きたいというのがありました。でも、あの長さが精一杯でした。

——なかなか堂にいっていて感心しました。時代小説にちょっと色気が出たのでは？

貴志　実はですね、松永弾正《まつながだんじょう》を書きたかったのですが、先に書かれてしまいました。天海《てんかい》僧正《そうじょう》と金地院崇伝《こんちいんすうでん》の話も書きたいなと思っていたんですが、それも書かれていますしね。本職の方と張り合うのは難しい（笑）。

——でも、本職のミステリー作家としては見事です。前世をテーマにしていますが、それればかりではない。ネタがぎっしりとつまっている。前世の犯人捜しからはじまり、部下の失踪《しっそう》、元恋人の震災における謎《なぞ》の行動と死、会社のM&Aの機密漏《ろう》洩《えい》と盛り沢山。

貴志　てんこ盛りにしたという感じはありますね。ただもうこれ以上入れると、収拾がつかないと思い、本誌連載のときは辻褄《つじつま》を合わせて最後まで書き切ったのですが、今回本にするにあたって読み返したら何かが足りないと思ったんです。茶畑のラブストーリーの部分がほとんど欠落していたんですね。

――え？　元恋人のくだりは雑誌連載時にはなかったのですか？

貴志　ありませんでした。本当に感情に訴える部分がなくて、ズシンとくるような読後感が得られないんじゃないかと思いました。でも、茶畑に東日本大震災で亡くした恋人がいるという過去をもたせることで、最終的には上手《うま》く嵌《はま》ったのかなと思っています。

――元恋人の話もいいのですが、主人公の探偵が関係者を訪ねて調べていくうちに、感化されてしまい、彼自身も前世の夢を見てしまう過程がわくわくしますね。依頼人の前世と関係している人間ではないのかと推理する。茶畑は、安楽椅子《いす》探偵ならぬ「うたた寝探偵」と自嘲《じちょう》しますね。昼寝をすれば自動的に手がかりが夢に現れて少しは謎が解けるので、うたた寝探偵。夢の細部をひとつひとつ検証して、真相に迫っていくのが実に面白い。

貴志　実際の夢というのは時系列では見ません。いきなり核心に入ったり前後したり。ところがこれは前世の記憶なので、最初から順番に見ます。自分の記憶とはいえ他人の行動の記憶でもあるから推理していくことになります。

――それが歴史上の有名な戦いや第二次世界大戦へと繋《つな》がるのもいい。

貴志　昔の人は色々な場面で厳しいことに直面していました。今我々が大変だと言うのとは桁《けた》が違うし、質も違います。それを蘇《よみがえ》らせ、少しでも何かを現代の人たちに感じさせたいという願望がありました。とくに太平洋戦争におけるパプアニューギニアの餓死に至る過程はひどすぎて、資料を読んで本当に怒りがこみ上げてきました。昔から日本軍は、下士官は優秀で真ん中はそこそこで上は大馬鹿だと言われていましたが、本当にそうだなと思いました。兵站《へいたん》のことを全く考えていないし、兵士を消耗品というか、将棋の駒《こま》としか思っていません。

――「人が人に対してふるう暴力や残虐行為は、宇宙で最悪の愚行です」という言葉を何度か出して、戦争体験をはじめとして暴力や残虐行為を告発している。一方で、むごたらしい暴力をスラップスティックに捉《とら》えてもいる。日本に上陸したメキシコの麻薬カルテルのマフィアの一人を拷問《ごうもん》にかける場面が出てきて、これが何とも残酷で怖いのですが、どこかにふっきれた笑いがある。またかなり楽しんで書いている気配がある。

貴志　楽しかったです（笑）。私は昔からよく答えているんですが、変人を書いてるのが一番楽しい。奇人ではなくて変人。ヤクザ社会でも多分生きてはいけないほど歪《ゆが》んでいてぶっ飛んでいる。拷問の場面はリアルに思い浮かべると気持ち悪くなってしまうので、半分ギャグですね。相手がメキシカンだからというわけでもないですが、鱧《はも》の骨切りに見立てた和風の拷問で。和風は和風で結構昔から酷《ひど》いことやっていますのでね。『悪の教典』がそうでしたが、変人を書いている時と同じぐらい悪人を書く愉《たの》しさがあります。悪人というのは自由。我々は本当に日々不自由な生活をしていることがわかる。悪人を描くと感じますが、彼らは非常に軽やかで何も心配せずに生きていますよね。

――そういう悪の魅力も本書にはありますね。着想もそうですが、展開も予想外の所にぐいぐいとひっぱっていく。ジャンルも横断する。貴志さんは本当に色んなジャンルを知っている。あらゆるものを非常にうまくミックスしてなおかつ新しい作品を生み出している。それは読書量が豊富だから、違う方向に行こうとする意識も相当あるのではないですか。

貴志　昔読んだ作家の作品が、面白くて忘れられないというのがあります。最近ああいうのがないなと思うと、真似《まね》することはできないんですけれども、自分なりに書きたくなります。週刊文春で連載の始まった『辻占《つじうら》の女』も、ストーリーは違うけれど、頭の中にあったのはカトリーヌ・アルレーの『わらの女』。全然違うシチュエーションですが、女性が主人公で追い詰められていく設定で、もっと複雑にしています。昔と比べると今の小説は総合格闘技になっていて、昔は投げ技だけ、パンチだけでもできたんですけど、今はなんでもできないといけません。そのぶん難しくなっていて勉強が必要ですね。

――小説内小説もそうですが、本書で特徴的なのは、ストックトン『女か虎か』、フレドリック・ブラウン『さあ、気ちがいになりなさい』など様々な小説を引用して注釈をつけている点ですね。とくに金子《かねこ》光晴《みつはる》の詩句の引用が効果的です。「そらのふかさをみつめてはいけない。その眼はひかりでやきつぶされる」。これは本書のテーマと直結しますね。

貴志　あれはちょっとSF的というか、昔から使いたかったんですね。別のところで「凝視してはならない」とも書きましたが、真実というのはひょっとしたら人間には耐えられないものなのかもしれないということです。真っ正直に探求すればいいというものでもない。目を逸《そ》らした方が生きやすいし、気が狂わなくて済むんだからという話でもあります。

――孤独というテーマと繋がりますね。死よりも恐ろしいものとは何かという問いに対し、「孤独よ。もっと本質的、絶対的な、宇宙的と言ってもいい孤独」という言葉が出てきます。コロナ禍《か》のいま、閉じこもっている人たちに響く言葉ですね。

貴志　私は孤独には強いタイプだと自負してきたんです。でもやっぱり真の孤独には人間は耐えられないと最近は思うようになりました。新型コロナ程度の孤独でも、つまり友達も家に呼べなくなったし、人に会いに行くこともなかなかできません。このぐらいで結構コロナ鬱《うつ》みたいな状態になって、ちょっと前まで暴飲暴食でぶくぶく太ってしまい、最近運動して、大分元に戻したのですが（笑）。小説の中に「我々は、みな孤独なのです。この冷たい宇宙の中で正気を保ち続けるのは、神にとってすら至難の業なのです」という言葉も出しましたが、書いているうちに頭にあったのは、広大な宇宙の中で生きることの意味ですね。昔、理系の人と話した時に、彼は「宇宙の真理を知ることができたら、一時間後に死んでもいい」とか言っていましたけれど、私はちょっとそこまでは思えません。でも、天寿を全うするにしても、知ってしまったら普通に余生を送れないのではないかという気もします。

――「人生も、宇宙も、わたしたちが見ている夢にすぎないのよ」という台詞《せりふ》も出てきますね。夢、前世、宇宙、そして孤独。そういうものの一つの答というものが最後の最後に出てきます。ある種のラブストーリーとともに。ひじょうに壮大で神秘的な結末ですね。ジャンルを知り尽くした作家の、「総合格闘技」ともいうべき現代エンターテインメントの秀作ではないかと思います。

貴志　ちょっと読者によっては怒る人もいるかもしれませんが、こんな小説があってもいいんじゃないかなと思います。ＳＦが好きで、ミステリー好きの私の感覚ですがね。

本書は二〇二〇年九月小社より単行本として刊行されました。

Haruki Bunko
ハルキ文庫

き8-1

我々《われわれ》は、みな孤独《こどく》である

著者 貴志祐介《きしゆうすけ》

2022年5月18日第一刷発行

発行者 角川春樹

発行所 株式会社角川春樹事務所
〒102-0074 東京都千代田区九段南2-1-30 イタリア文化会館

電話 03(3263)5247(編集)
03(3263)5881(営業)

印刷・製本 中央精版印刷株式会社

フォーマット・デザイン 芦澤泰偉
表紙イラストレーション 門坂 流

本書の無断複製(コピー、スキャン、デジタル化等)並びに無断複製物の譲渡及び配信は、著作権法上での例外を除き禁じられています。また、本書を代行業者等の第三者に依頼して複製する行為は、たとえ個人や家庭内の利用であっても一切認められておりません。
定価はカバーに表示してあります。落丁・乱丁はお取り替えいたします。

ISBN978-4-7584-4483-5 C0193 ©2022 Kishi Yusuke Printed in Japan
http://www.kadokawaharuki.co.jp/[営業]
fanmail@kadokawaharuki.co.jp[編集] ご意見・ご感想をお寄せください。

JASRAC 出 2203177-201